RAINBOW ROWELL

WAYWARD SON

Traducción de Wendolín Perla

ALFAGUARA

Wayward Son

Título original: *Wayward Son*

Primera edición: octubre, 2020

D. R. © 2020, Rainbow Rowell

Publicado por acuerdo con la autora y The Lotts Agency, Ltd.

D. R. © 2020, derechos de edición mundiales en lengua castellana:
Penguin Random House Grupo Editorial, S. A. de C. V.
Blvd. Miguel de Cervantes Saavedra núm. 301, 1er piso,
colonia Granada, alcaldía Miguel Hidalgo, C. P. 11520,
Ciudad de México

www.megustaleer.mx

D. R. © 2020, Wendolín Perla, por la traducción
D.R. © 2020, Kevin Wada, por la ilustración de cubierta
D. R. © 2020, Olga Grlic, por el diseño de cubierta

ISBN: 978-607-319-471-6

Impreso en México – *Printed in Mexico*

El papel utilizado para la impresión de este libro ha sido fabricado a partir de madera
procedente de bosques y plantaciones gestionadas con los más altos estándares ambientales,
garantizando una explotación de los recursos sostenible con el medio ambiente y beneficiosa para las personas.

Penguin
Random House
Grupo Editorial

Para Rosey y Laddie:
Incluso cuando se sientan perdidas,
sepan que alguien las ama.

EPÍLOGO

Simon Snow hizo lo que tenía que hacer.

Lo que todos dijeron que haría algún día. Encontró al más malvado de todos —de hecho, encontró a *dos*— y acabó con ellos.

No esperaba sobrevivir a ese encuentro. Y no lo *hizo*.

Baz alguna vez le dijo que todo era una historia y que Simon era el héroe. Entonces bailaban. Se tocaban. Baz miraba a Simon como si todo fuera posible entre ellos ahora, como si el amor fuera inevitable.

Todo *era* una historia. Y Simon *era* el héroe. Había salvado el día. Ahí es donde terminan las historias: cuando todos esperan con ansias el "y vivieron felices para siempre".

Esto es lo que sucede cuando te quedas después del final. Cuando tu tiempo ha llegado y se ha ido. Cuando has hecho lo que estabas destinado a hacer.

Se cierra el telón, las páginas quedan en blanco.

Todo es una historia y la de Simon Snow ha llegado a su fin.

1

BAZ

Simon Snow está recostado en el sillón.

Estos días, se la vive recostado en el sillón; con sus correosas alas rojas plegadas bajo la cabeza como una almohada y una lata de sidra barata colgando de su mano.

Solía sostener así una espada, como si estuviera pegada a él.

Al fin llegó el verano a Londres. Llevo todo el día estudiando: tengo exámenes la próxima semana; Bunce y yo estamos sumergidos en los libros. Ambos hacemos de cuenta que Snow también estudia para sus exámenes. Apuesto a que lleva varias semanas sin pisar la universidad. No se ha parado del sillón más que para ir a la tienda de la esquina a comprar papas fritas y sidra; se ata la cola alrededor de la cintura y oculta sus alas bajo un espantoso impermeable color cuero; parece Quasimodo, o un exhibicionista, o tres niños ocultos bajo una gabardina que fingen ser un completo imbécil.

La última vez que vi a Snow sin su cola y sin sus alas, Bunce acababa de llegar a casa de una clase. Le lanzó un hechizo de ocultamiento sin siquiera pensarlo y él se volvió loco.

"¡Carajo, Penny! ¡Cuando quiera tu magia, te lo diré!"

Su magia.

Mi magia.

No hacía mucho tiempo que toda esa magia le *pertenecía*.

Él era "el elegido", ¿no es cierto? El mejor. El más mágico.

Ahora Bunce y yo nunca lo dejamos solo si podemos evitarlo. Vamos a clases, estudiamos. (Eso es lo que Bunce y yo *hacemos*. Eso es lo que *somos*.) Pero alguno de nosotros siempre está cerca para preparar el té que Snow no quiere beber, cocinar las verduras que se niega a comer, hacer preguntas que se rehúsa a responder...

Creo que la mayor parte del tiempo detesta nuestra presencia.

Creo que detesta *mi* presencia. Quizá debería entender el mensaje...

Aunque Simon Snow siempre ha odiado mi presencia, con algunas excepciones recientes y agridulces. En cierta manera, esa expresión que se dibuja en su rostro cuando entro en la habitación (como si recordara algo terrible) es lo único que aún me resulta familiar.

Lo he amado en peores momentos. Lo he amado sin remedio...

Así que, ¿qué más da tener un poco menos de esperanza?

—Creo que voy a ir por curry —digo—. ¿Quieres algo?

No despega la mirada de la televisión.

Lo intento de nuevo.

—Snow, ¿quieres algo?

Hace un mes, hubiera caminado hacia el sillón para acariciarle el hombro. Hace tres meses, lo hubiera besado en la mejilla. En septiembre pasado, cuando Bunce y él recién se mudaron a este departamento, hubiera tenido que despegar mis labios de los suyos para hacerle esta pregunta, y quizá no me hubiera dejado terminarla.

Niega con la cabeza.

2

SIMON

Maya Angelou decía que cuando una persona te muestra quién es, debes creerle.

Escuché la frase en un inspirador programa de televisión. Empezó después de *La ley y el orden* y no le cambié de canal.

Cuando alguien te muestra quién es, créele la primera vez.

Eso es lo que voy a decir cuando termine con Baz.

Lo hago para que él no tenga que hacerlo.

Puedo ver que quiere terminar. Lo percibo en cómo me mira. O más bien en cómo *evita* mirarme, porque si lo hiciera, tendría que enfrentar la realidad de haberse atado a un completo idiota, a un enorme perdedor.

Ahora Baz está en la universidad. Prosperando.

Está igual de guapo que siempre. (*Más* guapo que nunca. Más alto, atrevido, con una barba que le crece cuando quiera. Es como si la adolescencia aún no terminara de concederle las mejores cartas.)

Todo lo que sucedió el año pasado...

Todo lo que sucedió con el Hechicero y el Humdrum obligó a Baz a convertirse en el hombre que estaba destinado a ser. Vengó a su madre. Resolvió el misterio que pesaba sobre él desde que tenía cinco años. Demostró su valía como hombre y como mago.

Demostró que tenía *razón*: ¡el Hechicero en verdad era malvado! Y yo era un fraude: "el peor 'elegido' que alguna vez fuera elegido", como solía decir Baz. Siempre tuvo razón respecto a mí.

Cuando alguien te muestra quién es, créele la primera vez.

Cuando alguien jode absolutamente todo, ese alguien es un completo jodido.

No sé cómo mostrarle esto con mayor claridad. Me la paso recostado en el sillón todo el día. No tengo planes ni nada que prometer. Esto es lo que *soy*.

Baz se enamoró de lo que *era*: poder y potencial desenfrenados. Las bombas nucleares no son más que puro potencial.

Ahora soy lo que viene después.

Ahora soy la rana de tres cabezas. El desastre radioactivo.

Creo que Baz ya habría terminado conmigo si no sintiera tanta lástima por mí. (Y si no hubiera prometido amarme. Los hechiceros se obsesionan con el honor.)

Así que seré yo quien lo haga. Puedo hacerlo. En una ocasión, un orcospín me disparó una de sus agujas en el hombro, y terminé por arrancármela con los dientes; puedo tolerar el dolor.

Es sólo que...

Quería unas cuantas noches más con él en la habitación. Mío, aunque de forma superficial.

Nunca más tendré a alguien como Baz. No *hay* nadie como Baz; es como salir con una leyenda. Es un vampiro heroico, un hechicero talentoso. Es demasiado guapo. (Yo solía ser alguien legendario. Mi existencia fue profetizada, ¿sabes? Formaba parte de la tradición oral.)

Quería unas cuantas noches más...

Pero odio ver sufrir a Baz. Odio ser el motivo de su sufrimiento.

—Baz —le digo.

Me levanto del sillón y pongo mi lata de sidra sobre la mesa. (Baz odia la sidra, incluso el olor.)

Está parado en la puerta de la entrada.

—¿Sí? —contesta.

Trago saliva.

—Cuando alguien te muestra quién es...

En ese momento, Penny irrumpe en el departamento, golpeando el hombro de Baz con la puerta.

—¡Por el amor de Crowley, Bunce!

—¡Lo tengo!

Penny deja caer su mochila. Viste una holgada playera morada y tiene el cabello café oscuro recogido en un chongo desaliñado sobre la coronilla.

—¿Qué tienes? —Baz frunce el ceño.

—*Nosotros* —dice, señalándonos a Baz y a mí con el dedo— ¡nos vamos de *vacaciones*!

Me froto los ojos con las palmas de las manos. Siento los párpados pesados y cansados, aunque llevo muchas horas despierto.

—No voy a ir de vacaciones —balbuceo.

—¡A Estados Unidos! —insiste Penny. Empuja mis pies del sillón y se sienta en uno de los descansabrazos mientras me mira—. ¡Para visitar a Agatha!

Baz deja escapar una carcajada.

—¡Ja! ¿Agatha sabe que la visitaremos?

—¡Será una sorpresa! —dice Penny.

—¡Sorpresa! —dice Baz, canturreando—. ¡*Somos tu exnovio y su novio y esa chica que nunca te cayó bien del todo*!

—¡Claro que le caigo bien a Agatha! —Penny parece ofendida—. Es sólo que no es una persona muy efusiva.

Baz resopla.

—Pues a mí me pareció bastante efusiva cuando decidió largarse de Inglaterra y alejarse de la magia.

—Para tu información, estoy algo preocupada por ella. No ha respondido ninguno de mis mensajes de texto.

—Porque no le *agradas*, Bunce.

Fijo la mirada en Penny.

—¿Cuándo fue la última vez que supiste de Agatha?

—Hace algunas semanas. Por lo general, ya hubiera respondido a alguno de mis mensajes, aunque fuera para decirme que la dejara en paz. Y no ha publicado tantas fotos de Lucy —la perrita de Agatha— en Instagram. Creo que tal vez se siente sola. Deprimida.

—Deprimida —digo.

—Entonces, ¿estamos hablando de una vacación? —pregunta Baz—. ¿O de una intervención?

Está recargado en la puerta con los brazos cruzados y la camisa arremangada. Baz siempre parece estar posando para un anuncio de relojes de lujo, incluso cuando no trae puesto un reloj.

—¿Por qué no pueden ser ambas cosas? —dice Penny—. Siempre hemos querido recorrer Estados Unidos en auto.

Baz inclina la cabeza.

—¿De verdad?

Penny voltea a verme y sonríe.

—Sí. Simon y yo siempre hemos querido hacerlo.

Tiene razón. Siempre ha sido nuestro sueño. Por un momento me permito visualizarlo: los tres conduciendo por una carretera abandonada —no, una *autopista*— en un viejo convertible. Yo voy al volante. Todos traemos puestos nuestros lentes de sol. Escuchamos a The Doors y Baz se queja por eso. Pero como tiene desabotonada la camisa hasta el ombligo, yo no me quejo. El cielo es inmenso y azul y centelleante. *Estados Unidos...*

Mis alas se estremecen. Eso sucede cuando me siento incómodo.

—No podemos ir a Estados Unidos.

Penny me da una patada.

—¿Por qué no?

—Porque nunca voy a cruzar la zona de seguridad del aeropuerto.

Aunque en ese momento estoy sentado encima de mi cola, agito la punta sobre mi muslo para recordarle que está ahí.

—Te *ocultaré* con hechizos —dice ella.

—No quiero que me ocultes con hechizos.

—He estado trabajando en un nuevo hechizo, Simon, es una verdadera belleza...

—Pasar ocho horas en un avión con las alas aplastadas...

—El nuevo hechizo las hace desaparecer —sonríe.

La miro, sorprendido.

—No quiero que desaparezcan.

Ésa es una mentira; por supuesto que quiero que se *esfumen*. Quiero volver a ser yo. Quiero ser libre. Pero... no puedo. Todavía. No puedo explicar por qué. (Ni siquiera a mí mismo.)

—De forma temporal —dice Penny—. Creo que sólo hará que desaparezcan por algún tiempo, hasta que el hechizo pierda fuerza.

—¿Qué hay de esto? —digo, sacudiendo la cola otra vez.

—Tendremos que usar otro hechizo. O puedes esconderla bajo la ropa.

Estados Unidos...

En realidad nunca pensé que pisaría Estados Unidos, a menos que mi persecución del Humdrum me hubiera llevado hasta ahí.

—El asunto es que... —Penny se muerde el labio inferior y arruga la nariz como si estuviera a la vez apenada y emocionada—. ¡Ya compré los boletos!

—¡Penelope!

Es una mala idea. Tengo *alas*. No tengo dinero. Y no quiero que mi novio termine conmigo frente a la Estatua de la Libertad. Muchas gracias, pero prefiero que me corte aquí. Además, ni siquiera sé conducir.

—Simplemente no podemos...

Ella comienza a cantar "Don't Stop Believing". No es el himno nacional de Estados Unidos, pero era nuestra canción favorita en tercero, la primera vez que dijimos que algún día haríamos este viaje, cuando ganáramos la guerra.

Bueno... hemos ganado la guerra, ¿no es así? (Nunca pensé que eso implicaría asesinar al Hechicero y sacrificar mi propia magia, aunque técnicamente sigue siendo una victoria.)

Penny me dice, recitando un fragmento de la canción, que "no deje escapar ese senti-mieen-too". Baz nos observa desde la puerta.

—Si ya compraste los boletos... —digo.

Penny se para de un brinco sobre el sillón.

—¡Sí! ¡Saldremos de vacaciones!

Se detiene y mira a Baz.

—¿Te interesa?

Baz sigue mirándome.

—Si creen que los voy a dejar viajar solos en un país extranjero, considerando el contexto político actual...

Penelope está brincando otra vez.

—¡Estados Unidos!

3
PENELOPE

Es cierto. Últimamente las cosas no han salido muy bien. Debí verlo venir.

¿Acaso *Simon* debió verlo venir? ¡Nunca ve venir nada! ¡Hasta los martes lo toman por sorpresa!

¿Acaso Baz debió verlo venir? Lo único en lo que Baz se ha enfocado durante el último año es en Simon; es incapaz de ver más allá de su enamoramiento.

No, debí ser yo.

Pero es que me sentí tan aliviada de haber *superado* todo. El Humdrum había sido derrotado, el Hechicero expuesto, muchos de nosotros aún vivíamos para contarlo... Simon, ileso. Simon, con algunas piezas extras, pero sano y salvo, con un futuro por delante.

Simon Snow, fuera de peligro: mi mayor plegaria había sido atendida.

Sólo quería *disfrutarlo*.

Quería conseguir un departamento e ir a la universidad, ser una adolescente común y corriente por una vez en la vida antes de que nuestros mejores años quedaran atrás. No quería hacer nada radical; por ejemplo, no me largué a California y abandoné mi varita mágica. No obstante, quería relajarme.

Lección aprendida: relajarse es la práctica *más* insidiosa de todas.

Todos nos mudamos a Londres el año pasado y empezamos la uni, como si nuestro mundo no hubiera sido sacudido y puesto patas arriba. Como si la vida de Simon no hubiera dado un vuelco de 180 grados.

Después de todo, mató al *Hechicero*, lo más cercano a un padre que tuvo en la vida. Fue un accidente, pero aun así.

Y el Hechicero mató a Ebb, quien no era exactamente la figura materna de Simon, pero sin duda era como su tía excéntrica. Ebb *amaba* a Simon. Lo trataba como si fuera una de sus pequeñas cabras.

Así que sí, sabía que Simon había sufrido, pero pensé que ganar lo resarciría. Pensé que la victoria sería suficiente. Que la compensación llenaría todos esos vacíos.

Creo que Baz pensó que el amor lo solucionaría todo...

En verdad es un milagro que al final hayan terminado juntos. (Un amor imposible. "Bajo la misma entraña de nuestros dos enemigos", y toda la cosa.)

Sin embargo, fue un error pensar que ése era un final. No existe ningún final. Suceden cosas malas y luego terminan; el problema es que siguen causando estragos en la gente.

Sé que unas vacaciones no arreglarán las cosas como por arte de magia. (Si existiera una forma de arreglarlo con *magia*, juro por Stevie que ya lo hubiera descifrado.) Pero a todos nos sentará bien un cambio de aires.

Tal vez a Simon le servirá verse en un contexto distinto. En Estados Unidos no le esperan malos recuerdos. Tampoco le esperan buenos; sin embargo, cualquier cosa que lo haga levantarse del sillón es un triunfo.

4
AGATHA

Nunca respondo las llamadas de Penelope.

En esta época, ¿quién le *llama* por teléfono a otra persona? ¿Quién deja mensajes de voz? Nada más y nada menos que Penelope Bunce.

Ya le he dicho que me escriba como la gente normal. (Se lo dije por mensaje.)

"¡Es que nunca respondes a mis mensajes!", contestó.

"Sí, pero al menos los leo, Penny. Cuando me dejas un mensaje de voz, me horrorizo."

"Bueno, pues entonces dime qué necesito hacer para que me respondas, Agatha."

No le contesté, porque nada de lo que yo pueda decir la dejaría satisfecha. Y porque he dejado ese mundo atrás, incluyendo a Penelope.

No hay manera de abandonar el Mundo de los Hechiceros y mantener una amistad con Penelope Bunce; es la hechicera más mágica del Mundo de los Hechiceros. Vive y respira magia. Es imposible comer pan tostado sin que Penelope use magia para derretir la mantequilla.

Una vez apagué mi celular para darme un respiro de ella y *aun así* sonó cuando me mandó un mensaje.

"¡Ya no me mandes mensajes mágicos!", le escribí.

"¡Agatha!", me contestó. "¿Vas a venir a casa para Navidad?"

No le respondí. No fui a casa. Mis padres se sintieron aliviados, creo.

El Mundo de los Hechiceros se sumió en el caos cuando Simon mató al Hechicero. (O cuando Penelope lo hizo. O Baz. Todavía no entiendo cómo sucedió todo.)

Por poco muero ese día también, y no fue la primera vez. Creo que mis padres se sienten algo responsables: (*deberían*) haber invitado a Simon Snow, "el elegido", a nuestra vida.

¿Acaso mi vida sería distinta si no hubiera crecido con Simon como un hermano? ¿Si no me hubiera convertido en su novia interina?

Aun así hubiera acabado en Watford, aprendiendo trucos mágicos. Pero no hubiera estado en la zona cero año tras año tras año.

"¿Cuándo vendrás a casa?", escribe Penelope.

Me siento tentada a responderle: "No lo haré. Además, ¿eso a ti qué te importa?"

Nunca fuimos mejores amigas. Siempre fui demasiado fresa para Penny, demasiado superficial, demasiado frívola. Ahora me quiere en su vida porque solía formar parte de ella, y Penelope se aferra al pasado con la misma desesperación con la que yo lucho por alejarme de él.

Estuve ahí antes de que las cosas se estropearan. Sin embargo, que yo regrese a casa no hará que todo vuelva a la normalidad.

—No puedo creer que vayas a tomar eso —dice Ginger.

Acabamos de sentarnos a almorzar y yo pido el único té negro de la carta.

—Yo tampoco puedo creerlo —respondo—. Earl Grey de *vainilla con menta*. A mi padre le horrorizaría.

—Estimulantes —dice Ginger, sacudiendo la cabeza con desaprobación.

Le agrego un poco de leche descremada al té. La leche entera nunca es una opción aquí.

—Y *lácteos* —se queja Ginger.

Lo único que ella bebe es jugo de betabel. Tiene la misma apariencia que la sangre, huele a tierra y a veces, como ahora, le deja un bigote color rojo brillante en el labio superior.

—Pareces vampiresa —le digo.

Aunque no se parece en nada al único vampiro que conozco. Ginger tiene el cabello café ondulado y la piel morena y pecosa. Su mamá es tailandesa-brasileña y su papá es de Barbados, y ella tiene los ojos más brillantes y las mejillas más rosadas que he visto en mi vida. Tal vez se deba al betabel.

—Me siento activada —dice, estirando los brazos hacia el cielo.

—¿Qué tan activada?

—Al menos en un ochenta por ciento. ¿Y tú?

—Me mantengo firme en quince por ciento —le respondo.

Una mesera llega con el tazón de quinoa de Ginger y mi pan tostado con aguacate.

—Agatha —dice—, siempre estás al quince por ciento. Llevamos tres meses con el programa. A estas alturas, por lo menos deberías sentirte un dieciséis por ciento activada.

Yo no me siento diferente en lo más mínimo.

—Quizás algunas personas simplemente nacen inactivas.

Ginger chasquea la lengua en señal de desaprobación.

—¡No digas eso! Nunca hubiera entablado una amistad con un organismo inerte.

Le sonrío. La realidad es que ambas nos sentíamos bastante inertes cuando nos conocimos, por eso nos hicimos amigas, creo; estábamos inmersas en la periferia de la misma escena social. En las fiestas, siempre terminaba al lado de Ginger en la cocina, o sentada junto a ella en la parte sombría de la playa cuando había fogatas.

San Diego ha sido mucho mejor para mí de lo que alguna vez fuera el Colegio Watford de Magia. No extraño mi varita mágica. No extraño la guerra. No extraño tener que fingir a diario que es importante para mí convertirme en una buena hechicera.

Pero nunca *perteneceré* a este lugar.

No soy como mis compañeros, o mis vecinos, o la gente que conozco en las fiestas. Siempre he tenido amigos Normales; sin embargo, nunca presté atención a todas las maneras sutiles e involuntarias en que la gente es Normal.

Por ejemplo, me di cuenta cuando llegué aquí de que no sabía cómo atarme las agujetas de los zapatos. ¡Nunca aprendí a hacerlo! En cambio, aprendí a amarrármelas con *magia*, algo que no puedo hacer ahora porque dejé mi varita en casa.

Digo, está bien —ato mis zapatos de antemano o uso sandalias—, pero hay muchas cosas como ésa. Tengo que vigilar lo que digo en voz alta. A cualquier extraño. A mis amigos. Es muy fácil dejar escapar algún comentario raro o ignorante. (Por fortuna, la gente suele perdonarme todo por ser inglesa.)

A Ginger no parece importarle cuando digo cosas raras. Quizá porque ella dice cosas raras todo el tiempo. Ginger está interesada en la neurorretroalimentación, la terapia con ventosas y la acupresión. Y no sólo porque es una típica chica californiana, sino porque es una verdadera *creyente*.

—En realidad no encajo aquí —me dijo una noche.

Estábamos sentadas sobre la arena, con los dedos de los pies metidos en el agua. En la periferia de la fiesta otra vez. Ginger vestía una playera sin mangas color durazno y sostenía un vaso de plástico rojo.

—Pero tampoco encajo en ningún otro lugar.

Fue como si extrajera ese mismo sentimiento de mi corazón. La hubiera besado. (A veces desearía haber querido hacerlo.) (Ésa sería una respuesta a... la interrogante sobre mí. Entonces podría decir: "Ay, ésa soy yo. Es por eso que he estado tan confundida".)

—Ni yo —dije.

Después de eso, Ginger y yo nos fuimos de una fiesta para comer tacos. A la siguiente, olvidamos la fiesta y nos fuimos directo a los tacos.

Creo que aún nos sentíamos extrañas y perdidas, pero era agradable hacerlo juntas. Era agradable sentirse perdido con un amigo.

El celular de Ginger suena y me recuerda que ya no está perdida. Levanta el teléfono de la mesa y sonríe, lo cual significa que es *Josh*, y comienza a escribirle. Mientras tanto, yo me como mi pan tostado con aguacate.

Mi teléfono vibra. Lo saco de la bolsa y gruño un poco. Penny al fin descifró cómo obligarme a contestarle:

"¡Agatha! ¡Vamos a ir a verte! ¡De vacaciones!"

"¿Qué?", le respondo. "¿Cuándo?" Y luego, debí decir esto antes, "NO".

"¡En dos semanas!", responde Penny. "SÍ."

"Penelope, no. No estaré en casa."

Es verdad. Ginger y yo asistiremos al festival Burning Lad.

"Mientes", responde Penny.

—¡Ahhhh! —comienza a exclamar Ginger, lo cual se convierte en—: ¡Ahhhh-gatha!

Levanto la mirada. Ginger sacude su teléfono frente a mí como si fuera un boleto de lotería.

—¿Qué?

—¡Josh nos consiguió boletos para el retiro de Presente-Futura!

—Ginger, nooo...

—Dijo que él pagaría nuestra habitación y todo.

Josh tiene 32. Inventó una aplicación que te permite usar

el celular como termómetro. O formó parte del equipo que lo
inventó. En fin, siempre se encarga de pagar algo. El cuarto, la
cuenta, el concierto. Ginger nunca lo supera.

—¡Ginger, esa semana iremos al festival Burning Lad!

—Podemos ir el próximo año, el desierto aún estará ahí.

—¿Y Josh no?

Ella frunce el ceño.

—Sabes lo exclusivo que es este retiro.

Revuelvo mi té.

—En realidad, no...

—Únicamente los miembros instituidos pueden llevar invitados. Y por lo general sólo uno. Le rogué a Josh que también
te dejara ir.

—Ginger...

—Agatha —hace una pausa para morderse el labio inferior
y arrugar la nariz, como si estuviera a punto de decirme algo
muy importante—. Creo que voy a subir de nivel. En el retiro.
Y me encantaría que estuvieras ahí.

Crowley, por supuesto. *Subir de nivel*. Josh y sus amigos están
obsesionados con "subir de nivel" y "maximizar el potencial". Si
les propones un almuerzo, seguro responderán algo como: "¡En
vez de eso, cambiemos el mundo!" "¡Escalemos una montaña!"
"¡Consigamos boletos VIP para el concierto de U2!"

PresenteFutura es su club social. Es como Weight Wat-
chers para hombres ricos. Acuden a juntas y se turnan para decir cuán "activados" se sienten. Asistí a unas cuantas reuniones
con Ginger, casi todas aburridísimas. (Aunque siempre ofrecen bocadillos de calidad.) Al final de cada junta, los miembros
instituidos entran en una habitación cerrada y practican su saludo secreto o lo que sea que hagan ahí.

Ginger no puede creer la suerte que tuvo con Josh. Es exitoso, ambicioso y está en forma.

("¡Agatha, mi último novio era barista!

Tú también eres barista, Ginger. Así se conocieron.")

No entiende por qué Josh se fijó en ella. Me preocupa un poco que se haya fijado *en* ella por las razones equivocadas. Por lo que se ve en la superficie. Es decir, que es joven y hermosa, y que se ve bien cuando la abraza.

Pero ¿qué se yo? Tal vez sean buenos el uno para el otro. Ambos disfrutan hablar sobre fitonutrientes y la técnica de liberación emocional. Y estos días parece ser que Ginger sí está al menos ochenta por ciento activada.

Yo no creo que algún día suba de nivel.

Sin embargo, si eso es lo que Ginger quiere, supongo que puedo acompañarla. Es la mejor amiga que he tenido aquí. Seguirá siendo mi amiga incluso si nunca supero el quince por ciento de activación (y el quince por ciento de magia). Suspiro.

—Está bien. Iré contigo.

Ginger grita de emoción.

—¡Sí! ¡Nos la vamos a pasar tan bien!

Mi teléfono vibra y bajo la mirada para revisar quién es. Penelope, otra vez:

"Te voy a llamar para afinar detalles".

Meto el teléfono en la bolsa sin responderle.

5

BAZ

Quedamos de vernos en el aeropuerto. Cuando llego, Snow ya
está ahí. Al principio no lo reconozco, o más bien es como si
lo reconociera de otra época. Viste unos jeans y la antigua
sudadera del equipo de lacrosse de Watford Agatha. (Debo
acordarme de dejar una de mis viejas playeras de futbol en su
departamento; se pone cualquier cosa que encuentra en el piso.)
La sudadera tiene una abertura en la espalda para acomodar sus
alas, pero no hay nada ahí, realmente nada. Otros hechizos sólo
ocultan sus alas; aún se puede apreciar un brillo o una sombra.
Hoy no hay *nada*. Estiro la mano para tocar el punto entre sus
omóplatos, pero gira antes de que pueda hacerlo.

—¡Ey! —dice al verme.

Juega con su cabello, nervioso.

Aún tengo la mano estirada, así que le doy una palmadita
en el hombro.

—Ey.

—Penny nos está registrando o algo así. Yo no tenía pasaporte.

Se me acerca y susurra:

—Le robó el pasaporte a alguien más y luego lo hechizó.

Como si Bunce no estuviera ya con el agua al cuello; todos sabemos que compró estos boletos de avión con magia. Es
una de las únicas leyes bajo las cuales vivimos en el Mundo
de los Hechiceros; el contrabando mágico está estrictamente
prohibido. Hundiríamos la economía mundial en un caos si
empleáramos magia para conseguir dinero. Todos rompen las

reglas de vez en cuando, pero la madre de Bunce forma parte del Aquelarre.

—Espero que sepa que su madre la entregaría a las autoridades sin chistar.

Snow está ansioso.

—¿Crees que nos atrapen? Todo esto es una estupidez.

—No —mi mano aún sujeta su brazo y le doy un apretón—. No, todo saldrá bien. Si alguien se ve sospechoso, lo distraeré con mi actitud de vampiro.

No intenta separarse de mí. Quizá porque está fuera de su elemento, alejado de sus peores hábitos. Tal vez Bunce tenía razón sobre este asunto de cambiar de aires...

—Hablando de eso —dice Simon—, ¿estarás bien durante el vuelo?

—¿Te refieres a si la sed de sangre se apoderará de mí cuando sobrevolemos algún punto del Atlántico?

Se encoge de hombros.

—Estaré bien, Snow. Sólo son ocho horas. Sobrevivo todos los días sin matar a nadie.

De hecho, he sobrevivido a lo largo de quince años sin ninguna víctima (causada por mi condición vampírica).

—¿Qué hay de cuando lleguemos ahí?

—No te preocupes. He escuchado que Estados Unidos está infestado de ratas y otros animales; osos pardos, perros de exposición.

Eso lo hace sonreír; es tan agradable verlo así que decido abrazarlo y contemplarlo. Hay una mujer cerca de nosotros que nos lanza una mirada ofendida como diciendo: "Por favor, que no sean gays", pero a mí no me importa; este tipo de momentos tan ligeros con Simon llegan a cuentagotas.

A Simon sí le importa. Advierte la presencia de la mujer y se agacha para buscar algo en su mochila. Cuando se pone de pie, ya se alejó de mí.

Se toca el muslo con nerviosismo, en busca de su cola.

Todavía no estoy seguro de por qué Simon decidió ponerse una cola...

Entiendo lo de las alas. Fueron vitales, necesitaba escapar. Pero ¿por qué una cola? Es larga y roja y fibrosa como una cuerda, con una pica negra en la punta. Si la cola posee un uso específico, yo aún no se lo encuentro. No la ocupa para nada.

Bunce cree que en aquel momento Simon se transformaba en un dragón y no sólo deseaba tener alas.

Lo cual no explica por qué, después de un año, aún las tiene. Snow renunció a toda su magia para derrotar al Insidioso Humdrum. No es como que aún utilice magia para conservar sus partes de dragón, y casi cualquier encantamiento hubiera perdido efecto después de tanto tiempo.

"Pero no fue un encantamiento", dijo Bunce la última vez que hablamos al respecto. "Se *transformó* a sí mismo".

Simon aún se toca el muslo, alisando la parte trasera de sus jeans. Intento tranquilizarlo.

—Nadie puede verla —le digo.

—Sólo estoy un poco nervioso. Nunca antes había volado.

Me río. (Después de todo, él tiene *alas*.)

—En *avión* —aclara.

—Todo estará bien. Y si no, digamos, si los motores fallan, ¿me rescatarías? ¿Me sacarías volando por la salida de emergencia más cercana?

Su rostro adopta una expresión de angustia.

—¿Los motores hacen eso? ¿Fallar así como así?

Golpeo ligeramente mi hombro con el suyo.

—Prométeme que me salvarás primero, aunque haya mujeres y niños presentes.

—Si los motores fallan —dice—, más vale que Penny y tú los arreglen. ¿Has practicado los hechizos?

—No conozco ningún hechizo para arreglar el motor de un avión. ¿Y tú, Bunce?

Bunce aparece con nuestros pases de abordar.

—¿Arreglar el motor de un avión? —repite.

—Sí, ya sabes, en caso de que haya una falla crítica.

—Simon puede salvarme —dice ella.

—Pero él prometió salvarme a *mí*.

—¡Primero salvaré a las mujeres y a los niños! —dice Snow.

—Técnicamente —le digo—, no tendrás alas.

6

SIMON

Sé que me detendrán al pasar por el escáner de seguridad. "Señor, sólo necesitamos catear sus alas". Sin embargo, todo sale bien, tal y como dijeron Baz y Penny. No me sorprendería saber que Penny descompuso la máquina a propósito. En cuanto cruzamos el área de seguridad, Penny me compra una bolsita de dulces y una Coca. (No tengo ni un quinto; Baz y ella se encargarán de todos los gastos del viaje.)

Nunca antes había estado en un aeropuerto. Paso una hora caminando de un lado al otro y haciendo círculos con los hombros; se sienten demasiado ligeros. Recargo la espalda en varias paredes para cerciorarme de que de verdad no hay nada ahí atrás. Voy al baño de hombres y me levanto la playera, mirando al espejo por encima de mi hombro. No hay nada más que pecas.

Cuando salgo del baño, Baz y Penny están formados para abordar el avión, y Penelope me hace señas para que me apresure. Me meto detrás de ella, sin molestar a nadie con mis alas. Pienso en todo lo que podría hacer en mi condición actual. Subirme al metro. Ir al cine. Pararme junto a alguien en un mingitorio sin golpearlo ni tirarlo.

Nunca hubiera cabido en un avión con mis alas. No hubiera podido caminar por el pasillo sin golpear a todos los que se encontraran sentados en sus lugares.

Baz se queja cuando llegamos a nuestros asientos, en medio de una fila, en la parte trasera del avión.

—Por el amor de la serpiente, Bunce, ¿no pudiste robar asientos en primera clase?

—Hay que mantener un perfil bajo —dice.

—Puedo mantener un perfil bajo en primera clase.

Lo jalo y lo obligo a sentarse. El espacio entre mi asiento y el de la señora de al lado es bastante justo. (Trae puesta una cruz. Eso resulta útil: Baz no sucumbirá a la tentación de morderla.)

Me agrada recargar la espalda y colocar los hombros directamente en el respaldo del asiento, tengo la impresión de que mi columna vertebral sobresale. También me agrada sentarme muy cerca de Baz. Y la señora de la cruz no puede molestarse con nosotros porque *tenemos* que sentarnos así de cerca. La clase turista es lo que nos hace gays.

Aunque no es *seguro* que se moleste con nosotros... Es sólo que nunca sabes cuándo ni quién te hará sentir mal por lo que eres. La última vez que Baz y yo nos tomamos de la mano en público, una chica con arete en la nariz se sintió ofendida. Si no puedes confiar en que la gente con arete en la nariz sea de mente abierta, entonces, ¿quién queda?

Baz dijo que la chica no nos miraba raro, su rostro era así.

"Esa mujer tiene un aspecto miserable. Se perforó el tabique con ese aro para distraer la atención sobre su infelicidad."

También dice que no debo suponer que todas las personas que me fruncen el ceño lo hacen porque estoy con un chico.

"A algunas personas simplemente no les agradarás, Simon. Tú no me agradaste durante años."

Eso fue... hace meses. Lo de la chica con el arete en la nariz. Nosotros tomados de la mano. Nevaba ese día.

Ahora pienso en tomarle la mano a Baz; alargo la mano, pero él toma una revista y empieza a hojearla.

Ocho horas en el aire. Penny dice que podemos ver películas y que nos traerán comida todo el tiempo. También dice que después de unos minutos olvidaremos que sobrevolamos el océano y que sólo será aburrido.

Volamos a Chicago para que Penny visite a Micah. Ella espera que él decida unirse a nuestro viaje en carretera.

"Dice que tiene que trabajar, pero tal vez cambie de opinión".

Baz tiene las rodillas aplastadas contra el asiento delantero. (Una buena parte de su estatura se concentra en las piernas. Si nos ponemos espalda con espalda, somos de la misma estatura. Quizá yo sea un poco más alto.) La persona sentada ahí echa su asiento hacia atrás y Baz aúlla.

—Podrías usar magia para ganar un poco más de espacio —le digo.

—No puedo. Conservo mi magia —gira sus rodillas en dirección a las mías—. Por si acaso tengo que "flotar como mariposa" durante el resto del vuelo.

7

PENELOPE

He estado saliendo con Micah a partir de que llegó a Watford desde Estados Unidos como estudiante de intercambio durante cuarto año.

Como la mayoría de los países, Estados Unidos no tiene escuelas de magia. En ocasiones, algunas familias extranjeras envían a sus hijos a Watford durante un año para disfrutar de la experiencia cultural. "Y porque nadie ofrece los fundamentos mágicos que ofrecemos nosotros", le gusta decir a mi madre. "Nadie". (Ahora es la directora de Watford y está muy orgullosa.) Los niños estadounidenses asisten a escuelas Normales y aprenden magia en casa. "Imagina lo que sería aprender únicamente los hechizos que tus padres pueden enseñarte. Nada de oratoria, lingüística ni ciencia forense."

Micah es un gran orador; además es bilingüe, así que puede hechizar en español. (Eso sólo funciona en lugares de habla hispana, ¡pero el español es un idioma en expansión!)

Sé que a lo largo de todos estos años la gente de Watford pensó que Micah era mi novio imaginario; sin embargo, para nosotros era completamente real. Nos comunicábamos por carta y correo electrónico. Conversábamos por Skype. Y luego por FaceTime. A veces, incluso, hablábamos por teléfono.

Pasamos tres años sin vernos en persona. Luego, hace dos años, pasé el verano con su familia en Chicago, y pese a que nuestra relación ya era real, se volvió *más* real.

Planeaba ir a visitarlo otra vez cuando acabáramos la escuela. Pero todos estábamos en shock; el Humdrum se había esfumado y el Hechicero había muerto. (Ni siquiera regresé a Watford para cursar el último año de preparatoria. La señorita Possibelf viajó a Londres para aplicarme los exámenes.) Simon estaba hecho pedazos. No podía largarme a Chicago y dejarlo solo; ya estaba más solo que nunca.

De todos modos, Micah no tuvo problema con eso. Estuvo de acuerdo en que quedarme en Londres sería lo mejor en ese momento. El plan era visitarlo en cuanto las cosas mejoraran. Ambos acordamos eso.

No teníamos ningún plan por si las cosas empeoraban.

8
AGATHA

Pensé que el retiro se llevaría a cabo en un hotel, pero Josh nos conduce a una casa enrejada dentro de un vecindario privado. Tiene un deportivo que no emite ningún sonido, no utiliza combustible ni tiene asiento trasero.

—Este vecindario está compuesto casi en su totalidad por miembros de PresenteFutura —dice—. La mayoría de los fundadores vive aquí.

Ginger parece impresionada. Yo trato de ser cortés.

Nos recibe una mujer joven y competente, llena de tatuajes y perforaciones. Es el objeto más decorativo de la casa. Todas las reuniones de PresenteFutura se realizan en lugares como éste: hogares cavernosos con decoraciones mínimas. Hasta ahora, éste es uno de los más lúgubres y minimalistas: como si alguien se esforzara por mostrar la cantidad de espacio libre de la propiedad para llenarlo con nada. Mi madre enloquecería al ver la falta de tapicería y decoración en las paredes.

Personalmente, preferiría estar en un hotel que en esta enorme casa vacía; cuando Ginger y yo entramos a nuestra habitación, nos percatamos de que la puerta no tiene seguro.

—No entiendo por qué desempacas —le digo a Ginger—. Sé que te quedarás con Josh.

—Nop —dice—. Esa ala de la casa es exclusiva para miembros. Dormirás conmigo todas las noches.

Ginger no quiere perderse ni un minuto del programa del retiro. Me obliga a acompañarla a la fiesta de bienvenida en la terraza. Bebemos cocteles preparados con champaña y nadie me pregunta si tengo 21. (Me faltan cuatro meses para cumplirlos.) Hay casi puros hombres aquí. Algunas mujeres. Todos los miembros instituidos portan pequeños broches dorados con la figura de un ocho. (Los broches me recuerdan una reliquia que mis padres conservan en nuestro baño, una serpiente plateada devorando su propia cola que supuestamente impide que los basiliscos asciendan por las tuberías.)

Después de la fiesta de bienvenida, se realiza una meditación dentro de una habitación y un seminario sobre inversión en otra. Ginger, Josh y yo decidimos meditar. Me gusta la meditación. Al menos es silenciosa.

Luego, se supone que todos debemos asistir a una conferencia magistral —"El mito de la mortalidad"— en una sala del tamaño de una pista de baile. Quienquiera que viva aquí debe de ser dueño de cincuenta sofás, todos de color negro o blanco o crema. Estos muebles son tan pulcros y elegantes que conservan su forma incluso tras sentarte sobre ellos.

Paso veinte minutos moviéndome en mi asiento con nerviosismo. Es casi como estar en la iglesia. El tipo que habla ahora dice que los Normales —bueno, los seres humanos— fueron puestos en esta tierra para vivir eternamente y que el pecado, la culpa y los factores ambientales los descarrilaron. Los "factores ambientales" son suficientes para convencer a Ginger.

A mí todo me parece una falacia. Ni siquiera los hechiceros podemos vivir para siempre, y eso que tenemos miles de encantamientos de nuestro lado.

"Vivir es morir", dice mi padre. Es el mejor doctor mágico en Inglaterra. Puede curar cualquier cosa que sea curable. Sin embargo, no puede curar la muerte. O como él dice: "No puedo curar la vida".

Trato de aburrirme con la plática, aunque en realidad me siento incómoda. Me molesta ver cómo todos asienten y se tragan tantas estupideces. ¿En verdad creen que pueden engañar a la muerte con jugos tropicales y pensamientos positivos?

Esto me recuerda al Hechicero, lo cual me recuerda aquella noche en la Torre. Y a Ebb.

Me pongo de pie. Le digo a Ginger que voy a buscar un baño, pero en realidad sólo quiero alejarme. Termino en un cuarto vacío al otro lado del piso principal, una biblioteca que posee una enorme ventana con vista a un campo de golf.

Se suponía que este fin de semana asistiría a un *festival*. Hasta compré pintura corporal y le cosí plumas a mi bikini. Iba a ser ridículo y brillante. No como esto, ridículo y triste.

Hurgo en mi bolsa para buscar el cigarro de emergencia que guardo allí. En realidad, nunca fumé cuando viví en Inglaterra. Simon y Penny lo odiaban y, como dije, mi papá es doctor. Pero luego me mudé a California, donde literalmente nadie fuma, y hacerlo de vez en cuando era como brindar en honor a la reina.

Apuesto a que el dueño de esta casa se volvería loco si encendiera el cigarro.

Sostengo el pitillo entre mis dedos y digo: *¡Arda el fuego, el caldero hierva!*, uno de los tres hechizos que puedo hacer sin mi varita mágica y el único que puedo pronunciar en voz baja. (Un extraño talento que evité cultivar al ver cuánto complacía a mi madre.) La punta del cigarro se enciende. Inhalo y luego exhalo el humo en dirección a un estante de libros.

—¿Puedo robarte uno de ésos?

Miro en dirección a la puerta. Hay un hombre parado ahí, con el estúpido broche en forma de ocho.

—Lo siento —digo—, éste es el último.

Entra a la biblioteca. Es un poco mayor que yo, algo joven para los estándares de PresenteFutura, aunque igual de pulcro y tan en forma como el resto. Me agrada la idea de corromper a uno de ellos. Fumar un cigarro podría arruinar todo su programa semanal. Tendría que confesar y limpiarse y quizás incluso ayunar.

—Puedes darle una fumada —le digo.

Deja la puerta abierta, algo que agradezco. (Malditos hombres, siempre tratan de atraparte cuando estás sola.) Luego se acerca para recargarse en los estantes junto a mí. Le doy el cigarro y le da una fumada profunda.

—Ahora nunca serás inmortal —le digo.

Se ríe, ahogándose un poco con el humo. Algo se le escapa de la nariz.

—Diablos —dice—. Tenía tantos planes.

—Dime uno.

—Curar el cáncer con terapia genética.

Creo que lo dice en serio.

—Lo siento, cariño, creo que te equivocaste de habitación. Tus compañeros están al lado.

—¿No te convence lo que dicen? —me pregunta.

—No.

—Entonces, ¿por qué estás aquí?

—Porque escuché que ofrecían masajes linfáticos y pastelitos veganos.

—Es cierto —dice, sonriendo.

Entonces suspiro, exhalando el humo de mi cigarro cerca de su rostro.

—Vine con una amiga.

Asiente mientras me mira. Admira mi cabello, algo que sucede con frecuencia. Tengo el cabello largo y rubio claro. "Rubio mantequilloso", solía llamarlo Simon. Aquí no conozco a nadie que coma mantequilla.

—¿*Tú* estás convencido? —le digo mientras miro su broche—. ¿O ya te convencieron?

—Soy su fundador —dice.

—¿En verdad? —no puede tener más de 25—. ¿Acaso fuiste un fenómeno adolescente?

—Algo así.

Le echo un vistazo a los estantes que me rodean. Todos contienen libros modernos, muchos de encuadernado rústico. No hay ninguno encuadernado en piel para presumir.

—Nada de esto parece impresionarte —dice.

Me encojo de hombros.

—Conozco el tipo.

Mi cigarro se ha consumido hasta el filtro. Miro a mi alrededor en busca de algún sitio para apagarlo. El chico levanta un plato de bronce del escritorio; es una especie de premio.

—Ten.

—Puedo ser insolente —le digo—, pero no grosera.

Se ríe. Se ve guapo cuando se ríe.

—No hay problema. Es mío.

Apago mi cigarro.

—¿Ésta es *tu* casa?

—A-já. ¿Acaso eso te impresiona?

—Morgana, no. ¿Por qué alguien de tu edad necesitaría un campo de golf?

—Me gusta el golf —dice—. También me agrada tener una casa grande. Para los fines de semana como éste.

—Supongo que hay de todo en esta vida.

—Puedes ser cínica, si quieres.

—Lo soy.

—Pero el cinismo no conduce a nada.

—Mentira —le digo—. El cinismo salva vidas.

—Nunca.

—Hay tantas cosas que nunca me matarán, porque ni muerta las haría.

—¿Como qué?

Me sacudo la ceniza del vestido.

—Escalar montañas.

—¿Eso es cinismo o cobardía?

—Honestamente... —hago una pausa—. ¿Cómo te llamas?

—Braden.

—Claro... —mascullo, analizándolo—. Honestamente, Braden, soy demasiado cínica como para que me importe.

Da un paso más hacia mí.

—Me gustaría hacerte cambiar de opinión.

—Gracias, pero acabo de salirme de una secta. No estoy buscando sacar un clavo con otro clavo.

Sonríe. Ahora coquetea conmigo.

—No somos una secta.

—Yo creo que sí lo son.

No le coqueteo *tanto*.

—¿La iglesia católica es una secta?

—Sí. ¿Te comparas con el catolicismo?

Levanta la mirada.

—Espera, ¿piensas que la iglesia es una *secta*?

Nos miramos a los ojos. Él piensa que los míos poseen un inusual tono café. Me alivia ver que no dice nada al respecto.

—Sólo queremos ayudar a las personas —dice.

—Quieren ayudarse a sí mismos —lo corrijo.

—Número uno, somos personas, y número dos, ¿por qué *no* ayudarnos a nosotros mismos? Somos los marcadiferencias.

—Ésa es una palabra inventada, Braden.

Braden es un nombre inventado.

—A mí me parece bien inventar palabras —dice—. Quiero rehacer el mundo. ¿La gente que está en la otra habitación? Ellos *ya* están cambiando el mundo. Estoy aquí para nutrirlos y alentarlos, para que maximicen su impacto.

—Por eso abandoné esa habitación —le digo—. Lo último que quiero es hacer una diferencia.

9

BAZ

Ninguno de los tres duerme durante el vuelo. Bunce resuelve acertijos de lógica y Snow ve películas donde la gente se patea entre sí. Cada dos horas, exclama:

—Bueno, pues eso fue una verdadera mierda y empieza otra película.

Si pudiera me dormiría, pero no logro acomodarme. Tengo las rodillas aplastadas y hay al menos tres personas con cruces sentadas cerca de mí. Uno de los crucifijos debe de ser de plata, pues no me ha dejado de gotear la nariz.

Estoy prácticamente encima de Snow y utilizo el espacio reducido como excusa para estar cerca de él. Había olvidado el calor de su piel. Nuestros cuerpos se tocan desde el hombro hasta la rodilla; es como recostarse a tomar el sol, aunque sin quemarse.

Simon ha cambiado mucho desde que salimos de la escuela. Físicamente. Su apariencia es más suave y robusta. Como si la mantequilla (o más bien la sidra) al fin hubiera surtido efecto. Supongo que ser "el elegido" implica tener un buen entrenamiento cardiovascular. Y ser un reactor mágico debió dotarlo de un excelente metabolismo...

Snow parece no haber recargado sus baterías en un buen rato. Su piel se ha vuelto pálida. Su cabello color café caramelo ha perdido brillo. Se lo ha dejado crecer, por descuido, creo. Ahora tiene la cabeza cubierta de rizos despeinados. Rebotan cuando camina y todo el tiempo se los jala.

—Es una mierda —dice Snow, refiriéndose a la pequeña pantalla que está en el asiento frente a él—. Una verdadera mierda. Que me perdonen, pero ese hombre en su vida ha empuñado una espada.

Sacude la cabeza y sus rizos se tambalean.

Es encantador. También un desastre algo deprimente. Apagado y pálido y poco refinado. Pero a la vez, tan encantador.

Cierro los ojos y finjo quedarme dormido sobre su hombro.

SIMON

Una hora formados en migración.

Los agentes fronterizos de Estados Unidos son aterradores; no obstante, mis alas permanecen ocultas y mi pasaporte funciona. Penny dice que ella debe preocuparse más por ser morena que yo por tener alas. (Ella es mitad india, mitad blanca. Inglesa en ambos lados de la familia.)

Pero pasamos sin problema.

Estamos en Estados Unidos. *Estoy* en Estados Unidos. Al otro lado del océano. Yo. Si pudieran verme ahora los chicos de las casas adoptivas...

Bueno, en realidad no me gustaría que me vieran porque entonces tendría que verlos a ellos. Y no tengo muy buenos recuerdos de mi infancia fuera de Watford.

Mi terapeuta (la que veía el verano pasado) siempre quería que hablara sobre el tema, sobre cómo había sido mi vida cuando era niño, cómo me sentía, quién me cuidaba. Traté de decirle que no lo recordaba, y en verdad no me acuerdo. Todo está un poco revuelto. Apenas si recuerdo dónde vivía antes de obtener mi magia, en qué escuela estaba, los programas que veía en la tele... Recuerdo que las cosas estaban *mal*, pero no específicamente *por qué*. El trauma afecta la memoria, me dijo la terapeuta. Tu cerebro cierra cualquier pasaje doloroso.

"Eso suena bien", le dije. "Gracias, cerebro."

No veo por qué tendría que hurgar en mi infancia en busca de dolor y problemas, en aquellas cosas que mi cabeza ha decidido clausurar. Tengo suficiente dolor y problemas en mi vida.

La terapeuta dijo que necesitaba adentrarme en el pasado para impedir que arruinara el presente. Y yo dije...

Bueno, en realidad no dije nada. Y nunca volví.

Penny rentó un auto, aunque tenemos que caminar casi un kilómetro para recogerlo. Baz se ve totalmente agotado, pese a que se durmió recargado en mi hombro durante casi todo el vuelo. (Me aguanté las ganas de ir al baño por más de cuatro horas, todo por temor a despertarlo.)

Cuando llegamos al auto, me paro en seco y Baz se estrella contra mí.

—*Penelope*... —me sostengo la cabeza como alguien que acaba de ver su sala renovada en uno de esos programas de "hágalo usted mismo"—. ¡Debes de estar bromeando!

Penny se ríe.

—Nop.

Por Crowley, es hermoso —elegante y de un tono azulado como el agua salada. Y la defensa delantera parece una nariz de Doberman pinscher.

—¡Un Mustang clásico! ¿Acaso *bromeas*? ¡Igual que Steve McQueen!

—Bueno, pues no podemos conducir a través de Estados Unidos en un Ford Fiesta.

Baz frunce el ceño mientras observa el cofre del auto.

—Mil novecientos setentaicho... Color turquesa Tahoe...

Me subo al asiento del piloto, pese a que no sé conducir; desearía saber hacerlo. Los asientos son de vinil color azul cielo y más pequeños que los de cualquier auto en el que haya estado.

—Más espacio para tus alas —comenta Baz.

—Hablando de eso —dice Penny—. Permíteme refrescarte —levanta la mano donde tiene su anillo. Una campana cuelga de su dedo medio—. *¡Cada vez que suenan las campanas, un ángel obtiene sus alas!* —conjura. Luego gira su mano haciendo sonar la campana y silbando—: *¡La bajo, la giro y la regreso!*

Sorprendido, Baz inhala cuando la magia hace contacto con mi cuerpo; con mucha más fuerza de la que presenciamos en nuestro departamento cuando Penny probó este hechizo por primera vez. Una sensación helada aflora entre mis hombros.

—Grandes serpientes, Bunce, eso es una genialidad.

Baz arquea las cejas al máximo.

Penny se sacude la mano.

—Eso fue mucho más potente que en casa —dice, emocionada—. ¿Crees que se deba a que las frases son de origen estadounidense? ¡Esto podría afectar todo nuestro vocabulario!

—¿El segundo hechizo sirve como una reversión general? —Baz quiere saber.

—Todavía no estoy segura —dice ella—. Es una canción pop, así que es inestable.

—No puedo creer que hayas probado un hechizo inestable en tu mejor amigo...

—¡Simon me dio permiso!

—... ¡y no puedo creer que fuera lo bastante angelical como para que funcionara!

—Es lo suficientemente angelical para los fines del hechizo —dice Penny—. La magia entiende de metáforas.

—Gracias, Bunce, yo también cursé Teoría Mágica en primer año.

Ellos siguen hablando y yo los ignoro. Estoy demasiado ocupado fingiendo ser Steve McQueen. No suelo ir por la vida pensando qué tan genial me veo (no soy Baz), pero siento que ahora mismo debo verme *muy cool*.

Penny juguetea con el parabrisas.

—¡Mira! —pasa por encima de mí para prender un botón en el tablero. Se enciende el motor y la parte delantera del auto se dobla y desaparece—. Magia —sonríe.

Yo también sonrío. Esto es *genial*. Si estuviera solo, ya estaría emitiendo sonidos de *vroom, vroom*.

Baz coloca nuestras maletas en la cajuela, luego se dirige al asiento del conductor; él es el único de nosotros que sabe manejar.

—Zafo —digo, mientras me subo al asiento del copiloto. Me marearé si viajo en el asiento trasero.

Penny prácticamente gatea sobre mí para alcanzar el asiento trasero y Baz se acomoda, abrochándose el cinturón.

—Anda, Snow. Veamos Estados Unidos.

Si creía que me veía genial detrás del volante, no estaba preparado para Baz.

Si no hubiera tantas otras cosas por ver, sería incapaz de quitarle los ojos de encima. Nos dirigimos a los suburbios de Chicago, donde vive Micah. Nunca antes había visto algo similar a lo que hay en este lugar.

Las carreteras son asombrosas: de cinco carriles de ancho y llenas de vehículos monstruosos. Al parecer, toda la gente en Estados Unidos conduce un transporte tipo militar. Además, hay anuncios por todas partes, espectaculares gigantes a lo largo de la carretera con cualquier cosa, desde pizza y abogados hasta suplementos para estimular el crecimiento del cabello.

Baz actúa como si hiciera esto todos los días. Está totalmente relajado; reposa una mano larga y pálida sobre el volante
y con la otra sujeta con firmeza la palanca de velocidades. Viste
pantalones gris claro, una playera blanca que le llega justo debajo de los codos y un par de lentes de sol que nunca le había
visto. El cabello le ha crecido desde que salimos de la escuela y
el viento le infunde vida.

Aún me siento sucio por el trayecto en avión. Sé que trans-
piré a través de mi playera (un sudor agrio por pasar tantas horas sentado) y mis jeans son demasiado gruesos para Chicago en
junio. Estos días, mi cabello también está más largo, pero sólo
porque no he tenido interés en cortármelo. Soy exactamente el
tipo de cosa a la que Baz no le da importancia.

Penny se atraviesa para juguetear con el radio.

—¿Dónde está el enchufe?

Baz intenta hacerla retroceder de un codazo.

—¡Ponte el cinturón!

—¡Pero hice una playlist para el viaje!

—¿Tratas de matarnos antes de poder escucharla?

Enciendo el estéreo. Parece que vino con todo y el auto.

—Creo que sólo tiene radio —digo, jugando con el sinto-
nizador.

Éste emite un sonido de estática, tal y como en las películas. Quizá todo en Estados Unidos sea como en las películas.

—¿No reconoce mi reproductor de música? —pregunta
Penny, aún incrustada entre nosotros.

—No lo creo. Buscaré algo de música —me toma un segundo; tienes que darle vuelta a la perilla poco a poco para atrapar
la señal. Dejo atrás una estación donde hablan sobre política y
beisbol y me detengo en otra donde ponen rock clásico—. Creo
que esto es lo mejor que vamos a encontrar.

Penny suspira y se deja caer en el asiento trasero.

—¡Abróchate el cinturón! —grita Baz.

Ahora se cambia de carril, lo cual implica un complejo baile: girarse sobre su asiento, cambiar de velocidades y pisar uno de los pedales. Me alegra que aún no hayamos terminado, porque de otra forma nunca hubiera podido vivir esto.

10
PENELOPE

Pronto llegaremos a casa de Micah.

Le dije que vendría.

Lo llamé la semana pasada; le expresé mi preocupación por Agatha y le dije que Simon necesitaba unas vacaciones. Además, le dije que lo extrañaba. "Primero haremos una parada en Chicago", dije. "Nos queda de camino."

Y luego Micah dijo que quizás ésa no era una buena idea. Que deberíamos hablar más al respecto.

"No hay tiempo que perder: ¡Agatha podría estar en problemas!" No planeaba decir esto, pero lo hice; en realidad no era mentira. Podría estar en peligro. Históricamente, lo ha estado.

Luego, Micah dijo: "Esto podría ser cualquier día de la semana, ¿cierto?"

"¿Eso qué significa? ¿No crees que Agatha esté en peligro?"

"No, lo creo. Agatha está en peligro. Y Simon pasa por un momento difícil. Y Baz tiene un secreto oscuro. Y seguro hay una conspiración de la cual no puedes platicarme. ¡Todo el Mundo de los Hechiceros podría estar en juego!"

Decidí hacer como si Micah no estuviera enojado. Para que dejara de *estarlo* en cualquier momento sin que implicara gran cosa. Entonces, dije: "Bueno, no estoy segura de la *inexistencia* de una conspiración sombría...".

Y él dijo: "Como sea, Penelope. Haz lo que quieras. De todas maneras, lo harás".

"Haré lo que *tenga* que hacer", dije, "no lo que quiera hacer."

Y después, Micah no dijo nada.

"¿Micah? ¿Micah? ¿Sigues ahí?"

"Sigo aquí."

"¿Crees que invento todo esto?" (Pienso que hay una diferencia entre inventar y exagerar.)

"No."

"*Micah*..." Traté de suavizar, empequeñecer mi voz. "Tal vez podrías acompañarnos a California. Tu ayuda nos vendría bien."

"Tengo mi periodo de prácticas."

"Bueno, de todos modos volaremos a Chicago. Por si cambias de opinión..."

"Agatha podría estar en peligro, ¿cierto? Deberían volar directo ahí."

"Supongo que eso es verdad..."

"Y hablaremos cuando vuelvas", dijo. "Cuando las cosas se tranquilicen para ti."

Luego colgó el teléfono.

Y eso me convenció de que tenía *razón* de planear este viaje. Hace mucho tiempo que Micah y yo no estábamos en contacto. Lo que sea que tengamos que discutir, será mejor hacerlo en persona.

11

BAZ

El novio de Bunce vive en una subdivisión dentro de un suburbio.

—Las casas están muy alejadas entre sí —dice Snow. Ahora que salimos de la autopista, volvemos a escuchar nuestras voces—. Es codicioso, ¿no creen? Ocupar tanto espacio como sea posible.

—No están *tan* separadas —digo.

—A ti no te lo parece porque creciste en una mansión.

—Crecí en la cima de una torre —digo—. Contigo.

—¡Es ésa! —dice Bunce, señalando con el dedo.

Me estaciono en el acceso vehicular y me dispongo a bajar del auto, pero Bunce me empuja sobre el asiento y pasa por encima de mí.

—Ustedes esperen aquí.

—¡Quiero ver a Micah! —dice Snow—. ¿Te damos pena?

—Sí —dice ella—, y aun así regresaré por ustedes. Sólo quiero verlo a solas por un momento.

Se alisa la playera, aunque eso no oculta el hecho de que pasó la noche en un avión; y Bunce tiende a verse un *poco* absurda, incluso cuando está en su momento más casual. Se viste como si aún llevara el uniforme de Watford o como si quisiera llevarlo. Faldas cortas de tartán, calcetas a la altura de las rodillas, zapatos Mary Jane o choclos. La única concesión que ha hecho con la vida civil es usar una serie de playeras holgadas. Me pregunto si está consciente de que la mayor parte de su ropa es de color morado y verde.

Cuando Bunce llega a la mitad del acceso vehicular, voltea, alza las manos y anuncia:

—¡Quédense ahí!

—¡Ya entendimos! —grita Snow—. ¡Te avergonzamos!

Penny levanta las manos exasperada y corre hacia la casa.

Ahora Snow y yo estamos solos. Se estira para tocar la palanca de velocidades.

—Todavía está caliente.

Asiento con la cabeza.

—¿Se siente diferente? —me pregunta—. ¿Que el auto que tienes en casa?

—Más pesado —digo—. Más difícil de controlar... ¿Quieres intentarlo?

Snow aún sostiene la palanca de velocidades.

—Ni siquiera puedo manejar un coche automático.

—Yo... —me encojo de hombros—. Podría enseñarte.

—¿Aquí?

—¿Por qué no? Nadie se dará cuenta. No hay tráfico.

Snow se ve muy joven, con el ceño fruncido, como si no tuviera *permiso* de hacer esto. Abro la puerta de mi lado del auto.

—Anda.

Me bajo del coche y él se pasa al asiento del conductor, frotándose las manos sobre los jeans. (Simon Snow en Estados Unidos: jeans y una playera blanca, junto con un color rosado en la piel a causa del sol.)

Tomo su lugar en el asiento del copiloto.

—Muy bien —digo, sonando un poco como el entrenador Mac—, el freno de mano está puesto, así que no iremos a ninguna parte.

—Cierto.

—Ahora, pisa el clutch. Es el pedal que está del lado...

—Lo sé, he jugado *Gran Turismo*.

—Bueno, entonces, siempre se pisa el clutch cuando introduces o cambias de velocidad. Siéntelo por un momento.

Pisa el clutch con más fuerza de la necesaria, pero no lo corrijo. La frase "lento pero seguro" no forma parte del vocabulario conductual de Snow.

—Ahora coloca tu mano sobre la palanca de velocidades.

Snow la sujeta. Reposo mi mano sobre la suya e intento aflojar su muñeca.

—Relájate. Sólo practicamos. El auto está apagado y el freno puesto. Sólo probamos cómo se siente... —muevo la palanca de velocidades de atrás hacia delante—. Esto es neutral —empujo su mano al centro y luego hacia abajo—. Y esto es reversa.

Arriba, en medio, arriba.

—Primera.

Abajo.

—Segunda.

Arriba, en medio, arriba.

—Tercera.

Abajo.

—Cuarta.

Snow asiente con la cabeza mientras baja la mirada para ver nuestras manos.

—Hay un diagrama en la perilla de la palanca —dice.

—Cierto. Pero no puedes verlo mientras conduces. Sólo siéntelo...

Paso nuestras manos por las velocidades otra vez.

—Lo tengo —dice.

Retiro mi mano.

—Entonces, regresa a la posición neutral...

Snow levanta la mano para echarle un vistazo a la perilla, luego la mueve al centro.

—En un principio puede resultar frustrante; se tienen que considerar muchas cosas a la vez.

—¿Quién te enseñó a conducir? —pregunta.

—Mi madrastra.

—¿Y ella se frustraba?

—No —respondo—. Ella era encantadora. Yo me frustraba. Anda, quita el freno de mano; está justo ahí.

Coloco la mano izquierda sobre su hombro, luego estiro la mano derecha por encima de su muslo y señalo el freno con el dedo.

—¿Usó magia?

—¿Para enseñarme a conducir?

Snow juguetea con el freno.

—Sí.

—No. Conoces a Daphne. Casi nunca utiliza magia.

—Pero ¿*podrías* usar magia para conducir?

—Supongo que sí, aunque así no aprenderías a hacerlo —le doy un ligero codazo—. Anda, James Dean, enciéndelo.

—¿Sólo le doy vuelta a la llave?

—Sí y acelera un poco.

Gira la llave y el auto se sacude hacia delante y se apaga. Me detengo en el tablero.

—Bien.

—Eso no estuvo bien, Baz.

—Estuvo bien —digo—. Es normal. Debería haberme asegurado de que estuviéramos en neutral. Inténtalo de nuevo: clutch, neutral, enciende el motor, pisa el acelerador.

Esta vez el auto se enciende a la perfección. Simon revoluciona el motor y me mira, luego se ríe encantado.

Le doy unos minutos para disfrutarlo.

—Ahora vamos a avanzar. Aquí es donde la cosa se pone complicada.

—La situación ya es complicada.

—Vas a mantener el pie en el clutch y cambiar a primera, luego vas a pisar el acelerador poco a poco mientras sueltas el clutch.

Niega con la cabeza, como si mis palabras fueran un sinsentido.

—El clutch te permite cambiar de velocidades —digo—. Y necesitas meter una velocidad para avanzar. El acelerador te ayuda a hacerlo.

—Entonces, primero el clutch, luego primera... —aunque le tiembla la mano, lo consigue—, después el acelerador.

Nos sacudimos hacia delante.

—Excelente.

—¿Sí?

—Sí... pero vamos a golpear ese buzón de correo.

Simon alza la mirada de la palanca de velocidades.

—¡¿Qué hago?!

—Darle vuelta al volante para esquivarlo.

—Ah, claro —gira el volante—. Ay, lo siento.

—Está perfecto. Lo estás haciendo muy bien.

—¿Por qué eres tan amable conmigo? Antes, cuando realmente sobresalía en algo, nunca eras tan amable. Pero ahora que la estoy cagando...

—Sólo estás aprendiendo. Sigue conduciendo.

—Bien, de acuerdo. ¿Hasta el final de la calle?

—Hasta el final de la calle.

—Saca tu varita —dice.

—¿Por qué?

—Por si las dudas.

—No la necesitaremos —coloco una mano sobre su hombro. Todos los músculos de su torso están tensos—. Ahora vas un poco más rápido...

—Perdón.

—No, está bien —pero ¿lo sientes? Quiere cambiar.

—¿Qué quiere cambiar?

—El motor. Se está esforzando de más.

—Ah, claro. Sí, entonces yo...

Cambia a segunda sin problemas.

—Crowley, eso fue excelente, Snow.

—Déjame intentarlo...

Ahora cambia a tercera, lo cual es demasiado rápido para una zona residencial, pero aun así es un gran trabajo.

—Increíble, Simon. Parece que naciste para ello.

—¿Eso estuvo bien?

—Sí, muy bien.

—Es más sencillo cuando dejo de pensar.

—Me lo has dicho varias veces.

—¿Baz?

—Sí.

—Hay un auto; ¡hay un auto! ¡No sé cómo frenar!

12
PENELOPE

La madre de Micah abre la puerta y parece confundida al verme. Supongo que es lógico... Vivo en Londres.

—Señora Cordero —digo—, hola.

—Penelope... qué gusto verte. Micah no me avisó que vendrías.

—Ah, es una especie de sorpresa —digo—. Lo planeé un poco de improviso. ¿Está en casa?

—Sí, claro. Adelante, por favor.

Entro a su casa. Amo esta casa. Me quedé en la habitación de invitados cuando vine a visitar a Micah, hace dos veranos. Todos los cuartos son enormes y sólo los dormitorios y los baños (hay *cuatro* baños) tienen puertas. Y todo —las paredes y los muebles, así como las dos docenas de estantes de cocina— está pintado con relajantes tonos crema y café claro.

Hay al menos *tres* sofás de piel color café claro.

Hay *dos* salas color beige.

Hay alfombrado de pared a pared del color de una papilla de avena.

Es tan reconfortante. Mi casa tiene todos los colores del espectro y ninguno fue planeado con antelación. Y nuestros muebles son del color que hayan sido cuando mi padre los avistó en una venta de garage. Además, cada rincón de nuestro hogar está atestado de cosas. La familia de Micah debe de tener *cosas* en alguna parte, pero nunca las ves. Los únicos objetos que hay en las mesitas para el café (¿Que cuántas mesitas hay? Fácil, unas nueve) son jarrones color crema con flores color crema y lámparas de mármol color café claro.

—Yo sólo... —la señora Cordero se ve nerviosa. Debe de saber que Micah y yo hemos estado discutiendo—. Iré por Micah.

Me siento en uno de los sofás de piel y una perrita Pomerania color crema se acerca a mí.

Tanto la madre como el padre de Micah son hechiceros, lo cual no siempre sucede en Estados Unidos. Aquí no tienen reglas para este tipo de cosas y algunos hechiceros pasan toda su vida sin conocer a un mago que no sea su pariente. Cuando los hechiceros se emparejan con Normales, por lo general sus hijos desarrollan magia, aunque no siempre, y algunas personas creen que estos "hechiceros diluidos" no son igual de poderosos. Aunque eso podría deberse a que reciben menos entrenamiento. Dice mi madre que la instrucción escolar en este aspecto es prácticamente inexistente.

Micah piensa que los hechiceros ingleses se obsesionan demasiado con la magia.

"Mi familia utiliza magia", dice, "pero sólo forma parte de nuestra identidad."

Un sinsentido absoluto. Si puedes comunicarte con magia, entonces eres un hechicero antes que nada; el resto no es más que incomodidad.

Ambos padres trabajan en compañías aseguradoras de la salud. La mayor parte del tiempo utilizan su magia en casa para las actividades del hogar.

La pomerania intenta saltar sobre mi regazo, pero es muy pequeña. La levanto porque me provoca lástima, no porque tenga ganas de cargar a un perro.

En *verdad* creo que todo saldrá bien. Si tan sólo Micah y yo logramos hablar cara a cara. La última vez que estuve aquí, todo hizo clic. Nos sentimos como una pareja normal por primera vez.

—¿Penelope?

—¡Micah! —me pongo de pie, llevando a la perrita conmigo—. ¡Micah!

—Penny, ¿qué haces aquí?

No sonríe. Desearía que sonriera.

—Te dije que vendría.

—Y yo te dije que no debías hacerlo.

—Pero de todos modos iba a estar por aquí...

—California no está por aquí.

—Dijiste que teníamos que hablar, Micah. Y estoy de acuerdo. Debemos hablar.

—Llevo seis meses diciéndolo, Penny, y tú lo has aplazado.

—No lo he...

Micah está cruzado de brazos. Luce tan diferente desde la última vez que lo vi. Se está dejando crecer una mezcla horrible de bigote y barba. ¿Cuándo fue la última vez que hablamos por Skype?

—¿Micah? Es que no entiendo por qué no querrías que *estuviera* aquí. Soy tu novia.

La expresión en su rostro es como si yo acabara de decir algo ridículo. (Algo como: "Me voy a dejar crecer una mezcla extraña de bigote y barba, ¿qué piensas?")

—Penelope..., apenas si hemos hablado en un año.

—Porque ambos estábamos ocupados.

—Y el año anterior hablamos mucho menos.

—Bueno, sabes que ésas fueron circunstancias especiales.

—No puedes evitarme durante dos años y pensar que aún tenemos una *relación*.

—Micah, nunca te evité, ¿por qué dirías algo así?

—¡Nunca fuiste *nada* conmigo! *Tú y yo* no éramos nada. Hablaba más con mi abuela que contigo.

—¿Ahora compito con tu abuela?

—No como yo competía con Simon Snow.

La pomerania ladra.

—Sabes que Simon y yo no somos nada en ese sentido.

Pone los ojos en blanco.

—De hecho, sí lo sé. Pero sé que él te importa de una forma en la que yo nunca te he importado.

—¿Por qué nunca me dijiste que te sentías así?

—Ja —dice Micah, como si yo acabara de contar un mal chiste—. Lo intenté. Sería más fácil hablar con un tornado. *Eres* un tornado.

Estoy muy confundida.

—En realidad no tenemos tornados en Inglaterra...

—Bueno, pues eres un vendaval, Penelope Bunce. Sólo haces lo que quieres con la mayor fuerza posible y lo demás no importa. He tratado de hablar contigo sobre esto miles de veces, pero pasas volando frente a mí.

—¡Eso es injusto! —le digo, perdiendo la calma.

Él no pierde la compostura.

—No sólo es justo, sino que es *verdad*. Tú. Nunca. Me. Escuchas.

—Claro que lo hago.

—¿En serio? Te dije que estaba cansado de tener una relación a larga distancia.

—¡Y estuve de acuerdo contigo! —respondo.

—Te dije que creía que nos habíamos distanciado...

—¡Y te dije que eso me parecía natural! —digo casi gritando.

Aún me mira como si nada de lo que digo tuviera sentido.

—Penny, ¿para ti qué significa tener una relación?

—Significa... significa que nos amamos. Y que esa parte de nuestra vida está solucionada. Que sabemos con quién vamos a estar al final del día.

—No —dice, sonando por primera vez en esta conversación más triste que harto—. Una relación no se trata del final sino de estar juntos a cada paso del camino.

—¿Micah? —una chica entra a la sala—. Escuché gritos y tu madre dijo que todo estaba bien, pero...

—Todo está bien —dice con suavidad—. Volveré en unos minutos.

La chica no deja de mirarme. Tiene el cabello largo y oscuro y caderas anchas. Trae puesto un vestido floreado de verano.

—Tú eres Penelope —dice.

—Lo soy.

—Me llamo Erin. Es un placer conocerte.

Se acerca para estrecharme la mano, pero yo hago como si sostener a la perrita requiriera de toda mi fuerza.

—Sólo necesito unos minutos —dice Micah—. Puedo explicártelo...

—Bien —digo yo.

Voltea a verme, como si aún me comportara como una perfecta idiota.

—No te hablaba a ti, Penny. Por amor de Dios.

—Micah, ¿qué es esto? ¿Estás terminando conmigo?

—*No* —dice—. Ya lo he hecho, media docena de veces. ¡Y tú te rehúsas a escucharlo!

—Estoy segura de que nunca has dicho: "Penelope, quiero terminar contigo".

—¡Lo dije de todas las maneras posibles! Pasamos dos meses sin hablar, ¡y ni siquiera te diste cuenta!

—¡Estoy segura de que trabajaba en algo importante!

—¡Yo también estoy seguro de eso! ¡Algo mucho más importante que yo!

En este punto, estoy tentada a decir: "No, Micah, estás equivocado. Esto es un error y no lo acepto".

Y quizá lo haría de no ser por la presencia de esta chica Erin. Creo que es Normal, a menos que tenga una varita escondida en la parte trasera de su vestido; nada de lo que trae puesto podría contener magia. Brazaletes baratos y sandalias de pata

de gallo. Si no fuera por ella, anunciaría: "Me marcho. Lláma-
me cuando entres en razón".

En vez de eso, digo:

—Mi madre vio a mi padre por primera vez en tercer año y
de inmediato supo que algún día se casarían.

—Ésos no somos nosotros —dice—. A nadie le sucede eso.

Tiene razón...

...

... Qué mortificante.

En ese momento salgo de la casa sin despedirme de él,
de Erin ni de la señora Cordero. Estoy a la mitad del camino
cuando Micah me alcanza corriendo.

—¡Penelope!

—¡Ya no quiero hablar contigo!

—No, es que... tienes a la perrita de mi mamá.

Toma a la pomerania y ésta ladra como si quisiera irse conmigo. Micah trota de regreso a la casa.

Yo estoy llorando y no puedo creer que tenga que enfrentarme a Simon y a Baz ahora. No puedo creer que tenga que
explicarles todo esto...

El auto ya no está ahí.

No están aquí.

13

SIMON

Estoy conduciendo. En verdad lo estoy haciendo. Digo, conduzco por un conjunto habitacional llamado Havenbrook, no por la red de autopistas alemanas Autobahn. No obstante, estoy detrás del volante y manipulo varios pedales. Si lo pienso demasiado, piso el pedal en lugar del clutch y el auto se sacude y se apaga, pero eso sólo ha sucedido un par de veces y Baz actúa como si yo fuera un talento natural.

—Perfecto, Snow —dice todo el tiempo.

Aunque yo desearía que dijera: "Perfecto, Simon". Pero me quedo con el "perfecto".

Me sostiene el hombro con la mano y me hace sentir como si nada de lo que hiciera ahora pudiera defraudarlo.

—Creo que estás preparado para una calle de verdad —dice Baz.

—No estoy listo para enfrentarme a otros autos.

—La única manera de estar listo es haciéndolo. No hay tráfico de práctica.

Conducimos a lo largo de la entrada de *Havenbrook Estates*. Puedo divisar la calle principal.

—¿Debería intentarlo?

—Sí. Hazlo, Snow. Vive peligrosamente —dice el vampiro que me enseña a manejar.

—¿Qué hay de Penny? —pregunto para hacer tiempo.

—No creo que nos extrañe mucho, aunque supongo que podemos checarlo con ella.

—¿Recuerdas la dirección?

Ambos levantamos la mirada. Todas las casas en Havenbrook Estates se ven iguales, ligeramente reorganizadas y pin-
tadas en uno de cinco tonos apagados.

—Creo que era color café claro —dice Baz.

—¿Este café claro? —digo, señalando una casa—. ¿O ese
café claro? —señalando otra.

—Ese color no es café claro, sino gris cálido.

—Todas las casas son más o menos de color gris cálido
—digo—, incluso esa verde de allá.

—No veo ninguna color verde.

—Ésa de allá.

—Con seguridad, ésa es color café.

Nunca hubiéramos vuelto a encontrar la casa de no ser porque
Penny estaba sentada en la acera frente a ella. En cuanto nos
ve, se pone de pie y se sube al auto antes de que nos detengamos o abramos la puerta por completo, precipitándose sobre el
asiento trasero.

—Lo siento, Bunce. Snow conducía en círculos.

—¡Todas las calles en este vecindario son circulares!

Penny se cubre el rostro.

—Vámonos.

Me giro sobre el asiento.

—¡Pero quiero conocer a Micah!

—Ya conoces a Micah.

—Además, tengo que usar el baño.

—¡Sólo conduce, Simon!

—Creo que yo debería conducir —dice Baz.

Se baja del auto y me paso al asiento del copiloto, inclinándome hacia el asiento trasero para mirar a Penny.

—¿Estás bien?

Ella se encoge sobre su estómago.

—Perdona que te hayamos hecho esperar —digo—. ¿No estaba en casa?

—No quiero hablar de eso, Simon —su voz suena apagada.

Baz nos conduce fuera de la calle cerrada.

—Mejor aclaremos hacia dónde nos dirigimos.

—Al baño —digo yo.

—A San Diego —dice Penny.

Baz me lleva a un Starbucks para usar las instalaciones y cuando salgo —sosteniendo un enorme frapuccino con los colores del arcoíris— le está gritando a Penny.

—¡¿Treintaiún horas a San Diego?!

—Eso no puede ser —dice Penny—. Eso sería como manejar de Londres a Moscú. Déjame ver —Baz ha estado mirando el celular de Penny y ella lo toma de vuelta—. Pero es el mismo país —dice.

—Creí que *queríamos* hacer un viaje en carretera —digo, mientras me subo al auto.

—Un viaje en carretera es de tres horas —dice Baz—. Con una parada a la mitad del trayecto para hacer un picnic. Esto implica tres *días* al volante y sólo nos quedan siete días antes de volar a casa —se dirige a Penny en tono de burla—: "Haremos una parada en Chicago de camino a San Diego", dice ella.

Penny aún mira su teléfono.

—¿Cómo iba a saber que todos estos estados centrales son del tamaño de Francia? Ni siquiera había escuchado hablar de Nebraska.

—Bueno, pues vamos a pasar un día completo ahí —dice Baz—, así que ahora lo conocerás.

Tres días en la carretera no suenan nada mal. Estos viajes siempre toman tiempo en las películas, el tiempo suficiente para que la gente viva aventuras a lo largo del camino. No puedes tener una aventura en tres horas. (Bueno, *yo* sí la he tenido. Pero soy un caso especial.)

Baz ha dejado de fulminar a Penny con la mirada y ha empezado a hacerlo conmigo.

—¿Qué demonios bebes ahora, Snow?

—Un frapuccino unicornio.

Baz frunce el ceño.

—¿Por qué se llama así? ¿Acaso sabe a lavanda?

—Sabe a los dulces Dip Dab de fresa —digo.

Penny hace una mueca de disgusto debido al comentario de Baz.

—Por el amor de las serpientes, Basil, no puedo creer que sepas a qué saben los unicornios.

—Cállate, Bunce, fueron criados de forma sustentable.

—¡Los unicornios pueden *hablar*!

—Sólo son capaces de entablar conversaciones triviales; no es lo mismo que comerte un delfín.

Baz me arrebata el frapuccino y sorbe un buen trago con el popote.

—Asqueroso —me lo devuelve—. No se parece en nada al sabor de un unicornio.

Se sube los lentes de sol para frotarse los ojos. Los tiene hundidos y ojerosos.

—¿Tienes sed? —le pregunto.

—Sí —dice—. Entraré para comprar una taza de té.

—Eso no era a lo que me refería.

—Sé a lo que te referías. Pero no voy a cazar en los suburbios a plena luz del día.

—Podríamos comprar un sándwich —digo.

—Estoy *bien*.

—De acuerdo. De todos modos, yo quiero un sándwich.

Baz dice que puedo manejar en carretera sin problema. Que es seguro.

—Es mucho más fácil que conducir dentro de la ciudad.

Tiene razón, aunque incorporarse al tráfico a poco más de ochenta kilómetros por hora es bastante aterrador, y algo hago mal que provoca que el motor gimotee como perro.

Una vez en la autopista, no obstante, todo es increíble. Conducir sin la capota es casi como volar, con el aire cálido sobre el cabello y la piel. Mi playera se agita como una bandera ondeante y el cabello negro de Baz parece una flama alrededor de su rostro.

Penny sigue recostada sobre el asiento trasero. Noto que algo anda mal y que no quiere hablar al respecto. No ha tocado su sándwich. Supongo que Micah y ella habrán peleado.

14

BAZ

Algo anda muy mal con Bunce. Está colapsada en el asiento trasero como un conejo muerto. Sin embargo, no puedo prestarle mucha atención a causa *del sol* y también *del viento* y porque estoy muy ocupado elaborando una lista.

Lista de cosas que odio:

1. El sol.
2. El viento.
3. Penelope Bunce cuando no tiene un plan.
4. Los sándwiches estadounidenses.
5. Estados Unidos.
6. America, el grupo musical, mismo que desconocía hasta hace una hora.
7. Kansas, también un grupo musical que apenas conocí.
8. Kansas, el estado, que no se encuentra muy lejos de Illinois, así que debe de ser horrible.
9. El estado de Illinois, sin puta duda.
10. El *sol* en mis *ojos*.
11. El *viento* en mi *cabello*.
12. Los autos convertibles.
13. A mí, más que nada.
14. Mi corazón de pollo.
15. Mi estúpido optimismo.
16. Las palabras "viaje" y "en carretera" cuando se pronuncian juntas con cualquier tipo de entusiasmo.

17. Si soy honesto, ser vampiro.
18. Ser vampiro en un puto convertible.
19. Ser un vampiro delirantemente sediento en un convertible a mediodía. En Illinois, que al parecer es el lugar con más luz del planeta.
20. El sol, que se encuentra varios *kilómetros* más cerca de Minooka, Illinois, que de la bendita ciudad de Londres, Inglaterra.
21. Minooka, Illinois, que parece espantosa.
22. Estos lentes de sol. Una mierda.
23. ¡El puto sol! ¡Ya entendimos: eres jodidamente brillante!
24. Penelope Bunce, a quien se le ocurrió esta idea. Una idea que no estuvo acompañada de un *plan*. Porque lo único que le importaba era ver a su novio de mierda, que claramente la cagó. Algo que todos debimos esperar de alguien de Illinois, la tierra de los malditos: un lugar que consigue estar caliente *y* húmedo al mismo tiempo. Es de esperarse que el infierno sea caliente, pero no húmedo *a la vez*. Eso es lo que lo vuelve un infierno, ¡el giro inesperado! ¡El diablo es listo!
25. Penelope "la niña genio" Bunce.
26. Y todas sus ideas estúpidas. "Será bueno para todos", dijo; lo único que yo escuché fue: "Será bueno para Simon". Crowley... Tal vez ella tenía razón... Míralo. Está feliz como una lombriz. Tan feliz como alguien que ha sido afectado por el hechizo ¡Feliz como una lombriz!, el cual he querido lanzarle *varias* veces a lo largo de los últimos seis meses. Porque me siento tan *agotado* y no sé cómo... Digo, no hay nada... No hay cómo *arreglarlo*.
27. El Gran Hechicero, que descanse en agonía.
28. Penelope, por quizá tener razón sobre Simon. Y Estados Unidos. Y este maldito convertible. Porque míralo...

Fuera del sillón, fuera del departamento. Encima del océano, debajo del sol.

Simon Snow, duele mirarte cuando estás así de feliz. Y duele mirarte cuando estás deprimido. No hay ningún momento seguro para mirarte, nada respecto a ti que no me arranque el corazón del pecho y lo deje expuesto fuera de mi cuerpo.

Simon voltea a verme.

—¿Qué?

—Nada —digo.

—¡¿Qué?! —grita.

No puede escuchar nada de lo que digo por encima del ruido del viento, el motor y el rock clásico.

—¡Odio este maldito auto! —grito en respuesta—. ¡El sol me quema! De hecho, ¡en cualquier momento podría incendiarme!

El viento alisa su cabello y Simon entrecierra los ojos: por el sol y por sonreír tanto.

—¡Qué! —me grita otra vez.

—¡Eres tan hermoso! —grito de vuelta.

Baja el volumen del radio, así que ahora sólo tiene que gritar por encima del ruido del viento y el motor.

—¡¿Qué dijiste?!

—¡Nada!

—¿Estás bien? ¡Te ves un poco demacrado!

—Estoy bien, Snow —¡mantén los ojos en el camino!

—¡¿Quieres que suba la cubierta?!

—¡No!

—¡Voy a subir la cubierta! —se estira para alcanzar la palanca.

—¡Espera!

Se escucha un crujido metálico. Miro hacia atrás: la capota del convertible se elevó unos quince centímetros, luego se detuvo.

—¡Lo haremos de forma manual! —grita Simon—. ¡Cuando nos orillemos!

La cubierta del auto está realmente atascada.

Simon está arrodillado en el asiento trasero, tirando de la capota que no cede.

—Creo que no debes levantarla mientras conduces —dije.

—Pero siempre lo hacen en los videos musicales —jala del otro lado— y en las películas de Bond.

Estoy agotado, hambriento y quemado por el sol. Y a punto de entrar a un centro comercial lleno de potenciales donadores de sangre. La única ventaja del convertible es que no puedo oler a Simon y a Penny cuando estamos en la carretera...

Aunque estoy acostumbrado al olor de ambos cuando tengo sed. Simon huele a la cocina después de hacer palomitas y derretir mantequilla. Posee una ligera acidez y una sensación redonda, amarillenta y grasosa que se pega al paladar. El aroma de Bunce es más agudo y dulce: vinagre y melaza. Una vez se raspó la rodilla y los senos paranasales me ardieron durante horas.

Seguro no querrían saber que me he preguntado a qué sabrán, aunque *en realidad* creo que les hago un favor al no drenarlos de su sangre. Al no drenar a *nadie*. Tengo demasiada sed, pero no puedo ir de caza sino hasta que se ponga el sol. Así que iré a cenar a un centro comercial y todos vivirán.

—Anda, Snow —digo—. El pay de queso nos espera.

Bunce ya entró. En cuanto estacionamos el auto se metió en el restaurante.

—No podemos dejar la cubierta abierta —dice él—. ¿No puedes usar magia para cerrarla?

—Claro, tengo una docena de hechizos repara-convertibles.

—Bien.

—Lo digo en *broma*. No existe un hechizo para todo; ¿o ya se te olvidó lo que nos repetían a diario en Watford?

Simon desciende del auto.

—Sí, realmente debí haber puesto más atención en el colegio de magia —quizás así me hubiera *convertido* en alguien.

Noto el resentimiento en su voz, pero cuando voltea a verme, comienza a reírse.

—¿Qué?

Desvía la mirada, cubriéndose la boca.

—¿De qué te ríes?

Baja la mirada, pero me señala la cabeza con la mano.

—Tu... tu...

Me niego a observarme.

—¿Mi qué, Snow?

—Tu cabello.

Me rehúso a tocarme el cabello.

—Te pareces a ese tipo con la peluca... —toca el piano con mímica—. ¡Tan, tan, tan, taaan!

—¿Te refieres a Beethoven?

—No me sé su nombre. Con la peluca gigante. Hubo una película sobre él.

—Mozart. ¿Estás diciendo que me parezco a Mozart?

—Tienes que verte, Baz. Estás genial.

Me rehúso a ver. Giro en dirección al centro comercial. Supongo que Snow me sigue.

Parezco Mozart. O el integrante de una de esas bandas de glam metal. (También me veo profunda y extrañamente quemado por el sol, pero no quiero empeorar las cosas usando magia.) Apunto mi varita hacia mi cabello y conjuro: *¡Arréglate!* Cuando eso no funciona, sumerjo la cabeza en el lavamanos.

Por fortuna, tengo el baño de caballeros de The Cheese-cake Factory para mí solo.

Quise encontrar un buen restaurante para cenar. Con seguridad, Des Moines, Iowa, cuenta con buenos restaurantes. Pero Simon quería ir a un lugar del cual hubiera escuchado hablar, algo "famosamente estadounidense". En cuanto divisó el letrero de The Cheesecake Factory, se acabó la discusión.

Para cuando salgo del baño, todavía parece que formo parte de una banda ochentera, aunque algo menos metalero. Como Bucks Fizz o Wham! (Mi madre se volvía loca por Wham!)

Encuentro a Snow y a Bunce en una mesa enorme tipo gabinete. Simon se ha apoderado de la canasta del pan y revisa una carta tan extensa que está engargolada. Penny está sentada frente a él; he visto a zombis con más energía.

—Este menú es asombroso —dice Simon—. Hay una página completa dedicada a las ensaladas de tacos. Tienen macarrones con queso, regulares o fritos. Y pollo cocinado en todos los estilos. Mira, *pollo a la naranja*.

Me siento a su lado.

—¿Qué es el pollo a la naranja?

—Supongo que pollo *con* naranja.

Cuando llega la mesera, le pido un filete lo más crudo posible. Snow ordena la "hamburguesa estadounidense". Bunce dice que comerá "lo que ellos coman".

—¿La hamburguesa o el filete? —pregunta la mesera.

—Penny —dice Simon—, tú no comes carne de res.

—Ah —dice ella—. Entonces pediré... pediré lo que sea que la gente pida.

—Mucha gente ordena los Buffalo Blasts —dice la mesera.

—¿Qué no el búfalo sigue siendo carne de res? —me pregunta Simon.

Yo me encojo de hombros. No sé nada sobre búfalos.

—Son de pollo —dice la mesera—. Con salsa búfalo.

—Está bien —Penny accede.

—Supongo que puede abstenerse de probar la salsa... —Simon murmura luego de que la mesera se ha marchado.

Entiendo que Bunce está catatónica, pero en serio tenemos que discutir nuestro plan. Necesito que regrese la antigua Bunce. Con sus pizarrones y diagramas.

—Entonces, sobre esta noche... —digo—. Supongo que no tenemos dónde dormir.

Snow y yo esperamos a que responda. Tiene la mirada fija en un punto entre la canasta de pan y el hombro de Simon.

—Bueno —digo—. Bunce, dame tu teléfono. Encontraré un hotel para los tres... ¿Bunce?... *Penelope* —alza la mirada—. ¿Tu teléfono?

—Se le acabó la batería al coche —dice—. Y no pude cargarlo.

—¿Dónde está *tu* teléfono? —me pregunta Simon.

—No funciona fuera del país.

—¿Por qué no lo cambiaste?

Porque estoy en el plan de mis padres y no quería que supieran que abandonaba el país, lo cual no quiero compartir con Simon.

—¿Tú cambiaste el tuyo? —contesto.

—No. Pensé que tú y Penny lo harían.

Ahora Bunce mira su regazo.

—¿Penelope? —pregunta Simon—. ¿Estás bien?

—Claramente no —susurro.

—¿Penelope?

—Quiero irme a casa —dice abruptamente.

Simon se recarga en el respaldo de su silla.

—¿Qué?

—Esto fue un error —aunque al parecer ha vuelto a ser la misma chica audaz de siempre, muestra un rasgo maniaco que me preocupa—. No pensé esto a fondo. Lo siento.

—¿Podemos hacer eso? —pregunto—. Nuestros boletos...

—Debe existir algún hechizo para cambiarlos —dice ella.

—No existe un hechizo para todo —dice Simon de mala gana.

Ella se encoge de hombros.

—Entonces compraremos boletos nuevos.

Yo resoplo.

—¡Ya robamos éstos!

No hay cómo disuadir a Bunce:

—Entonces *tú* puedes comprarnos boletos nuevos, Baz. Eres rico.

No es su estilo echarme en cara el asunto del dinero.

—Tengo una mesada —digo— y no puedo usar mi Visa. Mis padres ni siquiera saben que estoy aquí.

—Bueno —dice ella—, *mís* padres tampoco saben que *estoy* aquí.

Simon se ve alicaído.

—¿Por qué no les dijeron a sus padres?

—Porque ésta fue una idea terrible, Simon —a Penny se le quiebra la voz—. ¡Y se hubieran negado!

Simon pone los codos sobre la mesa y se cubre la frente con las manos.

—¿Siquiera podemos pagar la cena?

—Yo pagaré la cena —digo—. Pero no puedo comprar boletos de avión. Y no podemos seguir robando. Una indiscreción juvenil es una cosa; el Aquelarre podría dejarla pasar. Esto se está convirtiendo en una ola de crímenes.

—¡No es una ola de crímenes! —replica Penny—. No estamos atracando bancos ni matando gente.

—¡Aún! —digo.

—Es que... —ahora le tiembla el mentón—. Realmente creí que esto funcionaría. Pensé... —cierra los ojos y abre la boca, inhalando profundo, luego aprieta los labios y exhala por la nariz.

Me toma un momento darme cuenta de que intenta no llorar—. Pensé que sería diferente si hablaba con él cara a cara. Y lo *fue*. Fue tan diferente.

—¿Te refieres a Micah? —pregunta Snow.

—Claro que se refiere a Micah —digo.

Simon sigue interrogándola.

—¿Terminó contigo?

—Eh, no —dice Penelope con voz entrecortada—. Al parecer ya lo había hecho. Y yo simplemente no había captado el mensaje.

—¡Demonios! —susurra Simon.

Ambos recargamos la espalda en el respaldo del gabinete, como si tratáramos de alejarnos de esta terrible noticia. Como si Bunce de pronto fuera contagiosa.

Y sé que esto me convierte en una mierda de persona, pero mi primer pensamiento fue que Simon y yo fuimos indultados. Que "la parca de las relaciones" apareció y se llevó a Penelope y a Micah en vez de llevarnos a nosotros.

15
SIMON

Penelope y Micah se van a casar, y Penny se mudará a Estados Unidos y me dejará solo; me he preparado para esto desde sexto año.

Penelope y Micah son el uno para el otro; son cosa segura.

Nunca he escuchado a Penny preocuparse de si Micah aún la ama o si la ama de la forma adecuada. Nunca la he visto llorar por él en el pasillo con sus amigas. (En realidad, Penny no tiene amigas. Tiene a Agatha, más o menos. Y a su mamá. Me tiene a mí...) Penelope y Micah nunca pelean. Él nunca olvida su aniversario. No creo que a Penny le importen los aniversarios.

Cuando Penny habla sobre Micah parece más fuerte, con los pies bien puestos en la tierra. No parpadea. No duda. Nunca la he escuchado reclamarle, como suele hacer la mayoría de la gente, por decir algo inofensivo. Nunca la he escuchado decir: "¿Eso qué significa?" o "¿Por qué lo dices en ese tono de voz?" Nunca la he visto poner los ojos en blanco cuando habla, o respirar de forma pasivo-agresiva, esa respiración que significa: "Estoy cansada de ti. ¡Cállate, cállate, cállate!"

Supongo que no los he visto juntos desde cuarto año. Y en realidad en ese entonces no estaban enamorados, eran sólo unos niños. Micah era un ñoño de primera. Sólo quería estudiar y hablar sobre videojuegos. A Penelope le gustó de inmediato, algo inaudito. Ni siquiera creo que *yo* le haya agradado a Penny tan rápido. Fue más bien como si se encargara de mí de inmediato. Como si yo fuera un blanco fácil. Quizá Micah también fue un blanco fácil. Seguía a Penny por todo Watford, practicando hechizos, y capturando pokémones y comiendo dulces de semilla de ajonjolí que su madre traía de Puerto Rico y enviaba desde Illinois. (No estaban mal. Eran chiclosos.)

No había internet en Watford, así que Penny y Micah se escribían cartas durante el año escolar. Son tantos los recuerdos que tengo de Penelope corriendo al Gran Jardín con una carta de Micah que se han vuelto uno solo —Penny en su falda plisada y calcetas hasta las rodillas, sonriendo, sosteniendo un sobre blanco en la mano.

Penelope y Micah se iban a *casar*.

Y ahora... Merlín, ¿ahora qué?

Baz y yo no decimos nada, pero Penny asiente con la cabeza como si lo hiciéramos.

—¿Estás segura de que...? —intento preguntarle.

—Muy —dice ella.

—Tal vez necesitan consultarlo con la almohada.

—No.

—Tal vez...

—¡No! ¡Simon! Sale con alguien más.

— Maldito —protesta Baz.

—No —Penny se ríe—. No es un maldito, simplemente... —levanta la mirada para verme— no está enamorado de mí —le tiemblan los hombros y un segundo después se echa a llorar—. Creo que todo estuvo en mi mente desde el principio.

—¿Buffalo Blasts? —pregunta otro mesero con la comida. Baz toma los platos y hace un ademán para pedirle que se retire mientras nos pregunta si queremos cátsup o aderezo Ranch. Crowley, esta hamburguesa se ve deliciosa. También tiene papas hash brown. El filete de Baz está tan crudo que parece jalea de fresa.

—No todo estaba en tu mente —le digo—. Te escribía cartas.

Me pregunto: "¿Vamos a comer? ¿O acaso todo esto es demasiado trágico como para comer?"

—Éramos amigos por correspondencia —dice Penny.

—Hablaban por Skype. Decía que te amaba, yo lo escuché.

Eso la hace llorar un poco más.

—Bueno, ¡pues al parecer no lo decía en serio!

Levanta un Buffalo Blast y le da una enorme y lacrimosa mordida. (*¡Sí! ¡Vamos a comer!*)

—Dijo que era mi culpa —refiere con la boca llena—, que no quería una relación de verdad. Dijo que sólo quería tener novio para palomearlo en mi lista y preocuparme por cosas de mayor importancia.

Baz toma cuchillo y tenedor y comienza a cortar su filete con cuidado.

—Puedo ver lo que estás pensando, Basilton. Sé que estás de acuerdo con él.

—No estoy de acuerdo con él, Bunce.

—¿Pero?

—No estoy de acuerdo con él. Y no sé nada respecto a las relaciones.

—Pero *sí* lo había palomeado en mi lista —dice ella—. Pensé que nos íbamos a casar.

Ahora llora a lágrima suelta.

Baz deja los cubiertos sobre la mesa y se sienta junto a Penny, devolviendo el Blast al plato y rodeándola con el brazo.

—Por favor, Bunce, no vayas a morir ahogada. Imagina lo humillante que sería morir en The Cheesecake Factory.

Penny se recarga en su hombro y llora un poco más.

—Micah tiene razón —solloza—. Lo di por sentado.

—Tal vez —dice Baz—. Pero no es ninguna excusa para hacer lo que hizo. Es un cobarde.

—¡Dijo que es imposible decirme algo que no quiero escuchar!

Baz y yo intercambiamos miradas y hacemos una mueca, porque eso es totalmente cierto.

—Eso me gusta de ti —le digo.

—A todos nos gusta —dice Baz—. Si no fueras implacable, el Hechicero y el Humdrum aún serían una plaga en todo el Mundo de los Hechiceros.

—Pero no querrías salir conmigo —dice ella.

—*Nunca* querría salir contigo —responde con sinceridad—, pero no tiene que ver con que seas testaruda. De hecho, ése es mi tipo.

—¡Soy una tonta, Baz!

Baz le frota la espalda y la deja llorar sobre su playera. Lo amo tanto y quiero decírselo. Pero nunca he logrado hacerlo y ahora no es el momento indicado.

Alza la mirada para verme, con urgencia en los ojos:

—Cambia de lugar conmigo, Snow. Estoy a punto de drenarle toda la sangre del cuerpo.

Penny se endereza sobre su asiento —pienso que no con tanta urgencia como debería— y Baz se desenreda de sus brazos, de su cabello y del gabinete.

Baz sacude la cabeza en un intento por aclararla.

—Creo que saldré un momento.

Está blanco como el papel, aunque sus mejillas y nariz muestran un rubor negro. Se da media vuelta en dirección a la salida, precipitándose hacia la anfitriona del restaurante para después salir por la puerta.

Me siento junto a Penny y jalo mi plato a su lugar.

—Sé que no comes carne de res —digo—, pero esta hamburguesa sabe a Estados Unidos.

Ella toma una de mis papas.

La rodeo con el brazo.

—Lo siento.

—No te disculpes —dice ella.

—Siento que todo esto es mi culpa.

—¿Tú le presentaste a Micah una chica llamada Erin?

—No, pero yo... —bajo la voz, pues me avergüenza decir esto—. Sé que te quedaste a estudiar la universidad en Inglaterra por mí.

—No seas estúpido —dice ella.

—*No* lo soy —miro sus ojos color café—. Penny, no soy estúpido.

Me devuelve la mirada.

—Simon, creo que habría venido a Estados Unidos para estudiar la universidad si realmente hubiera querido. Podría haberte traído conmigo.

—¿Lo habrías hecho?

—No. Baz nunca lo habría permitido —baja la mirada a su plato—. De todos modos, yo era feliz. Con las cosas como estaban con Micah. Lejos. Era suficiente para mí.

16

BAZ

Aún es de día, pero no puedo esperar más; necesito matar algo. O encontrar algo muerto...

Deambulo hacia la parte trasera del centro comercial, detrás de unos contenedores de basura. Desconozco el tipo de fauna silvestre que se halla en West Des Moines. Lo más probable es que haya ratas; no obstante, en este punto requeriría un barco lleno para saciarme.

Hay algunas casas sobre la colina. Odio utilizar este hechizo a menos que esté desesperado, pero lo estoy. Me agacho y apunto mi varita por encima de la tierra, reuniendo la mayor cantidad de magia disponible.

—¡Ven aquí, gatito!

Cuando regreso a nuestro gabinete, la mesera coloca tres monstruosas rebanadas de pay de queso sobre la mesa.

Simon está sentado junto a Penny y de pronto me invade un sentimiento de calidez hacia ellos. (Tal vez sea un efecto secundario de succionar la sangre de nueve gatos.) Me acerco a su extremo del gabinete.

—Háganme espacio —digo mientras tomo un tenedor.

Simon señala los platos de pay de queso:

—Éste se llama "Escandaloso", éste "Definitivo" y éste "Extremo".

—No, éste es "Extremo" —dice Bunce, mientras se lleva un bocado gigante a la boca—. Con las galletas Oreo.

Pruebo la misma rebanada de pastel y me cubro la boca:

—Uf, está rico.

—Es The Cheesecake Factory, una *fábrica* de pays de queso —dice Simon—. Cumple lo que promete.

Después de cenar, estamos deshechos. Queríamos atravesar Iowa, pero estamos agotados por el desfase de horario y atiborrados de queso crema; además, parece que a Bunce le apagaron la luz del piloto.

Acabamos en un hotelito cerca de la autopista. Es barato pero la habitación es enorme con dos grandes camas. Bunce se apoltrona en una. Le doy una pequeña patadita en el pie.

—Conecta tu celular.

Snow y yo aún tenemos nuestras maletas. *Podríamos* acomodarnos en la otra cama. Hemos compartido cama antes. Varias veces. Hemos...

Estar con Simon no ha significado lo que creía que significaba.

Al principio fue como si todos mis sueños se hicieran realidad, como si al fin fuera mío. Podía amarlo, vivir con él, caminar junto a él, tenerlo a mi lado. Nunca antes había estado en una relación. "Quiero ser tu novio terrible", dijo Snow, y yo no podía esperar a que sucediera.

Quizá debí tomarle la palabra.

De hecho, sí somos unos novios terribles.

Aunque somos muy buenos para *esto*, para sentirnos incómodos cuando compartimos el mismo espacio sin decir lo que pensamos, desplazándonos en una habitación llena de elefantes blancos. Somos campeones.

—Yo me quedaré en el sillón —Snow roza mi cuerpo al pasar y deja su maleta cerca de un sofá café—. Mis alas saldrán a la medianoche.

Yo me quedo con la cama.

Soy el único que se baña. Claro que también soy el único que pasó media hora detrás de un contenedor de basura forcejeando con gatos atigrados. Tengo una horrible cicatriz en el pecho y la nariz chamuscada por el sol. (Eso nunca me había pasado y no estoy seguro de que sanaré. Quizás ésta sea la manera de desfigurar a un vampiro.) Me alegra haber traído mis artículos de tocador de casa. El jabón del hotel huele a malvavisco.

Cuando salgo del baño, las luces están apagadas y no puedo ver si los demás están dormidos.

Me recuesto sobre la cama por un rato, viendo girar el ventilador de techo en la oscuridad. Creo que Bunce está llorando.

No la culpo. No tengo ni la mitad de la certeza que ella tenía, y la idea de perderla me resulta insoportable.

17
SIMON

La habitación del hotel está helada.

Penny está llorando.

Baz está limpio. Abre la puerta que conduce al baño dejando escapar el vapor y el olor a cedro y bergamota. Esto me trae recuerdos de nuestro cuarto en Watford. De todas aquellas mañanas en las que Baz salía de la regadera y yo fingía no darle importancia; no, no fingía. Simplemente no sabía.

En el fondo no sabía lo que sentía.

Creí que lo odiaba. Pensaba en él todo el tiempo. Lo extrañaba demasiado durante el verano. (Creí que tal vez se debía a que me sentía solo. Creí que estaba hambriento. Creí que estaba aburrido.)

Baz saliendo de la regadera con el cabello relamido hacia atrás. Baz ajustándose la corbata escolar en el espejo: no podía quitarle los ojos de encima.

Solíamos pasar todas las noches juntos y despertar juntos cada mañana.

¿Cuánto tiempo hace que me quedé dormido mientras lo escuchaba respirar?

Si espero un poco esta noche, ¿podría sentarme y verlo dormir? (Solía ser así de descarado.)

Se suponía que las cosas no sucederían así; en teoría, Baz y yo terminaríamos por matarnos.

Y tampoco se suponía que las cosas fueran así; se supone que *terminaríamos* juntos.

En primer lugar, yo soy quien la cagó (*la estoy cagando*) por estar demasiado dañado. Por no querer hablar con él. Por no querer nunca que pasara la noche conmigo. Por no querer que me mirara. (Por no querer que en realidad me viera.)

"¿Cómo esperas que haga esto?", le dije una noche. Cuando él... Cuando nosotros...

"Creí que esto era lo que querías", dijo él.

Y *sí* lo quería. Pero después *ya no*.

"Es que es demasiado", dije. "Me estás presionando."

"No te estoy presionando. No te presionaré. Sólo dime qué quieres."

"No lo sé", dije. "Ya no soy el mismo de antes."

"¿A qué te refieres?"

"No sé; deja de presionarme."

"¿Hablas de sexo?"

"¡No!"

"Está bien."

"Sí, tal vez."

"Está bien. No sé qué es lo que quieres, Simon."

"Es que es demasiado."

Ésa fue la última vez que intenté explicar lo que sentía y la última vez que él me pidió hacerlo. Aún no tengo ninguna respuesta. ¿Qué es lo que quiero?

Baz es la única persona a la que he *deseado*. La única persona a la que he amado de esta manera.

Sin embargo, cuando lo imagino tocándome, lo único que quiero es huir. Cuando pienso en besarlo...

Aunque cierres los ojos, es imposible ocultarte de alguien cuando te besa.

Escucho a Baz levantarse y moverse alrededor de la habitación oscura. Me pregunto si tendrá frío. O sed. Luego siento una oleada de calor, cedro y bergamota; es Baz, me besa la mejilla.

—Buenas noches, Snow —dice.

Y luego lo escucho meterse a la cama de nuevo.

18
AGATHA

Ginger entra en silencio a nuestra habitación, intenta no despertarme.

Regresé al cuarto hace horas. No pude soportar la idea de asistir a la sesión sobre crioterapia nocturna. O al concurso de canto que se llevó a cabo en la terraza (el cual aún puedo escuchar desde nuestra habitación. Juro que estos chicos sólo conocen dos canciones: "Everybody Wants to Rule the World" y esa canción de Queen que habla sobre querer vivir para siempre. Es como estar en el auto con mi papá.)

—No estoy dormida —digo.

—¡Deberías estarlo! —susurra Ginger—. Mañana es un día importante.

—Tú eres la que está despierta a altas horas de la noche, tonteando en la mansión de alguien más.

Se ríe, pero no discute.

—¿Por qué mañana es un día importante? —pregunto—. ¿Vas a subir de nivel?

—No, eso sucede durante la última noche. Es una ceremonia, creo.

—¿Eso qué significa, Ging? ¿Te dan un broche y las llaves de la casa club?

—Significa que seré uno de ellos. O sea, que seré una de las personas que guiará a la humanidad hacia *delante*. Hacia la luz.

—Ginger, por favor, no sigas a nadie hacia la luz.

—No es broma, Agatha. Es como si vieran lo que realmente soy. Mi espíritu.

—Es sólo que yo... ¿Eso qué significa? Ellos inventaron internet y trabajan en la industria farmacéutica.

—¿Acaso estás diciendo que no soy lo suficientemente brillante como para subir de nivel?

Está herida y no la culpo. Es básicamente lo que acabo de decir.

—Solamente me preocupo —prosigo—. Deberías pensar en lo que realmente quieren de ti.

—¿Acaso debo pensar en lo que *tú* quieres de mí?

—Ginger, sabes perfectamente lo que quiero de ti. Quiero ir al festival Burning Lad contigo. Quiero pasar el rato en tu departamento y ver programas de TV basura.

—¡Aún podremos hacer eso después de que suba de nivel!

—Sí, claro. Pasar tiempo conmigo seguro implicará una mejora para la humanidad.

Ginger se recuesta sobre uno de sus hombros para mirarme.

—¿Estás celosa? ¿De eso se trata? Agatha, sabes que quiero llevarte conmigo.

—Mmm —digo con neutralidad.

—Y no soy la única. Causaste una gran impresión en Braden esta noche.

—Pese a mis mejores esfuerzos.

—Hablo en serio. Dice que posees una "energía singular".

—Ginger, eso sólo significa "rubia".

—Es más que eso. Te va a invitar a su oficina mañana.

—Nunca voy a la oficina de un hombre en la primera cita.

—¡Agatha! —ahora Ginger está sentada—. Lo digo en serio. Esto podría ser muy bueno para ti. Braden tiene un destino enorme; su aura es *dorada*.

—¿Puedes verla?

—Sabes que las percibo...

—Dijiste que mi aura era dorada.

—La tuya es más como del color del Ginger Ale. Tiene burbujas.

—Mmm —digo mientras me alejo de ella.

—Deberías darle una oportunidad. Incluso aunque sólo esté coqueteando contigo. Él es... *icónico*. Ha vacacionado con los Obama. Una bolsa Hermès fue nombrada en su honor. Imagina lo que sería salir con una leyenda.

Ése es el problema. No tengo que imaginarlo.

Braden me encuentra en la mesa de los pastelitos.

Supongo que era de esperarse.

Hoy me salté el programa de PresenteFutura. Traté de asistir a un seminario sobre granos diseñados genéticamente, pero no logré distinguir si el orador estaba a favor o en contra de ello y, además, estaba exhausta. No puedo dormir en una habitación sin cerrojo. No puedo hacerlo desde cuarto año, cuando el Humdrum liberó a un dañarmadillo en nuestro dormitorio. (Los dañarmadillos ni siquiera viven en Reino Unido; Penny se exaltó mucho al respecto porque son una especie invasora. "Bueno, pues sus días de invasión han llegado a su fin", dijo Simon, deshaciéndose del cadáver.)

—Hola —dice Braden.

Viste unos pantalones color caqui y una chamarra azul marino. Parece un uniforme escolar. Es apuesto, ¿cierto? De simetría suave, aseo impecable y aspecto acaudalado.

—Hola —respondo.

—Te dije que habría pastelitos.

—Creo que *yo* te dije a *ti*... —aclaro mientras elijo uno de color rosado.

Me sonríe.

—Agatha...

—*Nunca* te dije mi nombre...

—Ginger me lo dijo —responde, sorprendido por haber sido descubierto pero sin avergonzarse—. Esperaba que pudiéramos hablar hoy.

Intento cortar la conversación de tajo antes de hacer una escena:

—Mira, Ginger me dijo a mí que piensas que poseo una energía especial. Pero, yo sé muy bien que ésas no son más que tonterías. Así que mejor evita utilizar ese piropo conmigo, ¿de acuerdo? Por favor, ahórratelo.

A Braden le brillan los ojos.

—No es un piropo. Eres especial.

Resoplo mientras le doy otra mordida a mi pastelito.

—Todos los miembros de tu club son como un híbrido extraño: *fraternerds*. Acabo de conocer a dos tipos que han *estado en el espacio*. El verdadero espacio exterior. ¿Acaso crees que he obviado el hecho de que casi todos los hombres aquí son gente como Josh y tú? ¿Y que casi todas las mujeres, que somos pocas, son como Ginger y yo? A mí no me engañan. Sé perfectamente qué nos hace "especiales".

—Tu amiga Ginger es increíblemente especial —dice—. Me sorprende que no lo veas.

—No, claro que lo veo. Eso no es...

—¿Sabes que puede ver auras?

—Más bien puede percibirlas —murmuro.

—Me leyó la palma de la mano. Fue extraordinario. Dijo que mi línea de vida jamás se interrumpe.

—No, lo sé.

No sé cómo terminé diciendo que Ginger no era especial. Ése no era el punto.

—Y es la persona más activada a nivel orgánico que he conocido en mi vida.

—¡Lo sé! —digo casi gritando—. Ginger no se parece a nadie. Es mi mejor amiga.

Braden me sonríe otra vez.

—Tienes razón —dice—, éste parece un club de hombres. Pero estamos tratando de cambiarlo.

—En realidad, me tiene sin cuidado. Ni siquiera sé por qué discutimos al respecto.

Se acerca un poco más a mí. Somos casi de la misma altura. Eso molesta a algunos chicos; sin embargo, a él no parece importarle.

—Porque no crees que yo pueda ver algo único en ti —dice—. Piensas que estoy interesado en ti porque eres hermosa. Y tienes razón; lo estoy, lo eres. Pero la belleza es frívola, Agatha. Frívola y abundante. En mi posición, la belleza es un grifo a través del cual el agua nunca deja de correr...

Tiene la mirada fija en mí. Termino de comer el pastelito porque parece ser la mejor manera de no mostrar interés, aunque se me secó la boca.

—Hay algo acerca de *ti* —dice.

Me limpio las manos en una servilleta de tela.

—¿Puedo darte un recorrido del lugar?

Suspiro.

—Está bien. Muéstrame el lugar. Porque soy tan especial.

—Exacto —dice, ofreciéndome su brazo.

19
PENELOPE

Me despierto en la habitación vacía de un hotel. Ya es mediodía y alguien toca a la puerta.

—¡Servicio de limpieza!

Una mujer pequeña abre la puerta con llave.

—¡Un momento! —digo—. ¿Podría darme unos minutitos?

—¡Diez minutos! —grita y cierra la puerta.

Tengo los ojos tan hinchados que apenas puedo abrirlos. Dormí con la ropa que traía puesta pese a que estaba cubierta de polvo norteamericano. Tengo polvo debajo de la falda y en los oídos. Cuando me bajo la calceta que me llega a la rodilla, aparece una capa de mugre en el borde. Además, mis manos huelen a Buffalo Blasts.

Decido darme un regaderazo. La habitación está vacía; Baz y Simon ya debieron llevarse sus cosas al auto. Miro por la ventana. El Mustang aún está en el estacionamiento. Baz está parado junto a él, lanzando hechizos a la capota rota con indiscreción. Simon está sentado en el asiento del piloto, seguro fingiendo que conduce.

Bien. Primero me doy un baño, luego decido adónde vamos. Y luego decido qué hacer con el resto de mi vida.

Supongo que nada ha cambiado mucho. ¿Todas aquellas cosas que planeaba hacer mientras Micah me esperaba en casa? Ahora las haré sin que nadie me espere.

Si soy *racional*, nada ha cambiado. No había visto a Micah en un año. Quién sabe cuándo lo habría vuelto a ver. ¿Acaso habría insistido en este viaje demencial de no haber sentido que algo andaba mal entre nosotros?

(Para un hotel barato, esta regadera es enorme.)

Si soy racional, si soy *honesta*, nunca quise mudarme a Estados Unidos. No quería asistir a la universidad aquí. No podía imaginarme viviendo aquí; o quizá debería decir que no podía imaginarme viviendo en otra parte que no fuera Inglaterra.

Entonces, ¿qué era lo que imaginaba?

Que Micah entendería todo con el tiempo. Que vería las cosas desde mi perspectiva...

¿Acaso eso es tan malo? ¿Un defecto fatal? Simon nunca lo ha dicho, pero Baz sí:

"Siempre piensas que tienes razón, Bunce".

¿Y qué si lo pienso? Por lo general, *suelo* tener razón. Es más sensato ir por la vida suponiendo que siempre tengo la razón y que en ocasiones puedo equivocarme, que dudar de mí misma todo el tiempo, diciéndole a todo mundo: "Sí, pero ¿tú qué piensas?"

¡Soy muy buena para pensar!

¿Acaso las cosas habrían sido tan malas para Micah si me hubiera seguido el paso?

Mi papá hace exactamente lo que mi madre le pide y él es feliz. ¡Ambos son muy felices! Mi mamá toma todas las decisiones, por lo general casi todas son acertadas, y es una operación increíblemente eficiente por donde se la vea.

Micah pudo haber tenido una buena vida conmigo. Soy inteligente, interesante y *al menos* igual de atractiva que Micah. ¡Le hubiera engendrado hijos sumamente listos! Soy una mejora genética en la mayoría de los aspectos; tanto mi madre como mi padre son genios, tengo dientes muy derechitos...

Nunca se hubiera *aburrido* conmigo.

Quizá yo me hubiera aburrido de él. Es algo que he considerado. ¡Pero tendría mi trabajo! Y tendría a Simon; nunca me aburro con Simon.

Se suponía que Micah era el elemento estable en la ecuación. La constante.

Tiene razón. Había palomeado la casilla del novio de mi lista; pensé que lo había arreglado desde temprano. Todos a mi alrededor parecían desperdiciar años intentando enamorarse. ¡Yo no había desperdiciado nada! Lo había tachado de mi lista.

Ahora supongo que he desperdiciado todo. Y lo peor de todo es que...

Lo peor de todo es...

Lo peor de todo. Es que no me quiere.

Recargo la mano en la pared de la regadera. Otra vez me invade esa sensación helada en el estómago.

No estoy siendo racional.

—¡Servicio de limpieza!

Los chicos están recargados en el auto cuando bajo al estacionamiento. Simon se come un plátano. Baz trae puestos sus gigantescos lentes de sol y una hermosa playera floreada. (Blanca con flores azules y moradas y abejorros de franjas anchas. Seguro costó lo mismo que mi colegiatura.) Se ata una mascada color azul pálido alrededor del cabello.

—No puedes usar eso —sonríe Simon.

—Cierra el pico, Snow.

—Además, ¿de dónde salió eso? ¿Siempre cargas con una mascada de mujer?

—Le pertenecía a mi madre —dice Baz.

—Ay —dice Simon—. Lo siento. Espera, ¿siempre cargas con la mascada de tu madre?

—Envuelvo mis lentes de sol con ella cuando viajo.

—¿Esos lentes también le pertenecían a tu madre?

Baz pone los ojos en blanco, pero luego me ve y su rostro adopta una expresión suave. Es intolerable.

—Buenos días, Bunce.

—Oye, Penny —dice Simon con la misma gentileza—, ¿cómo estás?

—Bien —digo—. Como nueva.

Baz parece dudoso, pero se ocupa untándose bloqueador solar en la nariz.

—Te quedaste dormida a la hora del desayuno —dice Simon—, aunque la verdad estuvo horrible.

—Snow estaba muy emocionado con el desayuno continental —dice Baz.

—No es lo que te imaginas —Simon frunce el ceño—. No son cosas francesas. Sólo incluye pasteles tristes y té de mala calidad. Ah, y te perdiste a Baz comiéndose una ardilla.

—No me comí una ardilla.

—Ay, disculpa, te la *bebíste* y luego desechaste su cuerpecito de ardilla en la zanja. ¿Crees que exista *alguna* criatura mágica o *algún* hechicero aquí, Penny? Todo parece tan mundano.

Baz voltea a verme.

—Snow necesita que lances tu hechizo de ángel sobre él. Le escondí sus alas para el desayuno, pero aún siguen ahí.

—Mmm —digo—. ¿Qué haremos ahora?

—¿A qué te refieres? —pregunta Simon—. Nuestros boletos de avión salen de San Diego, ¿no? Seguimos adelante.

—Sí, pero... —no tengo ganas de seguir adelante, sino de regresar—. Agatha no nos espera. Tal vez no le agrade vernos. Me equivoqué al tratar de sorprender a Micah...

—No será tan malo como eso —dice Simon—. No es como que Agatha esté planeando terminar con nosotros.

Baz le da un codazo. Como si nadie pudiera recordarme que mi novio me ha cortado. Como si lo hubiera olvidado.

—Digo —prosigue Simon, mortificado—, podríamos aprovechar para ver el país. Las montañas. El océano. Tal vez el Gran Cañón. O esa roca con los rostros de todos esos tipos.

No lo sé. No pensaba con claridad cuando hice que nos metiéramos en esto. Aún no pienso con claridad.

—¿*Tú* que piensas, Baz?

Baz se está poniendo bloqueador solar en las manos. Se parece a mi abuela con esa mascada. Voltea a ver a Simon.

—Sí —dice—. Podríamos aprovechar y terminar nuestro viaje en carretera.

20

SIMON

Iowa es hermoso. Está lleno de suaves colinas verdes y campos de maíz. Me recuerda a Inglaterra, pero con menos gente.

BAZ

Iowa se ve exactamente igual que Illinois. No sé por qué se tomaron la molestia de separarlos. No es más que un tramo interminable de autopista y granjas porcinas. (Ahí está la distinción: Iowa huele más a excremento de cerdo que Illinois.)

El sol es implacable.

El radio está a todo volumen.

No he bebido té en todo el día. Nada de té.

Y he decidido impedir que mi nariz arda, así que me unto bloqueador solar una y otra vez como un adicto.

Además, creo que mi magia no funciona. Intenté arreglar la capota del auto con mi varita. Reuní toda la magia que pude para pronunciar el hechizo *¡Ordena todo al estilo Bristol!* ¡y nada! Sólo hubo *chispas*.

SIMON

Hoy Baz me ayudó a conducir en la ciudad y luego en la autopista. Siento que en verdad lo estoy haciendo: estoy conduciendo.
Ahora necesito conseguir unos lentes de sol. Unos Wayfarer.

Los lentes de Baz son del tamaño de su cabeza. Y esa mascada. Debería hacerlo lucir como una viejita loca, pero que me
parta un rayo si no se ve algo glamoroso. Como una versión
masculina e infantilizada de Marilyn Monroe...

Mi cerebro se estanca en la versión masculina e infantilizada de Marilyn Monroe por un rato.

Luego vuelve a sonar mi canción favorita en el radio.

BAZ

Al parecer no existen éxitos de antaño que basten para armo-
nizar la programación de una estación de radio, porque ésta es
la cuarta vez que escuchamos esta canción desde que salimos
de Chicago. ¿Por qué habrías de cruzar el desierto sobre un caballo sin nombre? ¿Por qué no bautizarías al puto caballo en
algún punto?

Snow alarga una mano para subir el volumen del estéreo,
pero la perilla de sesenta años ya está a tope.

Deslizo mi varita fuera de mi bolsillo y la apunto al radio.

—¡Guarda silencio!

¡No sucede nada!

SIMON

"In the desert, you can remember your name, 'cause there ain't no one for to give you no pain..."

("En el desierto, puedes recordar tu nombre, porque no hay nadie que te cause dolor...")

BAZ

—Bienvenidos a Nebraska..., la buena vida.

Me pregunto si se trata de un hechizo...

Es lo primero que dice Bunce desde que dejamos Des Moines. Ha estado recostada en el asiento trasero con los brazos sobre el rostro. La envidio.

Pasamos volando por el letrero hacia la primera ciudad que hemos visto en dos horas. Me genera cierto alivio ver que la mayoría de los estadounidenses parece advertir que esta parte del país está arruinada y ha emigrado hacia otros lugares.

—¡Tengo hambre! —grita Penny.

Snow no la escucha. Ella se inclina entre nuestros asientos para bajar el volumen del radio.

—¡Ey! —Snow le sonríe—. ¡Estás despierta! ¡¿Tienes hambre?! ¡Yo tengo hambre!

Penny levanta un pulgar en señal de aprobación, asomada entre nuestros asientos.

—¡Ponte el cinturón! —le grito. Levanta el trasero y lo agita en el aire sólo para molestarme. Apunto mi varita hacia ella y digo lo mismo, pero con magia—. *¡Ponte el cinturón!*

No obstante, una vez más, ¡no pasa nada! Ese hechizo debió obligarla a sentarse y callarse y abrocharse el cinturón; sin embargo, ¡no pasó nada!

Se supone que nunca debes apuntar tu varita hacia tu propio rostro, pero lo hago. ¿Acaso está defectuosa?

—¿Qué come la gente en Nebraska? —pregunta Snow.

—¡Su desolación! —le grito en respuesta.

—Oye, mira —dice, mientras señala otro letrero al lado del camino. El Medio Oeste de Estados Unidos está tapizado de letreros. ¡BAILARINAS EXÓTICAS! ¡PAN DE TRIGO INTEGRAL! ¡CERVEZA HELADA!

Éste dice: ¡FESTIVAL RENACENTISTA DE OMAHA! JUSTAMENTE LO QUE BUSCAS.

—¡Nooooooo! —exclamo.

—¡Es este fin de semana! —grita Snow—. ¡Qué afortunados somos!

—Terriblemente desafortunados —digo.

—¡¿Penny?! —la mira por el espejo retrovisor y grita. Estoy seguro de que ella no puede escucharlo—. ¡¿Te unes?! ¡Es un festival!

Alza el pulgar otra vez en señal de aprobación.

Seguimos los letreros que conducen al festival renacentista y poco tiempo después entramos a un extenso campo de grava lleno de autos. El Mustang levanta una cantidad considerable de polvo (que después se asienta sobre nosotros). Snow se estaciona y se enorgullece por hacerlo sin contratiempos.

—Creo que voy a conseguir un auto cuando volvamos a casa —dice.

—¿Dónde piensas estacionarlo?

—En el lugar mágico que encontrarás para mí.

Por lo general, no suele hablar de esta manera sobre la magia, sobre nosotros, sobre el futuro. No puedo evitar sonreírle. Odio todo respecto a este viaje en carretera, pero si sirve para sacar a Simon de su caparazón, con gusto conduciría hasta Hawái.

Bunce sale por la ventana del auto como si hubiera olvidado cómo usar las puertas. Me desato la mascada y me sacudo el cabello, luego me miro en el retrovisor. La mascada ha funcionado de maravilla.

Al desviar la mirada me doy cuenta de que Simon está parado junto al auto observándome, con la cabeza ligeramente inclinada hacia un costado. Puedo ver su lengua en el borde de sus labios.

Frunzo el ceño con suspicacia, luego levanto poco a poco la ceja izquierda. Tal vez Nebraska sí es el lugar donde *está* la buena vida...

Simon alza el mentón y dice:

—Vamos. ¡Festival! —y comienza a caminar hacia atrás.

Me apresuro para seguirlo.

—Ay, espera. ¡Bunce!

Penny voltea a verme.

—Tendrás que hechizar una sombrilla para proteger el auto en caso de que llueva. Mi varita está descompuesta.

Voltea hacia mí.

—¿A qué te refieres?

—Me refiero a que llevo lanzando hechizos todo el día y no ha pasado nada.

—¿Estás seguro de que es la varita? —estira la mano—. Veamos.

Se la entrego.

—¿Acaso quieres decir que *yo* soy quien está descompuesto?

—Todo puede pasar —Penny mira la varita con desaprobación—. ¿Me permites?

Me encojo de hombros. La varita de un hechicero puede funcionarle a otro mago, aunque por lo general no tan bien. Bunce se quita su propio instrumento mágico, un llamativo anillo morado, y me lo entrega. Luego apunta mi varita al suelo y murmura:

—¡Luz del día!

La varita emite una luz débil, pero definitivamente funciona.

—¡Demonios! —digo al recuperar mi varita.

Miro a mi alrededor. Algunos Normales caminan por ahí, inexplicablemente vestidos como hadas. (No como las verdaderas hadas; no portan enaguas. Están vestidos como las hadas de sus propias fantasías, con alas compradas en una tienda de disfraces y brillantina en el rostro.) Espero que pasen y apunto mi varita hacia una botella vacía de agua.

—*¡Un vaso y medio!*

La botella debería llenarse de leche, es un hechizo para niños, pero... ¡nada!

Bunce se ríe. Aún tiene mal aspecto a causa de la falta de sueño y el llanto, por lo que el efecto general es macabro.

—¿Qué? —pregunto molesto.

Ya estoy cansado de que estos dos se rían de mí en territorio extranjero.

—¿Qué otros hechizos lanzaste, Basil?

—No lo sé... *¡Al estilo Bristol!, ¡Guarda silencio!, ¡Pasteles extremadamente buenos!*

Comienza a reírse con más fuerza. Snow frunce el ceño, como si tampoco entendiera el chiste.

—Baz —dice—. Ésos son hechizos que usamos en casa. Son modismos británicos; inservibles aquí.

Ah. Crowley. Tiene razón.

—Espera —dice Simon—, ¿por qué?

—Porque no hay suficientes Normales que utilicen esas frases aquí —digo—. Los Normales son quienes dotan de magia a las palabras...

Simon pone los ojos en blanco y comienza a imitar a la señorita Possibelf:

—*Entre más se pronuncien y lean y escriban en combinaciones específicas y consistentes...* Muy bien, entiendo. Entonces, ¿tu magia está bien?

—Sí —digo, mientras guardo mi varita, sintiéndome como un estúpido—. Es mi sintaxis la que está estropeada. Vamos.

Al llegar a la entrada del festival, un hombre vestido de campesino medieval se acerca a nosotros y hace sonar una campana. Sin ninguna advertencia, las alas de Simon emergen de su espalda y se abren por completo en todo su esplendor de cuero rojo.

Simon se petrifica. Bunce estira la mano donde lleva su anillo mágico. Sin embargo, la gente que está formada en la fila de entrada no parece inmutarse —algunas personas incluso comienzan a aplaudir.

—Excelente cosplay —dice una chica adolescente mientras se acerca a inspeccionar las alas—. ¿Tú las hiciste?

—¿Sí? —dice Simon.

—¡Qué genial! ¿Se mueven?

Simon dobla sus alas tentativamente.

—¡Guau! —dice ella—. Ni siquiera puedo escuchar el motor. ¿Están atadas con hilos?

—Un mago nunca revela sus secretos —digo (una frase que también constituye un hechizo, pero sólo Crowley sabe si funciona aquí).

Penny toma a Simon del codo y lo empuja hacia el final de la fila.

—¿Qué tipo de lugar es éste? —murmuro. La persona frente a nosotros está ataviada como vikinga. También hay un genio, un pirata y tres mujeres vestidas de princesas de Disney—. ¿Es de disfraces?

—Obtendrán un descuento de cinco dólares por su *cosplay* —le dice la vendedora de las entradas a Simon—. Tú también —me dice a mí.

Bajo la mirada para observarme.

—Esta camisa es sumamente cara.

—Vamos —dice Simon mientras me toma de la mano. Se está riendo. Se vuelve hacia mí y me jala hacia delante; por un momento, todo parece casi mágico. Simon con sus alas extendidas al máximo y una fila de lámparas colgantes a su espalda. Huele a carne ahumada. Y en algún lugar, alguien toca un dulcémele. (Mi tía toca el dulcémele; todas las mujeres en mi familia aprenden a hacerlo.)

Luego Simon se para a mi lado y la feria se extiende frente a nosotros.

—¿Qué puta mierda es ésta? —digo.

Bunce y Snow están igualmente atónitos.

El festival está montado como un pequeño pueblo, con chozas construidas de prisa y letreros colgantes pintados a mano. Casi todos están vestidos como; Crowley, no lo sé. Es como una mezcla de *Los caballeros de la mesa cuadrada* con *La princesa prometida* con *Peter Pan*... combinado con una película donde todas las mujeres usan sostenes con aumento y vestidos demasiado cortos. Todas las mujeres, criadas o matronas, visten un corpiño ridículamente ajustado y todo se les desparrama de la parte de arriba. Nunca había visto tantos pechos en mi vida, y sólo hemos recorrido poco más de un metro del festival.

—Caramba —dice Simon.

Una mujer prácticamente desnuda del pecho lo atrapa con la mirada y se da vuelta para encararlo.

—Buen día, mi señor.

Le hago un gesto con la mano para que se aleje.

—Sí, sí, siga su camino.

—¡Que le vaya muy bien! —le dice a Simon.

—¿De qué diablos se trata esto? —dice Bunce con las manos sobre las caderas, intentando descifrarlo.

—¿Del Renacimiento? —sugiere Simon.

—Eso es Galileo y Da Vinci —dice—. No...

Frodo Baggins se pasea frente a nosotros.

—Mira —dice Simon—, ¡piernas de pavo!

Casi espero ver a alguien vistiendo piernas de pavo, pero se trata de otra choza con un enorme letrero en forma de muslo que cuelga sobre la ventana: GALLINA AHUMADA.

Bunce y yo seguimos a Simon a la choza.

—Es tan extraño —dice, sonriendo—. Nadie se fija en mí.

Dos niños se han parado en seco para mirarlo fijamente. Mientras tanto, su madre toma una fotografía con el celular.

—Todos se fijan en ti —digo.

—Sí, pero no como si fuera algo anormal. Piensan que es un disfraz —abre las alas al máximo. Toda la gente formada en la fila de las piernas de pavo exclama: "Ahhhh". Algunos otros apuntan sus celulares hacia él.

Bunce se cubre los ojos.

—Mi mamá me va a matar.

Hay otra mujer de busto prominente detrás de la caja.

—Bien, mi señor, ¿qué se os ofrece esta hermosa tarde?

—Uh, sí —dice Simon—. Quiero una pierna de pavo y —mira la carta— una jarra de ale.

—Necesitaré revisar vuestros papeles, joven amo.

—¿Mis papeles?

Bunce interviene.

—¿Nuestros pasaportes?

La moza se inclina hacia delante y prácticamente deposita sus pechos en los brazos de Simon.

—Os veo un poco verde alrededor de las orejas.

—Crowley, Snow —le digo—. Suena igual que Ebb.

—Tengo veinte —le dice Simon—. Está bien.

—Admiro vuestro acento y vuestra valentía, chaval, pero debo obedecer la ley del reino. ¿Tal vez os gustaría disfrutar de una jarra de Coca-Cola?

—Claro... dice Simon.

—Pero en serio —susurra la mujer—. ¡Qué buenos acentos!

Tomamos nuestra comida y nos alejamos de la choza para toparnos con un desfile.

—¡Escuchaos, escuchaos! —grita un hombre con una cota de malla hecha en casa—. ¡Dejad pasar a la reina!

Inclino la cabeza y noto que Bunce hace una reverencia (un gesto absurdo para ambos, pero así las cosas). Un caballo montado por una mujer vestida de Isabel I pasa trotando.

—Perdón, muchacho —otra mujer, vestida de Sherlock Holmes, pasa entre nosotros.

Bunce agita su pierna de pavo ante el absurdo de la escena.

—¿Se supone que la temática es *británica*? —pregunta, indignada de pronto—. ¿Rara y británica?

—Si ése es el caso, Bunce, tienes el mejor disfraz de todos.

—Pero también hay vikingos —dice Simon—. Y gente vestida de animales peludos.

—Y jóvenes apuestos con alas de dragón —agrego, lo cual me hace acreedor a otra de sus sonrisas inusuales.

—¡Esa tienda de ahí vende varitas mágicas! —dice Penny—. Es como si se burlaran de *nosotros*, en específico.

—Sólo se divierten —dice Simon—. Vamos a buscar mesa.

—El joven amo ha tenido una gran idea —digo—. Su aspecto es bello y su mente aguda.

—¿Cómo hiciste eso? —pregunta Simon—. ¿Accionaste un interruptor?

—Simplemente finjo ser parte de una obra de Shakespeare. Exageras, mi querido muchacho.

—No soy tu muchacho —dice, riendo, pero también exagerando.

—*Se ha marchado* —me lamento—. *Burlado quedo y mi único consuelo será el odiarlo.*

—*Otelo* —dice Bunce—. Muy bien, Basilton.

Le doy vuelta a mi pierna de pavo y me inclino hacia delante.

—Te estás divirtiendo —dice Simon en tono acusatorio.

—¡Mentiras!

21

SIMON

Las ferias renacentistas son increíbles.

Me comí una pierna de pavo y una enorme y pegajosa Coca, y luego una cosa llamada buñuelo, que no es más que una mezcla de masa frita con azúcar glas (y que en mi opinión se merece un diez perfecto). La mujer que me lo vendió me regaló chocolate líquido para ponerle encima.

—Los ángeles tienen derecho a recibir obsequios —dijo.

Todos son *tan* amigables aquí. No sé si es algo típico de Nebraska o si forma parte de su acto "inglés antiguo".

Penny se siente ofendida por los terribles acentos ingleses. (Y por los terribles acentos escoceses e irlandeses e incluso algunos que parecen australianos.) Pero Baz se ha adaptado a la situación como pez en el agua. Es capaz de eclipsar a cualquiera de ellos.

Les ruego a ambos que caminemos durante un rato.

—Se supone que no debes permanecer en el auto todo el tiempo durante un viaje en carretera —digo—. Se supone que debes salir y ver cosas, conocer a gente extraña, como degustadores de flores de loto y sirenas.

—Ése no es un viaje en carretera —dice Baz—. Ésa es la *Odisea*. ¿Cuándo leíste la *Odisea*, Snow?

—El Hechicero me obligó a leerla; creo que quería que se me pegara algo. ¡Y claro que es un viaje en carretera!

Baz me sonríe. Como no lo ha hecho en mucho tiempo. Como casi nunca lo ha hecho en público; como si fuera fácil.

—Tienes razón, Snow. Más vale atarte al mástil.

Trae puesta una playera que muestra todo un campo de flores. Cuando dejamos de utilizar el uniforme escolar todos los días yo no sabía cómo vestirme, pero al parecer Baz lo esperaba con ansias. Casi nunca repite ropa.

Se está encontrando a sí mismo. Y yo me estoy perdiendo.

Pero hoy no. Hoy soy otra persona. Hoy no soy más que un tipo con alas rojas falsas.

Hay una tienda que vende cristales y artefactos mágicos más adelante. Penny quiere hacer una parada y asegurarse de que no se haya colado nada de verdad mágico por ahí. Al otro lado del camino hay una tienda de espadas; ¡muchísimas personas venden espadas aquí!

Baz me sigue al interior de la tienda de espadas. (LARGAS Y ANCHAS, dice el letrero.)

—No puedes blandir todas las espadas, Snow.

—No te escucho —digo, probando un sable mal balanceado.

—Os ruego, mi señor, mi luz; usted no puede probar todas las espadas del reino.

Eso me hace reír y también a él. Le lanzo el sable y él lo atrapa.

—No sé nada sobre espadas —dice.

—Más es la pena —digo—. Podríamos entrenar —miro en dirección a los estantes—. Digo, podríamos haberlo hecho.

Supongo que ya no tengo mi propia espada. La Espada de los Hechiceros solía colgar de mi cadera; siempre estaba ahí cuando la llamaba. No puedo llamarla ahora. No puedo pronunciar el hechizo para convocarla. O más bien, puedo decirlo, pero no sucede nada.

En una ocasión, Baz lo intentó; apuntó su varita hacia mi cadera izquierda y pronunció el encantamiento: *"Por la justicia. Por el valor. En defensa del débil. En presencia de los poderosos. Mediante la magia, la sabiduría y el bien."*

No se materializó.

"Supongo que sólo funciona para el Heredero del Hechicero", dijo entonces.

"Esa persona ya no existe", respondí.

Baz me lanza otra espada. Me apresuro a atraparla. Es más ligera de lo que esperaba, está hecha de hule espuma. Alza una espada similar a la mía.

—Esto es lo mío —dice.

—Ésa es la Espada Maestra —digo.

—Entonces, es perfecta para mí.

—¿De *The Legend of Zelda*?

Aún no entiende la referencia. Baz no es aficionado a los videojuegos. Extiende su espada de hule espuma.

—En guardia, bribón. Réprobo canalla.

Rozo su espada con la mía. Él intenta esquivarla. Es malísimo para esto.

No se me ocurre otra cosa para la cual Baz sea malo. Él también es otra persona aquí.

—¡Si la rompéis, la pagáis! —nos grita un hombre.

Lo ignoramos, chocamos nuestras espadas y salimos de la tienda. Se la estoy poniendo fácil a Baz. Solamente golpeo su espada para hacerlo retroceder. Él intenta verse feroz, pero no para de reírse.

Vence mi guardia sólo una vez para darme un golpecito en la pierna.

—¡Estás perdiendo tu poder, Snow! ¿Así es como venciste a la horda de trasgos traviesos?

—Tú distraes más que un trasgo —digo—. Tienes el cabello mucho más brillante.

—*Usted tiene la brujería en sus labios* —dice Baz.

—¿Eso también es de Shakespeare?

—Sí, lo siento. Sé que prefieres a Homero.

Me obliga a retroceder hacia un poste de madera. Y lo dejo. Alzo la espada de hule espuma frente a mi pecho. Su espada está presionada contra la mía.

—Jaque. Mate —dice.

—Eso es completamente erróneo —digo.

—Yo gano.

—Te estoy dejando ganar.

—Aun así es una victoria, Snow. Eso quizá significa una victoria más concluyente.

Hay un brillo intenso en los ojos de Baz. Huele a bloqueador solar. Trato de pensar en un insulto. Me pregunto si podría besarlo. Si la otra persona que soy hoy podría besar a la otra persona que él es. ¿Eso es legal en Nebraska? ¿Está permitido en la feria?

Baz sisea, girando su cabeza y su cuerpo en dirección opuesta a mí, como si oliera sangre.

Me doy la vuelta para alcanzarlo.

—¿Qué...?

Fija su mirada en un grupo de personas que se dirigen hacia nosotros; seis o siete de ellos están vestidos como vampiros, y vienen acompañados de mujeres de senos enormes con el corsé que se ve por todos lados. (No he descubierto si me gustan las mujeres, si alguna vez me gustaron o si sólo soy Baz-sexual. Pero los escotes abundan en este lugar y no me molestan para nada.)

—Mira —digo, tratando de distraer su atención de los vampiros falsos—. Sé que esto es... ¿Cómo lo llamó Penny? Ah, sí, apropiación. Pero no dejes que te afecte.

El labio de Baz está curvado. El grupo de vampiros se pavonea cada vez más cerca de nosotros. Están vestidos de estereotipos vampíricos. Dos de ellos visten capas. Una es una chica, que está vestida como el capitán Garfio o algo parecido. Sus disfraces tienen sangre falsa desparramada por todas partes. Lo único que arruina el efecto son sus lentes de sol.

Lo que sea que vendan, las mozas lo compran. Uno de los vampiros tiene a una chica entre los brazos, las piernas de ella le rodean las caderas. Debe de ser sumamente fuerte. Baz se da media vuelta justo en el momento en que el tipo que está más cerca de nosotros se baja los lentes para mirarme. Tiene la piel pálida como la ceniza y sus mejillas se ven demasiado rellenas. Me cierra el ojo.

Yo me estremezco.

—*Baz*.

—Lo sé.

Baz saca los colmillos. Se ha dado vuelta otra vez para observarlos.

—Son...

—Simon, lo sé.

—¿Dónde está Penny?

—La buscaremos en cuanto terminemos.

—¿Terminemos con qué?

Baz respira con determinación.

—Cuando terminemos de cazar a estos vampiros.

—No podemos asesinarlos así como así —digo. (De todas formas, no puedo. Ya no soy el tipo de persona que busca pleitos con monstruos.)

—Claro que podemos. Siempre y cuando tengamos la ventaja.

—¡Pero no han hecho nada malo! (Ahora soy el tipo de persona que le da el beneficio de la duda a un grupo de vampiros.)

—*Aún*, Snow. Probablemente están abriendo a esas rameras como latas de cerveza lager mientras hablamos.

—Debemos encontrar a Penny —digo—. Nos superan en número.

—Nosotros los superamos en número. Somos dos hechiceros contra ninguno.

—Como dije, debemos encontrar a Penny.

—¿A dónde se fueron?

Levanto la mirada. Los vampiros han desaparecido.

—Rayos —Baz ya sigue su rastro.

—*Baz...*

—*Simon.* ¡Van a asesinar a esas chicas!

—No de inmediato. No a plena luz del día.

—¿En verdad crees que existe un Código de Conducta Vampírico?

El vendedor de espadas le grita a Baz:

—¡Ey! ¡Regresad y pagad por eso!

—Volveremos pronto —digo mientras suelto mi Espada Maestra sobre una mesa, luego decido tomar un sable—. ¡Muy pronto!

Alcanzo a Baz mientras se agacha entre dos chozas.

—¿Puedes verlos?

—Puedo olerlos —susurra—. Silencio.

Esta sección del festival está montada a lo largo de un conjunto de árboles de sombra. No sucede nada detrás de las chozas y carpas, es como estar tras bambalinas.

Escucho risas. Me toma un segundo notar su presencia, escondidos detrás de los árboles: los vampiros han rodeado a las mujeres y todos... se besan, al parecer.

—Cristo, ustedes los vampiros son unos pervertidos.

—Yo no soy un pervertido —dice Baz—. Y guarda silencio. Recuerda, oído vampírico.

—Aún no han hecho nada malo. No podemos matarlos por tirarse a alguien.

De pronto una de las mujeres grita. Y no es un grito de placer, sino de "me están matando". Otra mujer se le une.

Baz gruñe justo en el momento en que Penelope grita:

—*¡Arde, nene, arde!*

La pierna de uno de los vampiros comienza a incendiarse. Trata de apagar el fuego, pero... los vampiros son altamente inflamables. Los otros seis retroceden de un brinco y luego van tras Penelope. Baz y yo los seguimos.

Los vampiros son increíblemente veloces. Pero, en cualquier caso, Baz también lo es. Corro tras ellos por un momento hasta que recuerdo que puedo volar. Vuelo por encima de las carpas en busca de Penny. Los vampiros la persiguen a través de la multitud. Tiene la mano extendida —la del anillo mágico—; sin embargo, no tiene un blanco fijo.

Me acomodo cerca de ella. La gente me hace espacio mientras aplaude, lo cual también deja pasar a los vampiros. Penny apunta hacia uno de ellos.

—*¡Que te corten la cabeza!* —grita y, acto seguido, eso es lo que sucede. (Penny nunca ha sido alguien que se ande por las ramas.) Su cabeza rueda hacia atrás y su cuerpo cae hacia delante; y sus compañeros se precipitan sobre nosotros, enfurecidos.

Embisto a uno de ellos con mi espada. Mi espada de mierda, que se dobla al hacer contacto con el hombro del bastardo.

Me arrastro hacia atrás y golpeo otro estante de espadas. (Algo que no requiere de tanta suerte como creerías; al menos la mitad de estas tiendas vende armas.) Tomo una espada Claymore y ataco. La espada conecta con el vampiro y luego se separa de su empuñadura.

Este vampiro tiene el cabello rubio y lanudo y una capa del conde Chocula con un cuello enorme. Tomo otra espada y lo obligo a retroceder por un momento, antes de que me la arranque de las manos por la cuchilla. Enredo mi cola en su pierna y lo jalo hacia el suelo, lo cual me da un segundo para tomar una cimitarra con la mano izquierda y un hacha de batalla con la derecha.

El vampiro ya se incorporó. Doy un paso hacia atrás y desemboco en la vía principal. Todos los asistentes a la feria se han formado a lo largo del camino de tierra como espectadores de un desfile. No veo a Penny. No le va a quedar suficiente magia para decapitar a otro vampiro. Pero es lista, me digo a mí mismo. Y Baz es un rival digno para cualquiera de estos tres patanes. Espero.

El vampiro se precipita sobre mí, y le estrello la cimitarra en el pecho. Se rompe como un fósforo y el vampiro me toma la mano. Esto no augura nada bueno. Podría morderme. O partirme en dos. Si aún tuviera mi magia, intentaría formular un buen hechizo vampírico. (Imagina cuánto más extrañaría la magia si hubiera aprendido a dominarla.)

Trato de volar hacia arriba y lejos del vampiro, pero me sujeta con fuerza. Aún tengo un hacha de batalla en mi otra mano, así que decido blandirla hacia él en señal de desesperación...

La cabeza del hacha se desprende al hacer contacto con su cuello.

22
BAZ

Penelope Bunce decapitó a un vampiro y prendió fuego a otros dos. Es digna hija de mi madre.

¿Dónde está Simon?

Sigo buscando una forma de contener a los vampiros. (Contenerlos... ¿para qué? ¿Para quién? ¿Las autoridades? ¿Acaso Estados Unidos cuenta con autoridades mágicas?)

¿Dónde estás, Snow?

No está con Bunce. Ella aún pelea con uno de los vampiros.

Yo mantengo a otros dos a raya: un tipo con una capa de poliéster y una mujer vestida como el Lestat de Tom Cruise. (Por supuesto que he leído a Anne Rice. Era un vampiro quinceañero de clóset cuyos padres fingieron no darse cuenta cuando el perro familiar se esfumó.)

Y trato de encontrar a Simon. Suele ser imposible ignorarlo durante una pelea.

Ninguno de mis hechizos está causando mucho daño. Pruebo *¡Háganse trizas!*, pero esto sólo parece irritarlos. Luego intento con *¡Váyanse al diablo!* Eso debería obligarlos a retroceder unos cuantos metros y darme un momento para pensar. No funciona. No pasa *nada*. Lo que significa que sigo siendo demasiado inglés. Qué momento más inapropiado para darme cuenta de que debí ver más maratones de *Friends*.

—*¡Pongan pies en polvorosa!* —grito sin éxito, escondiéndome detrás de un árbol—. *¡Emprendan la retirada! ¡Apártense de mi vista!*

Nada, nada, nada. (Intentaría *"Váyanse a la mierda"*, pero el efecto mágico de las groserías es impredecible; depende enteramente del público.)

—¡Lárguense! —grita alguien en la multitud, un joven afroamericano con lentes de abuelita. Me subo al árbol de un brinco. El vampiro con la capa arranca las ramas que están abajo de mí—. ¡Lárguense! —grita el hombre entre la multitud otra vez.

Apunto mi varita hacia el vampiro.

—*¡Lárgate!*

Funciona. Brinca hacia atrás como si lo hubieran electrocutado.

También le lanzo el hechizo a Lestat de Lioncourt.

—*¡Por favor, lárgate!*

La expresión amable no le otorga al hechizo el toque extra que buscaba. Pero aun así funciona: vampiresa cae hacia atrás.

Bajo del árbol de un brinco. ¿Cuál es mi plan aquí?... (*¿Y dónde está Simon?*)

¿Y por qué me contengo? Son asesinos a sangre fría —en realidad, asesinos sin sangre—, ¿y yo los ataco con hechizos infantiles?

En cuanto supe lo que eran, me dije a mí mismo que debía *actuar*. Que debía *hacer* algo. Quizás el asesino de mi madre se haya esfumado, pero yo aún no he vengado su muerte. Eso es lo que mi tía está haciendo ahora. Cazando vampiros. Cobrándoles por lo que le hicieron a mi madre, uno a uno.

Vimos cómo estos vampiros atacaban a esas chicas. Si los dejamos escapar ahora, matarán a más gente. *Eso es lo que hacen los vampiros.*

No tiene caso tratar de pasar desapercibido. Ya nos persiguieron entre la multitud. Después de hoy, todos nos volveremos famosos en internet. Ni el mismísimo Hechicero podría arreglar este desastre.

Y no tiene caso tratar de ser humanitario. Penny tiene un buen punto: no podemos encarcelarlos y no podemos dejarlos escapar.

Tampoco es como que pueda adoctrinarlos sobre los beneficios de beber ratas. "¿Has escuchado la buena noticia respecto a los mamíferos pequeños?"

No puedo contener a estos dos vampiros por más tiempo. He tratado de mantener mi distancia, lanzando hechizos en vez de golpes. (No podría con ambos en una pelea a puño limpio.) Pero Lestat le ha echado el ojo a mi varita de marfil: la tomará en cuanto se encuentre más cerca.

Escucho un bramido familiar y me doy la vuelta.

Está al otro lado de la plaza, saliendo con capa y espada de una tienda de armas como el nieto ilegítimo de Indiana Jones y Robin Hood.

Ahí estás, Simon Snow.

Con dos filosas armas en cada mano y un vampiro de cabello rubio pisándole los talones.

Simon es hermoso en el calor de la batalla. Nunca se detiene. Nunca lo ves planear su siguiente movimiento. No planea nada, sólo se *mueve*.

Sin embargo, se le están acabando las opciones. Su espada ya se ha partido en dos. Tiene un hacha en la otra mano y... se rompe contra el cuello pétreo del vampiro. *Crowley, no*. Simon no es un rival digno para él ahora, no sin magia.

—¡Snow! —grito, olvidándome de mis dos oponentes...

Justo en ese momento, Simon toma el mango roto del hacha y se lo clava al vampiro en el pecho.

SIMON

Escucho a Baz pronunciar mi nombre. Cuando levanto la mirada, dos vampiros lo sujetan de los brazos.

El vampiro que yace empalado en el mango de mi hacha ha empezado a marchitarse. Como si la magia en su corazón fuera lo único que lo mantenía con vida. Le retiro la estaca y cae al suelo: un montículo en forma de hombre compuesto de sangre y botas y cenizas.

Ya estoy en el aire, volando hacia Baz lo más rápido que puedo. Los vampiros lo han empujado al piso, ¡carajo! ¡Una vampiresa tiene su varita!

La golpeo por encima de la espalda con el mango de mi hacha; estoy en el ángulo incorrecto para empalarla. Ella se vuelve hacia mí agitando la varita de marfil de Baz como si un hechizo fuera a escaparse de ella.

Baz aprovecha la distracción para ponerse de pie y darle un puñetazo al otro vampiro, el hombre. Es un puñetazo mal dado. Baz nunca ha aprendido a pelear con su cuerpo aunque está hecho de acero. Sin embargo, el vampiro con el que pelea es igual: mucha potencia pero nada de habilidad. Intercambian golpes como torpes máquinas de vapor.

Envuelvo la pierna de la vampiresa con mi cola, pero esta vez el truco no funciona. Ella se mantiene firme y recoge su pierna hacia atrás, jalándome hacia sus brazos. Luego decide atacar mi rostro —ha abandonado la idea de lanzar hechizos y ahora sólo busca apuñalarme con la varita—, pero la envuelvo con una de mis alas, sujetándola tan cerca que ni siquiera puede moverse.

Me olvidé de sus colmillos. Ella abre bien la boca.

Despliego mi ala, lanzándola lejos.

Aprovecho el momento de libertad para darle un golpe en la quijada al tipo con quien pelea Baz. (Casi ni lo percibe —los vampiros son invulnerables—, pero se siente bien conectar un golpe.)

La chica me toma por la espalda más rápido de lo que pensé. Fue un error darle la espalda. Agito mis alas, pero ella no se suelta.

—¡Simon! —grita Baz y quiero decirle que no se distraiga.

Muevo la cabeza hacia atrás, estrellando mi cráneo sobre la vampiresa para mantener sus colmillos lejos de mí. Mis alas aún se baten y me he elevado a unos cuantos metros del piso aunque no es suficiente para salir volando.

Baz se tambalea hacia atrás alejándose un poco de su oponente, luego se yergue y coloca los dos puños sobre las caderas. Sus ojos se encapuchan y oscurecen. *Ésa es una forma sumamente atractiva de morir*, pienso. Pero luego Baz abre las palmas de las manos para revelar dos bolas de fuego.

Lanza una de ellas al rostro del hombre vampiro, luego la otra a la bestia que cargo en la espalda; ésta comienza a incendiarse.

Al igual que yo.

Caigo rodando al suelo y la multitud a nuestro alrededor estalla en aplausos.

Baz estira la mano para ayudarme a que me levante del piso. La tomo y luego recojo la varita del suelo. Se la doy.

—Penny —digo.

Ambos volteamos hacia el otro lado de la plaza, donde Penny acaba de vaporizar al último vampiro. Un momento está ahí y al siguiente se ha ido. Cuando ha desaparecido por completo, nota nuestra presencia. Dudosa, levanta el pulgar en señal de aprobación y luego camina alrededor de los restos exiguos del vampiro.

En ese momento todos comenzamos a caminar, casi como si hubiéramos acordado hacerlo. Lentamente. Hacia la salida.

Los Normales aún aplauden. Baz voltea y saluda a la multitud. Me da un codazo, así que yo también comienzo a saludar a la multitud.

Penny nos alcanza y nos sujeta del brazo.

—Debemos irnos de aquí.

—Si huimos —Baz dice sin perder la sonrisa—, nos perseguirán.

Hace una reverencia y saluda con ambas manos.

Penny y yo tratamos de imitarlo.

—¡Gracias! —grita Baz—. ¡Volveremos para nuestra siguiente presentación a las seis y a las nueve!

Retrocedemos lentamente entre el borde de la audiencia. La gente nos toma fotos y me toca las alas.

—No te detengas —dice Baz.

La reina Isabel y su corte nos miran pasar, aplaudiendo con gentileza.

Baz hace una reverencia profunda.

Luego apretamos la marcha, caminando lo más rápido que podemos sin echarnos a correr, tratando de mantenernos al frente de la multitud que se dispersa. En cuanto cruzamos la salida, empezamos a correr. Escaleras abajo. Por la fila de la entrada. Al lado de hadas y campesinos y adalides que fuman cigarros electrónicos. No puedo parar de reír. No me había sentido así de bien en un año.

BAZ

Corremos por la grava hacia el Mustang y Penny se sube de un brinco al asiento trasero.

Simon me alcanza y me atrapa contra el auto. Antes de verlo venir, comienza a besarme, inclinándome sobre la cajuela.

—¡Estuviste increíble! —dice, tomando un respiro—. Ni
siquiera necesitaste una varita.

Me sostengo de sus hombros.

—Me preocupa un poco que asesinar vampiros te parezca
tan excitante.

Me besa con tanta fuerza que mi cabeza se inclina hacia
atrás.

—¡Chicos! —grita Bunce—. Literalmente estamos huyendo de un crimen. Además seguimos en el Medio Oeste de Estados Unidos.

Penny tiene razón. Le doy un ligero empujón a Simon.

—¡Tan sexy! —dice Simon—. Tuve la oportunidad de verte
pelear sin ser yo quien buscara un pleito contigo.

Bunce me lanza una botella de plástico por encima del
hombro para golpear a Simon en una de sus alas.

—¡Juro por Stevie que los dejaré a ambos!

Miro a lo lejos, a espaldas de Simon. Poco más de una docena de personas se dirige hacia donde nos encontramos.

—Prometo ser igual de sexy más adelante —digo—. Pro-
vocaré incendios a lo largo de todo el Medio Oeste.

Simon se separa de mí, aún con ese extraño brillo en los
ojos, y se sube de un brinco al asiento del copiloto.

Me rehúso a ser el único que se moleste en abrir la puerta
del auto; brinco directo al asiento del conductor y enciendo el
motor, luego salimos rugiendo del estacionamiento levantando
a nuestro paso una densa nube de polvo y piedras.

23
PENELOPE

Mi madre me matará. Ella misma me arrojará a la fosa de las brujas; ni siquiera llamará al Aquelarre. Hoy hemos roto todas las reglas posibles. El Mundo de los Hechiceros no tiene muchas reglas, pero hemos quebrantado todas:

No molestarás a los Normales.

No interferirás con los Normales.

No robarás a los Normales.

Por sobre todas las cosas, no permitirás que los Normales sepan que la magia existe.

Incluso por encima de eso, no permitirás que los Normales sepan de *nuestra* existencia.

Los hechiceros tienen que vivir entre los Normales porque su lenguaje es clave para nuestra magia. Pero si supieran sobre nosotros... *Si la gente Normal supiera que la magia existe y que alguien más la posee...*

Nunca seríamos libres.

Mi madre me quitará mi anillo. Me encarcelará en una torre.

En los viejos tiempos, los hechiceros solían alterar sus rostros con magia si se les veía practicarla en público. Sólo es posible borrar un recuerdo a la vez (y la ética al respecto es bastante confusa); no puedes borrarle la memoria a una multitud.

Las únicas opciones disponibles luego de crear una escena irreparable y de tal magnitud son *uno*, desaparecer, o *dos*, aceptar el pecado con entusiasmo: ponerte una capa y un sombrero de copa y salir a la calle. Una vez que convences a los Normales

de que todo es un *truco*, puedes hacer cualquier cosa frente a
ellos. Puedes hacer desaparecer la mismísima Estatua de la Libertad.

Baz fue listo. Fingir que todo era parte de un espectáculo.

Yo no soy lista en ese aspecto. Soy incapaz de fingir.

Asesiné a esos vampiros frente a cientos de Normales. A
mamá no le importarán los vampiros; puedes recibir una me-
dalla por cazar vampiros. Sin embargo, utilicé demasiada magia y al descubierto.

No quiero imaginar lo que hicieron Simon y Baz. Ellos
juntos tienen alas y colmillos y fuerza sobrehumana. Baz de
hecho tiene una varita mágica.

Mi deseo es que todo haya resultado tan obvio y exagerado
que nadie crea que fue real. Ningún hechicero *de verdad* sería
tan descuidado.

Morgana, la poderosa, *todos* verán esto. Todos nuestros
amigos. Nuestros profesores.

Micah va a pensar que me vine a pique en cuanto terminó
conmigo.

Supongo que así fue.

24

BAZ

Debería estar muy alterado en este momento.

Bunce está hecha un desastre en el asiento trasero; las olas de culpa y miedo y conmoción que atraviesan su cuerpo son evidentes. ¡Como debe ser! Cuando lleguemos a casa, nuestros padres nos *cortarán la lengua*. Seguro iremos a juicio frente al Aquelarre. Sin duda. En cuanto pisemos territorio británico.

Sin embargo, en este momento estamos muy lejos de pisar tierras británicas, ¿no es así?

Y Simon Snow no tiene padres.

Su euforia es contagiosa. Mucho más que contagiosa, es encantadora.

Aún puedo sentir su boca sobre la mía, sus brazos alrededor de mi cuerpo. Por primera vez en mucho tiempo. Tal vez por primera vez de esa manera. Tan embriagante y despreocupado.

Es como aquel día en que hicimos retroceder al dragón en los jardines de Watford; pero ese día tuve que fingir que no estaba embelesado. Que no sentía que brillaba a raíz de su magia y la atención que me ponía.

Simon aún sonríe —media hora después de salir de Omaha— y deja que el viento le agite el cabello en los ojos. Penny al fin pronunció el hechizo para hacer desaparecer sus alas con el propósito de que pudiera ponerse el cinturón de seguridad. (Captamos algunas miradas de extrañeza en la autopista.)

Simon constantemente estira la mano para darme un apretón en el hombro o en el brazo. Y no es porque quiera preguntarme algo. No tiene dudas. Sólo me toca porque está contento. Porque está eufórico. Y porque yo estaba ahí, soy parte de todo lo que lo hace feliz en este momento.

Me toma la nuca y me da un ligero apretón, sacudiéndome con suavidad hacia atrás y hacia delante. Cuando volteo para mirarlo, se ríe.

Cuando lleguemos a casa nos apedrearán. Borrarán nuestros nombres del Libro.

Pero no antes de llegar a casa.

Si es que llegamos.

Estados Unidos es interminable. Tal vez nunca se nos acaben las carreteras.

Finalmente nos detenemos en una estación de servicio junto a la autopista. Para ir al baño y comprar más sándwiches espantosos.

Bunce y yo somos los primeros en regresar al auto.

—Seguro necesitamos gasolina —digo—. No le hemos puesto ni una gota.

—He estado hechizando el tanque —responde, luego frunce el ceño al ver su cena—. ¿Cómo consiguen los estadounidenses arruinar un sándwich?

—Están secos y aguados a la vez —digo, mientras le doy una mordida al mío.

—¿Crees que estemos en grandes problemas? —levanta la mirada para verme y cierra un ojo cuando la última luz del sol le pega en el rostro.

—Enormes —digo.

—Quizá nadie se entere de lo que hicimos.

—Había más gente tomándonos video que mirándonos.

—He tratado de pensar en un hechizo...

—¿Para borrar internet? —pongo mi sándwich sobre el cofre del auto y comienzo a envolverme el cabello con la mascada otra vez—. Tendrías que lanzar un hechizo para invocar un libro sagrado y sacrificar a siete dragones.

—Así que entonces existe una *posibilidad*...

—Olvídalo, Bunce. Estamos real y verdaderamente jodidos.

—Entonces, ¿por qué no estás más alterado?

Simon se pavonea mientras sale de la tienda, sosteniendo una bolsa.

—He encontrado una solución para el problema de los sándwiches —dice—. ¡Carne seca! Esta tienda vende al menos treinta variedades distintas.

Mete la mano en el bolsillo de mis jeans para tomar las llaves.

—Es mi turno para conducir.

Me volteo un poco para alejar su mano.

—¿Lo es?

Me empuja contra el auto y saca las llaves. Ambos reímos. Bunce nos vigila de cerca.

Simon se sube al asiento del conductor y Penny se acerca a mí. Aún no he logrado atarme bien esta mascada.

—Volveremos a casa en menos de una semana —dice—. Debemos pensar en algo.

El auto arranca. El radio ya suena a todo volumen.

—¿Dónde dormiremos esta noche? —pregunta Simon.

Paso junto a Penny y me subo al auto.

—Lo sabremos en cuanto lo veamos.

Cuando dije que Estados Unidos era interminable, intentaba ser poético. Pero en realidad Nebraska *sí* es interminable. Es tan grande como Inglaterra y tan despoblada como la luna. Nunca había visto un cielo tan negro.

Los maizales se convierten en pastizales cubiertos de maleza y piedras. Creemos avistar algunos duendecillos al anochecer: destellos de luz en la hierba alta. Sin embargo, cuando nos detenemos para echar un vistazo más de cerca, resultan ser pequeños escarabajos fosforescentes.

—Luciérnagas —dice Simon—. Creo.

Ambos nos abrimos camino entre el pasto mientras observamos a los insectos encender y apagar su luz. Se mueven con tanta lentitud en el aire que parece fácil atraparlos, y luego Snow logra atrapar uno. Estira sus manos para mostrarme el insecto que está acunado entre sus palmas. Tomo sus manos entre las mías y echo un vistazo.

—¿Son mágicas? —pregunto.

Simon niega con la cabeza.

—Creo que no.

La luciérnaga se aburre de inspeccionar las palmas de Simon y revolotea entre nuestras cabezas agachadas, ambos damos un brinco. Luego intentamos atrapar otra, persiguiéndonos entre nosotros tanto como a las luces parpadeantes.

Incluso Bunce olvida su melancolía por un momento para unírsenos. Grita en cuanto atrapa a un escarabajo y se pone a bailar en círculos como un poni.

—¡Vaya! ¡Lo tengo! ¡Puedo sentir sus alas!

—¡No lo vayas a aplastar! —dice Simon—. ¡Veamos!

Simon abre el puño de Penny y la luciérnaga sale volando y aterriza en su cabello. Simon se petrifica; una ligera sonrisa se derrama por el borde de sus labios mientras la luz del insecto parpadea por encima de su oreja.

Me acerco para besarlo, evitando asustar a la luciérnaga. Puedo hacerlo, soy sigiloso como un vampiro. Snow me ve venir y no se aparta. Pero cuando mis labios rozan los suyos, mueve su rostro hacia un lado. La luciérnaga emprende el vuelo.

De vuelta a lo mismo. Aquello que lo volvió intrépido se había desvanecido.

—Vamos —dice.

Al menos aún sonríe.

Quiero tomarlo de la mano y mantenerlo aquí conmigo, entre las hierbas. "¿Todavía eres mío?", le preguntaría. "¿Aún quieres esto?"

Pero no lo hago.

Porque no quiero escucharlo decir que no.

Una hora después vemos duendecillos de verdad. Girando en un campo de gran altura, una docena de ellos formados en círculo con nubes de luciérnagas en el cabello.

—Ésas sí son mágicas —digo.

Lo único que Simon puede ver son las luces.

25
SIMON

Advierto la presencia de la camioneta plateada una hora antes de *advertirlo* en serio.

El mismo par de faros en el espejo retrovisor. La misma parrilla plateada y sonriente. Nunca nos rebasa, nunca abandona la autopista. Supongo que no hay muchos motivos para salirse de la carretera en este lugar.

La camioneta debió rebasarnos cuando nos detuvimos a atrapar luciérnagas. O cuando nos paramos para observar el círculo de duendecillos. (No pude ver bien a los duendecillos. Porque, obviamente, soy Normal otra vez, aunque nadie se atreve a decirlo.)

Sin embargo, aún está detrás de nosotros.

Supongo que podría tratarse de otra camioneta plateada. O tal vez es la misma camioneta, sólo que quienes viajan en ella decidieron, al igual que nosotros, hacer una parada y ahora, por mera coincidencia, nos han alcanzado.

Tal vez.

Tomo la siguiente salida. Baz me arquea una ceja, pero no dice nada.

—¡No nos detendremos para ver más duendecillos! —grita Penny—. A menos que sean los gerentes de un hotel. Estoy cansada, ¡y mi vejiga está a punto de explotar!

Miro el retrovisor. Luego de un minuto, veo el mismo par de grandes faros. Bajo el volumen del radio.

—Alguien nos sigue.

—¿Qué? —Penny grita en respuesta—. ¡¿Quién?!

—¡No mires atrás! —le digo.

Penny voltea para ver la camioneta. Baz en cambio mira el retrovisor.

—¿Durante cuánto tiempo? —pregunta.

—Al menos una hora, cerca de dos. Antes de las luciérnagas.

Saca su varita.

He sido perseguido antes. Emboscado. Por duendes. Por hombres lobo. Por magos venidos a menos que le guardaban rencor al Hechicero. Sin embargo, en ese entonces estaba armado. Tenía una espada legendaria y un vientre lleno de magia. Nunca fui bueno con la varita, pero mi magia era capaz de aniquilar cualquier cosa que estuviera cerca de matarme.

Ahora no tengo nada.

Más que dos amigos sumamente poderosos.

Penny se desabrocha el cinturón y se inclina entre nosotros.

—¡Les lanzaré un hechizo!

Baz coloca una de sus manos sobre el brazo donde Penny lleva su anillo.

—¡No le hagas daño a nadie!

—¡A mí me preocupa que *ellos* nos hagan daño! —grito.

Todos gritamos por encima del sonido del viento.

Baz aún sostiene el brazo de Penny.

—¡No podemos hechizar a todos los Normales que nos miren raro!

Ella ignora su comentario.

—¡A estas alturas, no creo que podamos meternos en *más* problemas!

—¡Ése no es el punto, Bonnie y Clyde!

Penny ya se ha girado para darnos la espalda. Está arrodillada en el asiento trasero y el viento le levanta la falda corta. Estira la mano derecha y grita:

—*¡Esfúmate!*

Los faros no vacilan.

—Dale un momento para que funcione —dice Baz.

Esperamos a que la camioneta se detenga o gire. Pasamos dos intersecciones, luego tres. En la cuarta, giro abruptamente para salirme de una autopista de dos carriles hacia un camino de grava. Los neumáticos muelen la grava y sentimos cómo las rocas golpean la parte inferior del auto.

Baz y Penny contemplan la oscuridad a nuestra espalda. Yo veo el retrovisor.

Los faros aparecen una vez más.

—¡Mierda! —dice Baz.

Penny escupe otro hechizo:

—*¡Alto ahí!*

No sucede nada. Penny estira los dedos...

—¡No! —dice Baz—. Vas a agotar todas tus fuerzas.

—¡Podría tratarse de vampiros! —dice ella.

—¡Podría tratarse de cualquier cosa! —digo.

Un espectro, una sanguijuela, un espíritu maligno. Algo específicamente estadounidense: un demonio pistolero, un gato de pradera, una de esas sirenas que viven en pozos. ¿Los coyotes pueden conducir autos? Sé que pueden jugar póker, el Hechicero me lo dijo.

"Conoce a tu enemigo antes de que él te conozca a ti" era una de las lecciones favoritas del Hechicero. Me entrenaba para enfrentar cualquier amenaza, sin importar cuán improbable fuera. Me dijo que evitara pisar Estados Unidos a toda costa: "Todo tipo de hechiceros y criaturas mágicas han terminado ahí. Hay magia antigua y moderna. Híbridos y giros imposibles de anticipar. Es el lugar más peligroso del mundo." Tenía 13 años, así que pensaba que Estados Unidos sonaba genial. Todo tipo de magia, todo tipo de hechizos, todo en el mismo lugar.

—Detente en el próximo pueblo —dice Baz—. Estaremos más seguros si tenemos público.

Pero no hay un pueblo cercano.

Voy de un camino de grava al otro. Los faros nos siguen.

Baz nunca baja su varita. Penny observa los faros durante un rato, luego se hunde en el asiento para evitar la mirada de quien la observa desde la camioneta. La grava golpea todas las partes metálicas del auto.

Así transcurren treinta minutos.

Le grito a Penny por encima de mi hombro:

—¿Todavía tienes que ir al baño?

—¡Sí! —dice.

—¿Quieres que me detenga?

—¡No!

No existe el próximo pueblo. No hay luces. Sólo puedo ver unos cuantos metros de pavimento delante y detrás de nosotros. Baz y Penny son meras sombras.

La camioneta que nos sigue aparece y desaparece de nuestra vista.

Le digo a Penny que busque un pueblo en su teléfono. Pero no tiene señal.

Las luces en el espejo retrovisor se apagan y se encienden otra vez.

—¿Eso qué significa? —grita Penny.

—Que me orille —digo.

Baz voltea a verme.

—¡No te atrevas a hacerlo!

Las luces se apagan y se encienden. Es una acción lenta, deliberada.

—¿Es clave Morse? —pregunta Penny, acurrucada entre nuestros asientos.

—Es la típica señal para decir "Oríllate" —puntualizo.

—¡No lo hagas! —dice Baz otra vez.

—No lo haré, ¿está bien?

—Necesitamos un plan —dice Penny.

—¡Tenemos un plan! —Baz es firme—. Esperamos hasta encontrar un pueblo.

—¡No hay *ningún* pueblo! —digo.

—¡Necesitamos un plan de batalla! —insiste Penny.

—De acuerdo.

—¡Escúchense! —Baz grita casi sin emitir sonido (Apenas si podemos escuchar nuestras propias voces.)—. ¡No podemos darnos el lujo de pelear!

—Somos tres —dice Penny.

—¡Ellos también podrían ser tres! —dice él—. Y aunque tengamos más poderes, ¡no podemos arriesgarnos a causar otra escena!

—Mira a tu alrededor... —señala con el brazo la abrumadora oscuridad que nos rodea—. ¡No hay ningún testigo!

—¡Podrían estarnos grabando ahora mismo, Bunce!

—Bueno, pues no podemos seguir así —digo.

Me estoy volviendo loco, esperando a que algo suceda. Nunca había esperado tanto para una pelea.

—¡Eso es un hecho! —dice Baz—. Es una reducción. Nadie está hiriendo a nadie.

La camioneta se acerca más que durante todo este tiempo y los faros blanquean la piel pálida de Baz. Él se cubre los ojos con la mano. Las luces vuelven a apagarse, se mantienen así por unos cuantos segundos, luego se encienden.

—¡A la mierda con esto!

Cambio de velocidad y piso el acelerador a fondo.

El ruido es monstruoso. Penny y Baz se sujetan con ambas manos.

BAZ

Solía admirar a este par por ingeniárselas para salir de tantos aprietos.

Ahora sé de primera mano que tienen grandes escapes, ¡porque caen en demasiadas trampas! Éste es el tipo de comportamiento que orilló a Wellbelove a mudarse a California.

El Mustang suena como murciélago que escapa del infierno. Y Simon es su conductor de huida. Ha metido cuarta en un camino de grava y sus ojos azules se han reducido a pequeñísimas ranuras. El viento atrapa la mascada de mi madre y ésta se desprende de mi cabeza. Snow da un manotazo para rescatarla. Voltea a verme por un segundo, sosteniéndola como un estandarte.

SIMON

La camioneta plateada se queda atrás otra vez, pero no nos pierde de vista.

Hago otro giro de noventa grados. Estamos de vuelta en un camino pavimentado y aumento la velocidad cada vez más. Tal vez es demasiada velocidad. Sería imposible detenerme ahora aunque quisiera; el camino se agolpa frente a mí antes de que esté preparado para recibirlo.

Baz tiene su varita lista y Penny tiene la mano derecha levantada.

—¡Ve más despacio! —grita Baz.

Pero no lo hago. No quiero hacerlo. Estoy cansado de este punto muerto. Estoy cansado de ser *perseguido*.

De pronto, mis alas explotan en mi espalda; no sé por qué, no sonó ninguna campana. La fuerza me empuja contra el volante y el convertible se balancea hacia atrás y hacia delante.

Baz pronuncia un hechizo, aunque no puedo escucharlo. Luego le grita a Penny. Ella también prueba un hechizo.

—¡No hay magia! —grita Baz.

—¡Es un punto muerto! —Penny golpea mi hombro—. ¡No podemos detenernos aquí!

—¡No me estoy deteniendo! —digo, pero justo en ese momento el motor comienza a fallar—. ¿Qué hiciste? —le grito a Baz.

—¡Nada! —dice—. ¡Te aseguro que esto no!

El motor languidece. Piso el acelerador. Intento cambiar de velocidad. La camioneta que nos sigue se aproxima cada vez más rápido. Hay una entrada a mi lado derecho. Doy un volantazo en el último minuto y giramos hacia un lote de grava.

El Mustang rueda hasta detenerse al pie de Stonehenge.

PENNY

Cuando nuestro auto sale del camino, cierro los ojos y me cubro la cabeza. Todos los hechizos que he intentado han fallado. Lo único que queda por hacer es pensar en todos los automóviles modernos con bolsas de aire que no contraté, y prepararse para el impacto...

Pero no hay impacto.

Cuando en algún punto dejamos de movernos, abro los ojos y juro que Stonehenge se despliega a unos cuantos metros de mí. Y lo único que puedo pensar es: "Volvimos a casa, de alguna manera, alabada sea Morgana".

Sin embargo, no es Stonehenge. No puede serlo. En primer lugar, aquí no hay magia; es un punto muerto. (¿Acaso el Humdrum ha visitado el oeste de Nebraska? ¿Existe tal cosa como un Humdrum estadounidense? ¿Ésta también es culpa de Simon?)

En segundo lugar, las piedras erguidas no son *piedras*, sino... *autos*. Enormes autos antiguos pintados de color gris y dispuestos de la misma manera que las piedras en Wiltshire. Algunos están enterrados verticalmente por la defensa delantera y algunos están apilados uno encima del otro de forma horizontal. ¿Qué clase de lugar es éste?

No tenemos magia.

Nuestros celulares no tienen señal.

Necesitamos un *plan*.

Simon se asoma por encima del respaldo de su asiento y me toca el brazo.

—¿Te encuentras bien?

—Aún tenemos a Baz —digo—. Aún tenemos tus alas. Lucharemos como orcos de ser necesario.

Baz brinca fuera del auto y se acerca a los faros traseros. Me paro junto a él con los hombros cuadrados. Estoy acostumbrada a pelear junto a alguien mucho más poderoso que yo.

—Primero, tenemos que deshacernos de sus teléfonos —digo.

Simon se para del lado opuesto a Baz y despliega sus alas.

La camioneta entra al lote, moviéndose con lentitud ahora que nos tiene acorralados. Se detiene frente a nosotros. Primero se apaga el motor, después las luces.

Una persona desciende del auto. Un tipo afroamericano, como de nuestra edad. Trae unos jeans, una playera y sus lentes de armazón metálico.

Tiene las manos vacías y, después de un segundo, nos saluda.

—Hola.

26

SIMON

—Hola —respondo.

Penny no está dispuesta a tolerarlo.

—¡¿Qué quieres?!

El tipo se rasca el cuello. Parece avergonzado.

—Nada. Vi su, eh, espectáculo, en Omaha; y quería hablar con ustedes.

—¿Para eso nos perseguiste por todo Nebraska?

Niega con la cabeza.

—Ésa no era mi intención.

—Pues a mí me pareció una persecución sumamente intencional —digo.

—Era obvio que no queríamos hablar —dice Penny.

Baz es como un témpano de hielo. Apunta al chico con su varita.

—¿Y tú qué eres?

—Yo no soy nada —dice el tipo—. Lo juro, soy un Normal.

Un escalofrío me recorre la espalda.

Los Normales no saben que son Normales.

—¿Qué es lo que *quieres*? —dice Baz, luego da un paso al frente.

Es una amenaza, no una pregunta.

El tipo sonríe. Tiene las manos al descubierto.

—Miren, lo siento, de verdad sólo quería hablar con ustedes. Y luego me atrapó el juego.

Baz hace una mueca de desprecio.

—Éste no es un juego.

—Tienes razón, lo siento. Es sólo que nunca había visto...

—No has visto nada.

—... a un vampiro cazavampiros.

Siento que Baz, Penelope y yo estamos unidos por el corazón. Y siento cómo todos contenemos la respiración.

—No sabemos a qué te refieres —dice Penny— y no queremos hablar con alguien que nos ha perseguido e intimidado.

—Miren —se esfuerza mucho por ser amigable—. A veces me dejo llevar por la corriente. Sólo sabía que si les perdía la pista, nunca los volvería a ver. Ésta es una oportunidad única...

—*Nunca* nos volverás a ver —dice Baz—. Ahora súbete a tu camioneta... Espera. —Baz se detiene y baja la mano donde sostiene la varita—. Me pareces conocido.

—Soy Shepard —dice el chico y le extiende la mano.

Baz no se la estrecha.

—Tú eres el que me sugirió el hechizo en la feria renacentista.

—Lárgate —dice el chico, sonriendo.

—Si en verdad piensas que somos vampiros —digo—, ¿por qué nos seguiste en medio de la nada? ¿No te damos miedo?

—Soy Shepard —lo intenta de nuevo, ofreciéndome su mano.

La tomo y Penny gruñe.

—*Tú* no eres un vampiro... —dice Shepard. Me observa como si yo fuera el Arca de la Alianza y él, Harrison Ford—. Tú eres algo nuevo. O quizás algo viejo. Espero poder conversar al respecto mientras bebemos una taza de café caliente.

—¡Una taza de mierda caliente! —dice Penny—. Debes marcharte ahora, señor Normal.

—Shepard —dice él, alargándole la mano.

—¡No! —señala el camino con el dedo—. ¡Vete! ¡Tienes suerte de que no llamemos a la policía!

—Está bien —mete las manos en sus bolsillos—. Sé que manejé toda esta situación muy mal. Lo siento —comienza a caminar hacia su auto—. Si quieren, puedo llamarle a alguien para que les traiga gasolina. Hechizaron el tanque, ¿verdad? Y dejó de funcionar al mismo tiempo que su magia, ¿no?

—¿Quién dice que nuestra magia dejó de funcionar? —digo, agitando las alas sin querer.

—Aquí afuera no hay magia —dice—. No para los Comunicadores.

—¿Por qué no? —pregunta Penny. Debe de estar más interesada en conocer la respuesta que en guardar nuestros secretos—. ¿A dónde se fue la magia?

—No hay suficientes Normales aquí —dice—. No hay ningún lenguaje al cual recurrir. Nebraska es uno de los sitios menos mágicos del país para la gente como ustedes... ¿Por qué abandonaron la carretera interestatal?

Penny está furiosa.

—¡Para alejarnos de ti!

Volteo a ver a Baz.

—¿A poco eso sucede?

Él arquea las cejas como diciendo: "Ni idea".

—Así que estamos varados aquí —dice Penny.

—Yo podría darles un aventón —ofrece el Normal.

—¿Acaso bromeas? —responde, molesta.

—¿Cómo es que sabes —Baz tiene la mirada fija en él— lo que crees que sabes sobre nosotros? ¿Sobre la magia?

Shepard sonríe. (Yo en su lugar me abstendría de sonreír.)

—La gente me lo ha dicho. Otros Comunicadores mágicos.

—Pfft —dice Penny—. ¿Porque también los perseguiste y luego los arrinconaste?

—Porque se los pregunté —responde—. Y porque sabían que mi intención no era hacerles daño —voltea a ver a Baz—. Nunca había conocido a un vampiro.

—Espero que tu suerte se mantenga —responde Baz.

El Normal está parado cerca de su auto, con la puerta abierta. Se sube los lentes.

—Yo podría ayudarlos...

—¡Tú eres la razón por la que necesitamos ayuda! —grita Penny.

—¿Cómo? —pregunto—. ¿Cómo podrías ayudarnos?

Da un paso hacia mí.

—Están perdidos. Es evidente que no saben nada sobre Estados Unidos; la mitad de sus hechizos no funcionan y condujeron directo a una zona silenciosa. No sé a dónde se dirigen, pero yo podría ser su guía, su Sacajawea.

Penny se cruza de brazos.

—¿Así que podemos invadir Estados Unidos y quitártelo bajo tus narices?

—¡Mierda! ¿Eso planean hacer?

—Sí —Baz dice en tono burlón— y hemos tenido un buen comienzo.

El Normal no se da por vencido.

—¿Están cazando vampiros? ¿Ésa es su misión?

—¡No! —dice Penny.

—Estamos de vacaciones —digo.

Vuelve a levantarse los lentes.

—¿Vinieron a *Nebraska*? ¿De vacaciones?

—Sólo estamos de paso —dice Baz—. Escucha, Shepard... ¿Podrías darme un minuto para dialogar con mis amigos mágicos?

Mientras Shepard dice "Claro", Baz nos toma a Penny y a mí del brazo y nos conduce de regreso al círculo de autos. (Alguien ha construido Stonehenge con puros *autos*. Es una de las mejores cosas que he visto.)

—Deberíamos aceptar su ayuda —dice Baz.

—No digas tonterías, Baz.

—Estamos varados aquí, Bunce.

—Sí, por culpa de él.

—Mira, aceptamos su ayuda —prosigue Baz— y luego le borramos la memoria. Él tiene las de perder: lo superamos en número y nuestra magia regresará en cuanto lleguemos a un pueblo.

—¿Y si tiene una pistola? —pregunto.

—Me sentaré detrás de él y le romperé el cuello de ser necesario.

Frunzo el ceño ante el comentario de Baz.

—¿Sabes cómo romperle el cuello a alguien? Debería enseñarte cómo se hace antes de subirnos al auto...

Se escucha el sonido de neumáticos sobre la grava y, por un instante, pienso que Shepard ha decidido marcharse sin nosotros. Todos volteamos.

Hay un nuevo par de faros saliéndose del camino. Dos pares. Ahora tres.

—¿Quiénes son ésos?

Baz niega con la cabeza.

—Nadie bueno.

27

BAZ

Uno, dos, tres camiones abandonan la carretera y se acercan poco a poco hacia nosotros, arrinconándonos contra la camioneta de Shepard con la luz de sus faros.

No intentamos correr. Simon podría hacerlo. Podría haberse escapado ya.

Le doy un codazo.

—Échate a volar, Snow. Ahora.

—No.

—Podrías conseguir ayuda.

—¿De quién?

Varias puertas se abren y cierran de forma simultánea. Alguien se acerca a nosotros, pero no puedo verlo porque la luz de los faros me deslumbra.

Es algo parecido a un hombre... *Parecido*.

Se escucha un chasquido y luego un disparo. Y luego la criatura finalmente se acerca lo suficiente como para verla a detalle...

Es un turón del tamaño de un hombre con una escopeta.

Tiene franjas negras y blancas. Ojos vidriosos. Jeans color azul. Abre la orilla de sus fauces y escupe una corriente de líquido café a mis pies. Huele a tabaco de pipa.

—Así que los rumores son ciertos —dice—. Tenemos algunos intrusos.

Otra criatura indefinida flota por encima del hombro del turón: una densa neblina gris. Con brazos. Se enrosca alrededor de Penny mientras sisea:

—Comunicadores —su mano roza mi mejilla, pero no puedo sentirla—. Y vampiros.

—¿Están armados? —el turón mira por encima de su hombro—. Catéalos.

Una tercera criatura emerge del resplandor de los faros. También parecida a un humano. Ésta es enorme, viste pantalones militares y una playera de franela, y su cabeza es como la de una cabra; no como una de las cabras de Ebb, sino algo más feroz, con cuernos que se curvan hacia atrás por encima de sus orejas y luego se tuercen hacia delante otra vez. Se estira para tocarme con sus dedos carnosos de humano.

—Ni siquiera lo pienses —digo.

El turón blanco y negro amartilla su arma.

—Mira, hijo. No queremos lidiar con sus problemas. Tal vez en el lugar del que vienen es normal tolerar a desviados como ustedes, pero esto es Nebraska —(con el término "desviados" literalmente podría referirse a cualquier cosa. Hechiceros, vampiros, niños pájaro, gente queer...)—. Sabían en lo que se metían cuando entraron a una zona silenciosa.

El hombre-cabra catea a Bunce en busca de una varita, sin duda. Tiene suerte con ese anillo; los Normales y otras criaturas ni siquiera se dan cuenta de que tiene magia. Mi propia varita está segura por el momento, enroscada en la cola de Simon y escondida detrás de su espalda.

Bunce fija la mirada en el rostro de la cabra, como si lo reconociera de una película.

—¿Eres uno de los *Fomoríanos*?

La mira con desprecio.

—Sí lo *eres*, ¿verdad? —le provoca tanta curiosidad que ha olvidado tenerle miedo—. Es un demonio que se alimenta del caos —nos dice emocionada a Simon y a mí—. Sequías, plagas, muertes en el mar —voltea a verlo. Él le revisa sus calcetas. Por fortuna, sin ser un pervertido—. ¿Qué haces fuera de Irlanda?

—Soy *estadounidense* —dice el hombre-cabra—. De cuarta generación. Mi familia vino aquí para alejarse de gentuza como ustedes.

—¿Hechiceros? —pregunta Penny.

—¿Indios? —pregunta Snow.

—Los ingleses de mierda —responde la cabra.

Me aclaro la garganta.

—Discúlpennos —le digo al turón—. No sabíamos que habíamos entrado a ningún tipo de zona. Desconocemos las reglas del lugar.

Ahora el hombre-cabra me catea a mí y lo hace de una forma mucho más obscena. Probablemente podría tronarle el cuello —quizás hasta podría derribar al turón antes de que tuviera oportunidad de dispararme, *soy* muy rápido—, pero otras sombras acechan detrás de ellos. Quién sabe qué clase de fieras deformes se encuentra allá afuera, cuántas criaturas humanoides con escopetas.

—Entonces —digo, ignorando el aliento a cabra—, lo sentimos mucho. Ahora mismo nos marcharemos.

—Ignorar la ley no es ninguna excusa —dice el turón—. Y la ley es sumamente clara en este aspecto: ningún Comunicador puede entrar en una zona silenciosa, ya sea fuera de la reserva o de la carretera interestatal. Los Normales en estas zonas, por pocos que sean, nos pertenecen.

—No queremos a sus Normales —dice Bunce.

—La gente de su especie nunca tiene suficiente —dice el turón, escupiendo una vez más—. Si los dejamos ir como si nada, mandamos un mensaje. Que no estamos cumpliendo nuestra parte del trato —apunta el arma hacia Simon—. Tú pareces uno de nosotros más que uno de ellos. ¿Qué eres? ¿Un demonio rojo? ¿Un duende del despecho? ¿Un hombredáctilo?

Simon aprieta la mandíbula. Aún bajo el brillo de las luces, sus mejillas se ven oscuras. Observa con atención cómo el hombre-cabra me revisa los bolsillos traseros. Una vez más.

El turón voltea a ver las manos de la cabra.

—Por amor de Dios, Terry. Diviértete en tu tiempo libre.

Y luego, Simon *pierde la cabeza*.

Es menos explosivo que antes, pero sigue siendo un espectáculo.

Avienta mi varita por encima de su hombro con la cola, la atrapa con su mano derecha y luego la encaja en el cuello de la cabra. La cabra cae sobre mí como un montón de ladrillos húmedos y yo lo empujo, únicamente pensando en la pistola.

Bunce tuvo el mismo pensamiento. Arremete contra el turón. Ambos están en el piso, aferrándose al cañón de la escopeta. Le quito al turón de encima y su escopeta deja escapar un tiro, por última vez. Tomo el arma y la parto en dos sobre mi rodilla. (No me duele.)

—¡No dejes que te muerda! —alguien grita—. ¡Puede *transformarte*!

—Como si quisiera que gentuza como tú fuera parte del menú —gruñe el turón.

Mide unos treinta centímetros menos que yo e intenta arañarme el pecho con sus largas y filosas garras. Suelto el arma y lo sujeto de las muñecas peludas. No tengo ningún plan. *Creo* que intento no matarlo.

Puedo ver a Simon con mi vista periférica; pelea contra algo que parece humano, con manos rojas que brillan. Simon vuela encima de ella y le patea la espalda, tratando de esquivar su magia roja.

—¡Ey, vampiro! —alguien grita.

Lo ignoro.

Luego escucho gritar a Penny.

—¡Baz!

Volteo y veo al Normal tras el volante de su camioneta. Penny está en el asiento del copiloto, asomándose por la ventana.

—¡Vamos!

Cuando vuelvo a mirar al turón, éste sonríe. Percibo un olor desagradable en el aire y de pronto me rodea. Le suelto los brazos y lo empujo lejos de mí.

—¡Baz! —Penny grita de nuevo.

Aún tiene abierta la ventana de la camioneta. Algo pequeño y peludo garrapatea por su puerta. La camioneta se está alejando. Corro tras él, gritando el nombre de Simon.

Es fácil alcanzarlo. Es fácil arrancar a la criatura de la cabina del auto. Brincar a la plataforma de la camioneta. Estoy parado en la parte de atrás, gritándole a Simon.

Aún pelea. Patea. Vuela.

De pronto, se escucha un disparo. Luego tres más. Y luego...

¡Simon!

28

SIMON

Primero muerto antes que ver a una cabra de ojos endemoniados toquetear a mi novio frente a mí.

Baz trató de dialogar para sacarnos de este desastre, pero nunca iba a funcionar: estas criaturas tienen sed de sangre, ellas mismas lo dijeron. Además, reconocí la vibra. Nos despojarán de todo lo que traemos, nos interrogarán para obtener información por cualquier medio y luego pondrán nuestras cabezas en picas.

Ellas tienen las de ganar. Nosotros tres estamos prácticamente fuera de juego. Penny y Baz están incapacitados y miopes sin su magia. Es probable que Baz sea el ser más poderoso aquí. Sin embargo, piensa como hechicero, no como vampiro. Sin su varita, ha perdido el deseo de pelear, quiere *dialogar*. Bueno, pues nunca saldremos vivos de aquí si recurrimos al diálogo.

Ni siquiera sabemos a qué nos enfrentamos; ¿una pandilla o un ejército? Ninguno de nosotros sabe nada sobre criaturas mágicas estadounidenses. Ni siquiera podría decir qué tipo de animal es el que porta el rifle, ¿un tejón?

El Hechicero decía que Estados Unidos era una amenaza constante para el Mundo de los Hechiceros. Estados Unidos está descentralizado, desorganizado; es una anarquía mágica. Los hechiceros aquí ni siquiera hablan entre sí a menos que tengan un vínculo familiar. Cada uno va por su cuenta.

"Disidentes y terroristas", decía el Hechicero. "Sin ningún sentido de comunidad, sin metas en común. La mitad utiliza su magia para lavar los trastes y la otra mitad vive en sultanatos perversos.

"Culpo al vernáculo. ¡Totalmente inestable! ¡Hay demasiadas fluctuaciones! Su dialecto es como un río despojado de sus curvas y aguas superficiales; sus hechizos expiran antes de que aprendan a dominarlos.

"Mi corazón siempre está del lado de los rebeldes, Simon, en cualquier lucha. Pero Estados Unidos es un experimento fallido. Un país sumido en el caos donde los hechiceros han perdido cualquier sentido de sí mismos. Donde viven de los Normales como parásitos, como criaturas oscuras."

Se volvería loco si supiera que vine aquí. Si estuviera vivo para saberlo.

El demonio caprino tiene las manos en los bolsillos traseros de Baz. En cuanto el tejón dejó de mirarme, maté a la cabra con la varita de Baz. (Quizás hubiera tenido más suerte con mi propia varita de haberla empuñado de esa manera.) En fin, *creo* que la fulminé. No sé si los demonios caprinos tienen tráquea.

Baz se abalanzó sobre el tejón que sostenía a Penny. Ése debió ser el fin del tejón; Baz pudo haberlo partido en dos como un chocolate Kit Kat. Sin embargo, por alguna razón, no lo hizo.

Estoy listo para hacerlo en su lugar cuando algo más se me trepa por la espalda. Un monstruo con aspecto de mujer y manos calientes. Estamos inmersos en la pelea, la única forma de salir de esto. Vuelo por encima de la criatura de manos rojizas y la abofeteo con la cola. Desearía tener algo para golpearla.

No veo a Penny, ¿a dónde se fue?

¿Y por qué no nos han disparado? Hasta los niños pequeños tienen acceso a armas en Estados Unidos. Seguro muchas otras de estas criaturas oscuras están armadas.

Escucho que se enciende un motor y miro por encima de mi hombro: es la camioneta plateada. El Normal seguro trata de escapar. Baz lo persigue. *Déjalo ir, Baz, tenemos problemas más grandes.*

Pateo a Manos Calientes en los dientes. Desearía traer puestas unas botas con punta de acero. Miro a mi alrededor en busca de Penny...

Ay. Ahí está el tiroteo que había estado esperando.

29
PENELOPE

—¡Ey! ¡Chica mágica!

Baz acababa de quitarme a ese zorrillo de encima y aún me encontraba tirada en el piso. Pensé que quizá sangraba, había caído sobre la grava con fuerza.

—¡Tú, la de la falda plisada!

Alcé la cabeza y advertí la presencia del Normal, agachado detrás de una roca mientras me chiflaba.

—¡Vamos!

Volteé a ver a Baz, que aún luchaba contra el zorrillo, y a Simon, que peleaba contra una especie de demonio de fuego, y me arrastré hacia donde estaba el Normal.

El chico puso la mano sobre mi hombro y susurró:

—Vamos a ir a mi camioneta, ¿de acuerdo?

—No puedo —dije—. Mis amigos...

—Son muy rudos. Nos alcanzarán. Nuestro único objetivo aquí es evitar que nos disparen.

—¿Cómo sé que todo esto no es parte de una trampa?

—Tú decides si quieres venir conmigo o no. Yo me voy de aquí.

Corrió en dirección a su camioneta, agachado, y yo lo seguí. (Porque él era el menor de al menos seis males.) Por fortuna, las criaturas no nos prestaban atención en ese momento; Baz y Simon son distracción suficiente en casi cualquier escenario.

El Normal encendió su camioneta, luego ambos le gritamos a Baz, quien de inmediato pareció entender la situación.

Una especie de animal trataba de abrir mi puerta, pero Baz lo arrancó de ella mientras corría un costado de la camioneta. Baz es *realmente* aterrador cuando deja de aparentar que no es un vampiro.

Ahora está en la parte trasera de la camioneta, gritándole a Simon; grita por encima del tiroteo, ¿cuándo empezó eso? El Normal se agacha sobre el volante y yo estoy en cuclillas en el suelo. Me arrastro un poco para mirar por mi ventana en busca de Simon: ha vuelto al monumento y aún sobrevuela a las criaturas. Al menos seis de ellas le apuntan con un arma.

Bajo la ventana y grito "¡Simon!" lo más fuerte que puedo, preocupada de que aún le resulte imposible escucharme. Sin embargo, gira la cabeza y comienza a seguirnos, volando cada vez más alto en el cielo.

—¡Vamos, vamos, vamos! —le grito al Normal, aunque ya había empezado a conducir.

La camioneta retrocede un momento sobre el camino de grava y luego arranca a toda velocidad.

—Nos seguirán —digo.

—Lo intentarán —dice el Normal, sonriendo.

—¿Qué hiciste?

—Acuchillé sus neumáticos.

—¡No es cierto!

—Sí, es cierto. Estaban totalmente enfocados en ustedes. Además, mi olor no es interesante.

—Eso... estuvo algo bien —concedo a regañadientes.

—Digo, claro que podrían alcanzarnos —dice él—. Ellos aún tienen magia. Pero los tratados funcionan en ambos sentidos. No podrán tocarlos en cuanto regresen a territorio Comunicador. Y la mayor parte del país les pertenece a los hechiceros, no a las criaturas.

—¿Cuándo recuperaremos nuestra magia?

—Al otro extremo de Nebraska. Como a una hora y pico.

Baz golpetea la ventana trasera. Hacemos contacto visual. Arquea una ceja. Asiento para decirle que estoy bien.

El Normal quita el seguro de la ventana trasera y la desliza para abrirla.

Estiro el brazo a través de la abertura.

—¿Y Simon?

Baz toma mi mano.

—Nos sigue de cerca.

—Sujétate bien allá atrás —dice el Normal.

Baz mira al Normal y luego a mí. Creo que Baz me pregunta si podemos confiar en él. No tengo una respuesta para eso. Pero en este momento necesitamos su ayuda. Ahora mismo nos saca de este lío, aunque eso implique que pueda meternos en otro.

BAZ

Me recargo en la cabina de la camioneta y miro al cielo.

Simon vuela justo por encima de las nubes. Quiero que aterrice, no quiero perderlo de vista.

Espero que no esté herido.

Yo lo estoy, creo... Herido.

No quiero desviar la mirada de Simon, así que froto mis dedos a lo largo de las marcas que tengo en el pecho. Arden un poco, aunque al parecer han dejado de sangrar. Todavía no sé qué mata a un vampiro, pero supongo que puedo descartar los perdigones.

Aún no aparecen ningunos faros detrás de nosotros. Tal vez las criaturas oscuras no requieren faros. Tal vez no requieran autos.

Bunce acerca el rostro a la ventana otra vez.

—¡Tratamos de poner algo de distancia entre ellos y nosotros! —grita—. ¡Él acuchilló sus llantas!

¿Quién hizo eso? ¿El Normal? Eso fue astuto. Aun así, eso no significa que podamos confiar en él. ¿Acaso nos habrá sacado de la carretera a propósito? ¿Directo a las garras de esos monstruos? ¿Qué busca ahora?

Se escucha un golpe fuerte.

Snow ha aterrizado en la parte trasera de la camioneta, acuclillado con las puntas de los dedos sobre el piso de metal y con las alas recogidas parcialmente detrás de su cuello. Levanta la mirada para verme.

—*Baz*.

Simon. Me estiro para jalarlo hacia mí, junto a mí, sobre mí. Lo reviso con minuciosidad para ver que no tenga agujeros o zonas húmedas.

—¿Estás herido?

—Estoy bien —dice—. Penny...

—Ella está bien.

—¿Y tú?... —sus manos están sobre mis hombros, su boca sobre la mía.

—Estoy bien —digo, mientras me besa.

Crowley, si esto es lo que se requiere para mantener a Simon en mis brazos —disparos y Zonas Silenciosas y persecuciones a alta velocidad—, estoy dispuesto a hacerlo. Viviré para ello. Creo que he encontrado mi vocación.

Se aleja un poco de mí, aplacándome el cabello.

—Baz...

—¿Simon?

—Hueles a sirelobo muerto.

SIMON

Mucho peor que eso.

—A intestinos de duende —digo.

—¿Cómo puedes saber a qué huelen los...?

—Intestinos *delgados* de duende —digo, mientras me cubro la nariz con la mano—. ¡Por las ocho serpientes, Baz!

—Ya lo sé, ¿de acuerdo? —Baz me da un empujón en el hombro—. Tengo sentidos mejorados.

—Me está haciendo llorar —le digo—. Casi puedo probarlo.

—Puedes quitarte de encima de mí, Snow. Nada te detiene.

—No, estoy bien. Estoy perfecto.

Como dice la canción de los Rolling Stones, ni un caballo salvaje podría apartarme de aquí.

30
PENELOPE

Recupero mi magia en el lapso de una hora. No he dejado de murmurar hechizos desde que volvimos a la carretera, ni de golpear mi anillo contra mi pierna. De pronto, el hechizo *¡Limpia como un cristal!* hace efecto y se extiende a lo largo de mi piel y cuero cabelludo, dejándome completamente limpia. Sujeto al Normal por el cuello antes de que termine el hechizo.

Se estremece un poco, pero nada más. Creo que esperaba que esto sucediera.

—Supongo que hemos abandonado la zona silenciosa —dice.

Empujo mi pulgar sobre su garganta.

—¿Acaso es una daga lo que veo ante mí?

Una navaja cae de su chamarra, pero el Normal no tiembla ni brilla.

Pruebo otro hechizo para revelar sus intenciones:

—*¡Colores verdaderos!*

El Normal comienza a brillar en un débil color morado y casi me siento decepcionada. El azul significa que estás seguro, el rojo que estás en peligro, pero el morado es el resultado más común, casi cualquier persona quiere *algo* de ti.

Escucho a Baz lanzar hechizos en la parte trasera de la camioneta. Uno para camuflarnos, otro para evitar que nos sigan. Magia profunda. Seguro ya está exhausto.

—Mi intención no es lastimarlos —dice el Normal—. O exponerlos.

—¡Nos expones con sólo mirarnos y saber lo que somos!

—Podría *ayudarlos* —está increíblemente tranquilo—. Podría enseñarles...

—¡Nos alejaste de nuestra magia y nos condujiste directo
a una trampa!

—¡Eso fue un accidente!

—¿Lo fue? —le muestro los dientes en forma amenazado-
ra—. Sabías que se nos acabaría la magia.

Al parecer el Normal se siente culpable. Aún lo sostengo
de la garganta con la mano. Su piel es un poco más oscura que
la mía y trae puesta una delgada cadena dorada alrededor del
cuello.

—Sólo los seguía —dice con mayor urgencia (Bien, así es
como *debería* sentirse.)—. Pensé que me *conducirían* fuera de la
carretera interestatal. ¿Cómo iba a saber que no tenían idea
de lo que hacían?

—¿Por qué seguirías a tres monstruos que te alejan de la
civilización?

Se encoge de hombros.

—¿Será que por curiosidad?

Exhalo a través de los dientes. Le aprieto la garganta con
más fuerza.

—Si todo fue un accidente, entonces ¿cómo supieron las
criaturas oscuras que nos encontrarían ahí?

—Digamos que tampoco se esforzaron por pasar desapercibidos —dice el Normal, mirándome—. Lanzaron una docena
de hechizos y mataron a siete vampiros en una feria renacentista.
¡Al descubierto! Esos sitios están plagados de criaturas mágicas.

—¿Por qué querría cualquier ser mágico ir a ese lugar?
—pregunto—. Es una completa farsa, ¡un insulto!

El Normal se empieza a reír. Puedo sentir el movimiento
bajo mi pulgar.

Me siento ridícula. Toda esta situación es ridícula. Todo
este país. Lo suelto y me reincorporo en mi asiento.

El rostro de Simon está pegado a la ventana tras de mí. Está aferrado a Baz.

—¿A dónde vamos?

—Hay un pueblo más adelante —dice el Normal—. Scottsbluff.

—Seguro anticiparán que nos detengamos ahí —dice Simon.

El Normal observa a Simon por el espejo retrovisor. Alza la voz para que pueda escucharlo:

—Tal vez. Pero estaremos más seguros a plena vista. En la carretera. En pueblos.

—Está bien —dice Simon—, pero necesitamos orillarnos un momento —voltea a verme—. Baz...

—Oríllate —ordeno.

—Hay un paradero en cinco minutos —dice el Normal—. Un santuario.

SIMON

Hay demasiado ruido en la parte trasera de la camioneta como para hablar.

Me acurruco cerca de Baz, con la mitad del cuerpo sobre su regazo, mientras me sobreviene el shock de estar vivo. Me abraza ahí, con más fuerza de la necesaria. Por lo general olvido que Baz es mucho más fuerte que yo. No se comporta como si tuviera tanta fuerza. No me toca de esa manera. No me jala ni me empuja, no así. No emplea más fuerza de la que yo puedo manejar.

Me acerco un poco más.

Su voz es más gruesa, tensa.

—Deberías traer puesta tu cruz.

—Ya hemos hablado de eso; prefiero arriesgarme a que me muerdas.

Tensa los brazos. Me cuesta un poco respirar.

—Nunca lo haría —dice.

—Lo sé.

Después de unos minutos, nos detenemos en una estación de servicio al lado de la carretera. Baz sale a cazar y yo voy al baño. Penny hechiza una máquina expendedora —luego de varios intentos— de la cual tomo un puñado de papas fritas y galletas de queso.

Penny recarga la cabeza en el vidrio.

—Ya se me agotó la magia. Ni siquiera podría lanzar el hechizo más básico en este momento.

Asiento con la cabeza.

—Baz está en las mismas. Utilizó toda su magia para camuflarnos. ¿Podemos confiar en Shepard?

Penny se aleja de la máquina expendedora y sacude la cabeza.

—Mi magia dice que sí, aunque mi intuición dice que no. Simon, sabe demasiado —¿cómo es que *sabe* tanto? Deberíamos dejarlo aquí y robarle la camioneta.

Eso me parece un poco hostil.

—Él nos salvó. Además, ni siquiera sabemos a dónde vamos.

—Está bien —dice—. Pero lo dejamos en la siguiente parada. Le robamos el auto a alguien más y lo hechizamos con todo lo que se nos ocurra.

Me remojo los labios y asiento.

Baz parece más estable cuando regresa a la camioneta. Sin embargo, aún se ve un tanto devastado. Su cabello está más despeinado que nunca y su elegante blusa está hecha pedazos y tiene manchas de sangre. Parece un ángel caído. (Supongo que más bien sería un demonio.)

Se desploma junto a mí y toco la ventana trasera con los nudillos. Seguimos adelante. El motor ya estaba encendido.

Le ofrezco unas papas fritas.

—¿Todo bien?

—He tenido mejores vacaciones, Snow.

Lo abrazo; el ánimo ha cambiado y no estoy seguro de que esté todavía permitido. Quizá no haya problema siempre y cuando continuemos. Tal vez podemos tocarnos sin tener que hablar de lo que significa o qué somos.

—¿Ah, *sí*? —le contesto.

Baz baja la mirada y sonríe, diría que como una niña, aunque en él no se ve así. Es, no lo sé, *vulnerable*. Se acerca para que pueda escucharlo, poniendo su boca en mi oído.

—¿Bunce tiene un plan?

Asiento.

—Llegar a Denver, dejar al Normal y reorganizarnos.

—Necesitamos descansar —dice.

—Podemos descansar primero.

—Tal vez deberíamos irnos a casa.

Siento la espalda de Baz bajo mi brazo. Siento su hombro en la palma de mi mano.

—Sí —digo—. Probablemente.

PENELOPE

—¿Cuántas horas se hacen a Denver?

El Normal me mira de reojo. Ha estado callado y concentrado en la carretera desde nuestra última parada.

—Tres.

—¿Y ya hemos abandonado la... zona silenciosa?

—Sí. No es muy extensa. Incluso aquí hay pocos lugares despoblados.

—¿Quién...? —pienso en lo que quiero preguntarle y si deseo alargar la conversación—. ¿Quién hace las reglas?

Me mira otra vez y sonríe. No es una sonrisa amable, aunque tampoco hay algo *deliberadamente* malvado en ella. Pienso en otros hechizos defensivos que podría lanzarle, pero por ahora no tengo la magia suficiente para hacerlo. Simon solía preguntarme cómo era eso, esa sensación de vacío. Cuando Simon tenía magia, nunca se le agotaba.

Es como perder la voz, solía decirle. Como saber que te quedan pocas palabras antes de agotarse por completo. La única manera de recuperar tu magia es descansar. Y esperar.

Algunos hechiceros evitan lanzar encantamientos complejos a menos que sean absolutamente necesarios. Eso fue lo que nos enseñó el Hechicero: conserven su magia para defenderse.

Sin embargo, mi madre me enseñó a practicar hechizos complejos todos los días. A ser audaz con mi magia. "Entrena tu capacidad pulmonar", decía. "Cava un pozo más profundo para tus reservas. Entrena tu cuerpo para almacenar más magia y portarla."

Los eventos de hoy habrían agotado hasta a un hechicero poderoso. Les lancé todo lo que pude a esos vampiros y luego utilicé todo lo que no tenía para escapar de Stonehenge. (Le pregunté al Normal sobre los autos erguidos. Dijo que era arte popular. Una atracción en medio de la carretera.)

En fin, lo único que podía hacer ahora era irritarlo.

—Tengo una idea —dice con su sonrisa inofensiva pero inefectiva—. Propongo un intercambio; una pregunta por otra pregunta.

—Tengo una idea —digo—. Tú respondes a mis preguntas y yo no te convertiré en una salamandra.

—Supongo que eso también funcionará.

Se mueve en su asiento para acomodarse. Ahora que estamos fuera de peligro inminente y aparente, me doy cuenta de que no lo he mirado con detenimiento. Es alto. Al menos igual de alto que Baz. Y larguirucho. Todos los chicos negros en Watford se cortaban el cabello muy corto, pero el de él es más largo, con rizos apretados y densos en la coronilla.

Su vestimenta es un poco extraña. Me pregunto si habrá sido su disfraz para el festival renacentista. Trae puestos unos pantalones verdes y anchos de pana, desgastados de las rodillas, y una chamarra de mezclilla con distintos pines y medallas. También tiene la cara larga —¿puede un rostro ser larguirucho?— y lentes con montura dorada al estilo John Lennon. Aún está cubierto de polvo.

—Digo, no lo sé todo —se justifica—. Sin embargo, por lo que he visto, las Zonas Silenciosas aparecen de forma natural. Sin gente no hay hechizos. Algunas de estas criaturas mágicas fueron las primeras inmigrantes. Tenían muchos motivos para huir de su lugar de origen, ¿no es así? Así que vinieron a las Grandes Llanuras y, sí, ya existían Comunicadores nativos y criaturas aquí, pero también había muchísimo *espacio*. No fue sino hasta que los Comunicadores irlandeses y alemanes aparecieron que hubo verdaderos problemas. En algún punto, todos acordaron mantenerse alejados los unos de los otros. Las Zonas Silenciosas quedaron en manos de las criaturas. De todas maneras, los Comunicadores no las querían; ellos se mantenían cerca de los Hablantes.

—¿Qué es un Hablante? —pregunto.

—Lo que ustedes llamarían un Normal. Alguien como yo.

—Bien. Entonces... ¿debemos permanecer en zonas pobladas?

—Como regla general, sí. Estos días hay criaturas mágicas por todas partes; quedan muy pocos sitios silenciosos para contenerlas. Sin embargo, ésa es una buena noticia para ustedes. El oeste de Nebraska es la única zona silenciosa al este de las Montañas Rocosas. Existen otras pocas entre este punto y California —me mira—. ¿Es ahí a donde se dirigen? ¿California?

No respondo.

—Sé que en realidad no están de vacaciones. ¿Están en una misión? ¿Se trata de una *búsqueda*?

—Si fuera una misión, estaríamos mejor preparados.

—¿Están huyendo?

—Ahora sí —respondo, molesta.

Se inclina hacia delante, sujetándose bien del volante.

—Yo podría *ayudarlos*. Las Zonas Silenciosas no son lo único de lo que tienen que preocuparse. Como dije antes, sólo existen unas cuantas. Pero aquí las reglas mágicas cambian cada ocho kilómetros. Y los jefes. Podrían hacer enojar a alguien mucho peor que Jeff Arnold.

—¿Quién es Jeff Arnold?

—Ese hombre zorrillo.

—¿Se llama *Jeff*?

—¿Cómo creías que se llamaba? ¿Flor?

—¿Cómo es que sabes tanto? —una vez más levanto la mano donde tengo mi anillo—. ¿En verdad eres un Normal?

Alza ambas manos, soltando el volante.

—Cien por ciento. Soy la más basic bitch del mundo.

Eso me hace reír un poco. En realidad no sé por qué. Estoy exhausta.

Él también se ríe. Probablemente de alivio. *No te sientas tan aliviado, Normal. Si en cualquier momento pensara que representas un peligro, te detendría el corazón.*

—Entonces, ¿cómo es que *sabes* tanto? —repito.

Me mira de nuevo con seriedad, como si quisiera convencerme de que es un tipo serio.

—Porque soy el tipo de persona que persigue brujas y vampiros fuera de la carretera principal.

—Eso fue increíblemente estúpido de tu parte —digo.

—Lo sé.

—Podríamos haberte matado.

—Sí, lo sé.

—Aún podríamos matarte, en cualquier momento.

—Créeme —dice—. Lo entiendo.

—Entonces, ¿por qué lo haces? ¿Trabajas para alguien?

—Dick Blick.

—¿Quién es ése? ¿Otro zorrillo sicario?

—No. Es una tienda. Vendemos pinturas y lápices costosos.

—Esto es sumamente frustrante; ¡no me estás diciendo *nada*!

Baz voltea a verme cuando escucha que alzo la voz. Niego con la cabeza. Baz le da un codazo suave a Simon, que también me mira. Levanto ambos pulgares, nuestro código personal para decir que: "Todo está bien". (Es un código sumamente obvio, pero sólo necesitas un código secreto cuando estás en *problemas*.)

—Te estoy diciendo *todo* —responde el Normal—. He respondido todas tus preguntas.

—Entonces... ¿cómo sabes sobre las brujas y los vampiros?

—¡Todos saben sobre las brujas y los vampiros!

—¿Cómo sabes sobre *nosotros*?

—No sé nada sobre ti, chica mágica. Quiero saberlo. De hecho, me *mata* no saberlo. Tres nuevas Criamas aparecen de la nada, *prácticamente en el patio trasero de mi casa*, y se transforman en Buffy la Cazavampiros frente a la mitad de la población del condado de Sarpy —Dios mío, ¿acaso eso es lo que son? ¿Cazadores de vampiros?

—No, ¿y cómo nos llamaste? ¿Damas?

—*Críamas*. Criaturas mágicas. Es la forma en que las personas como yo nos referimos a la gente como ustedes.

Me sostengo la frente para evitar que explote.

—¿Los Normales de Estados Unidos nos han puesto un *nombre*? Me lleva el diablo, ésta sí que es una verdadera catástrofe.

—No son todos los Normales, sino los Normales como yo.

—Como tú... —aprieto los labios—. ¿Quieres decir molestos o temerarios?

—Normales que saben que la *magia* existe. Soy parte de una comunidad en línea...

—No me jodas —me recargo en el respaldo del asiento.

—Oye —voltea a verme—. ¿Estás bien? ¿Algo anda mal?

—Al parecer, todo. Mi mamá tenía razón sobre Estados Unidos. Y también sobre el internet.

—¿Acaso creían que podían ocultarnos todo para siempre? —el Normal se apasiona cada vez más. O lo dice de corazón o es muy astuto—. ¡El mundo está lleno de magia! Mira a tu alrededor, ¡estos campos están llenos de duendecillos! ¿Acaso esperan que lo ignoremos?

—¡Sí! ¡Nuestra seguridad básicamente depende de ello!

—Si tú fueras Normal, ¿lo harías?

—Nunca podría ser Normal.

—Podrías...

Me incorporo otra vez.

—No. Ésa no sería yo.

—Lo que digo es que te *imagines*...

—¡Es inimaginable! Es como si me preguntaras: "¿Cómo te sentirías si fueras una rana?" Bueno, pues entonces no sería *yo*, ¿o sí? Sería una *rana*. ¿Las ranas siquiera *tienen* sentimientos?

Niega con la cabeza, como si yo fuera la ridícula.

—Te aseguro que los Normales tienen sentimientos. Tal vez no seamos como ustedes, pero tenemos ojos y oídos. Percibimos cosas.

—En mi experiencia, por lo general no es así.

—*Yo* percibo cosas —dice, mientras señala su pecho con el dedo y me mira por encima de sus lentes. Al parecer, se ha olvidado de que debe prestar atención a la carretera—. Mira, no sé nada personal sobre ti, porque no has contestado ninguna de mis preguntas. Pero si no supieras que la magia existe, si nacieras Normal o simplemente ignorante, y un día presenciaras un evento mágico —si atestiguaras un milagro con tus propios ojos—, ¿lo dejarías pasar? Si echaras un vistazo a un mundo secreto, ¿fingirías que nunca sucedió? ¿O pasarías el resto de tu vida buscando una puerta de entrada?

En realidad no puedo procesar lo que dice. Sólo pienso que estamos en peligro.

—¿Entonces eso es lo que haces, buscar formas de entrar a nuestro mundo?

—Por supuesto que sí, y he encontrado unas cuantas.

Ahora es mi turno de negar con la cabeza.

—¿Eso te molesta? —me pregunta.

—¡Sí!

—¿Por qué?

—Porque... eso *no te concierne*. No es tu mundo, sino el nuestro. ¡No tienes derecho a conocer nuestros secretos!

—¿Qué lo hace suyo?

—¿A qué te refieres? Eso es obvio.

—No para mí. ¿Qué hace que la magia sea suya?

Me río.

—Nosotros somos mágicos y ustedes no.

Gira la cabeza por completo para mirarme.

—Nosotros *estamos hechos* de magia. Sin nuestra magia, ustedes son peor que Normales. Son inútiles.

31
SHEPARD

Bueno, pues creo que lo arruiné.

Se suponía que debía ser encantador. Por increíble que parezca, a algunas personas les resulto muy agradable. Cuando tenía 18, logré que una dríada de arroyo me contara la historia de su vida. Me sirvió pasteles de moras y vino de diente de león. Fue la primera vez que me emborraché.

¿Cómo aprendí tanto sobre magia?

Mi estrategia es sencilla: hablo con la verdad.

Siempre uso mi nombre real (aunque los cuentos de hadas aconsejan no hacerlo). Siempre digo lo que quiero de una situación y mis intenciones.

Estas criaturas mágicas siempre planean algún engaño... Se han escondido durante tanto tiempo que sólo saben expresarse mediante trucos y acertijos.

Si les muestras tu verdadero rostro y nombre, y les dices exactamente qué esperar de ti, las sacas de balance.

Es cierto que *a veces* esa honestidad es recompensada con una golpiza mágica. (Lo más probable es que nunca tenga hijos, porque debo mi primogénito a por lo menos tres diablillos.) Pero a menudo esto les resulta estimulante. Hay una hinkypunk en la subdivisión de mi mamá que ama quejarse conmigo sobre sus migrañas.

¿Quién más la va a escuchar?

¿Quién más va a querer escuchar sus historias?

Hay troles que han pasado los últimos doscientos años sentados bajo un puente. Si puedes hacer a un lado el ruido y los palos de madera, si les traes un poco de caldo de hueso, estarán agradecidos de tener a alguien comprensivo que los escuche.

Si les dices que no *quieres* hacerles daño, y luego nunca les *haces* daño...

Comienzas a agradarles. Comienzan a esperar que los visites.

No quiero decir que este acercamiento les funcione a todos. No quiero decir que no sea *peligroso*...

No vale la pena tratar de congraciarse con seres verdaderamente oscuros. Además, a veces es difícil distinguir cuán *oscuros* son. A veces les das tu nombre real y ellos no te devuelven el gesto.

Y a veces simplemente te ignoran...

Los hechiceros son los peores.

Ellos se *auto*denominan "hechiceros". El resto de la gente los llama "Comunicadores".

Un lebrílope me lo explicó en una ocasión: "Técnicamente, todos somos hechiceros, ¿no es cierto? Todos tenemos magia. Pero ellos la tomaron para *sí mismos*. ¡Imagina que te comportaras como si fueras la única especie que bebe agua! ¡O que respira aire! '¡Míranos, somos los respiradores de aire!'"

Los hechiceros piensan que son los únicos seres con magia porque son los únicos que pueden controlarla. El resto de los espíritus y criaturas tiene reglas que seguir, verdaderas limitaciones. No obstante, los hechiceros pueden hacer cualquier cosa si encuentran las palabras adecuadas.

Casi todo lo que sé acerca de los hechiceros lo escuché de otras Criamas. Los Comunicadores son difíciles de rastrear. No puedes conocer a uno con tan sólo pasar tiempo en el abrevadero del vecindario. No puedes sembrar un poco de milenrama y valeriana y esperar a que uno aparezca.

Por lo general, ni siquiera *sabes* que has conocido a uno. Se esfuerzan mucho por parecer Normales, lo cual es una locura

porque conciben a los *verdaderos* Normales como mero ganado.
Bestias de la jerga.

Incluso aunque *encuentres* Comunicadores y los identifi-
ques como tales, rara vez están dispuestos a hablar. No quieren
dejar al descubierto su poder. No quieren que nadie aprenda
sus trucos.

Pensé que tal vez estos tres eran distintos. *Son* distintos.
¿Qué hace un vampiro con una varita mágica? ¿Qué clase de
demonio es ese tipo Simon? (¿Es un demonio? ¿O algún tipo
de esfinge que nunca antes he visto? Hay tanto que aún no he
visto...)

Pero mi estrategia "antiestrategia" no está funcionando
con ellos.

Me abandonarán en cuanto ya no me necesiten. Y entonces nunca conoceré su historia...

Nos detenemos en un motel a las afueras de Denver. Me preocupaba decidir a quién enviaríamos al vestíbulo: al chico negro,
al demonio blanco, a la chica de Medio Oriente o al vampiro
oloroso. (Probablemente al demonio blanco, ¿no?)

Sin embargo, es uno de esos tugurios donde cada habitación tiene su propia puerta externa. La chica mágica elige un
cuarto, pone la mano sobre el picaporte y dice: *¡Ábrete, Sésamo!*
Es así de fácil.

Luego lanza un hechizo para tratar de quitar la porquería
que el zorrillo roció sobre sus amigos. Ambos apestaban cuando se bajaron de la camioneta.

Me detengo y observo.

—¿Tienes un hechizo para hacer sopa de jitomate? Eso es
lo único que sirve para quitar el rocío de un zorrillo.

—*Zorrillo...* —dice el que se llama Simon—. Eso tiene más
lógica que un tejón.

En cuanto entramos a la habitación, la chica y el vampiro colapsan juntos en una de las camas. (Algo que no vi venir, pero bueno.) Y la Victoria Alada se acomoda en la alfombra, contra la puerta. (Tal vez los de su especie no requieran dormir.) En ese momento me doy cuenta de que soy su prisionero. Lo cual... supongo que era de esperarse. He estado en esta situación antes. Aún puedo salir de ella mediante el diálogo.

El problema es que no quiero *salírme* de ella.

Me hundo en un sillón color café.

—Yo puedo tomar el primer turno de vigilancia —digo después de un tiempo, cuando pienso que la chica y el vampiro están dormidos.

(*No* sabía que los vampiros necesitaran dormir; nunca antes había estado tan cerca de uno. Tal vez éste sea un híbrido. ¿Puedes ser mitad vampiro? ¿Puedes experimentar un caso leve de vampirismo? Tal vez sea uno de los Sangre Futura. A todas las Criamas de las Altas Planicies les preocupan los Sangre Futura.)

Simon no me responde.

—Supongo que tomaré el primer turno para vigilar —lo intento de nuevo—. Aún tengo demasiada adrenalina como para dormir.

Él suspira.

—¿Y cómo te vigilarás a ti mismo?

—Chicos, ya les dije que pueden confiar en mí.

—¿Por qué deberíamos hacerlo?

—Porque soy un buen tipo. Y me gusta ayudar.

—Porque eres un buen tipo... —dice. No puedo verle los ojos en la oscuridad—. ¿Y si *nosotros* no lo somos?

Ésa es una excelente pregunta. A veces he leído mal una situación.

—Inténtalo de nuevo —dice—. ¿Qué es lo que quieres de nosotros?

—Quiero saber más sobre la magia —respondo.

—Al parecer ya sabes bastante.

—Quiero saberlo *todo*.

—*Nosotros* no sabemos todo...

Me incorporo en mi asiento.

—Quiero saber todo lo que pueda. ¿Por qué están aquí? ¿Son amigos? ¿Son un equipo? ¿Una familia? ¿*Qué* eres? Nunca había visto algo como tú antes.

Simon se ríe, pero sin humor.

—Como si fuera a contarle todos mis secretos a alguien que se refiere a mí como un *algo*.

—Por Dios —digo—. Tienes razón. Lo siento. La estoy cagando. En verdad podría ayudarlos. Tengo un vehículo, sé cómo moverme aquí —conozco *Estados Unidos*. Les ayudé a salir de ese lío en Carhenge, pero pude haberles ayudado a evitarlo.

—¡Nos perseguiste hasta meternos en problemas!

—¡Eso fue un accidente!

—Entonces quieres que te dejemos acompañarnos en nuestras vacaciones y después qué, ¿publicarás un documental sobre nosotros en YouTube?

—No lo haría.

Suspira de nuevo.

—Duérmete, Shepard. No te haremos daño.

Me recuesto otra vez, tratando de pensar en otra estrategia. Por la mañana todos se habrán ido y yo me despertaré con dolor de cabeza.

—Somos buenos tipos —dice Simon.

32

BAZ

Bunce hechizó a ese chico de todas las maneras imaginables. (Lo cual fue un poco excesivo; esa estrategia casi siempre lo es. Me sorprendería si al despertar pudiera recordar su propio nombre.) Luego borró toda la información de su teléfono celular.

No pude ayudarla con los hechizos. Aún no me encuentro... *bien* a causa de los balazos que recibí. La piel se me ha cerrado y curado casi por completo —es como si me hubieran disparado hace veinte años y no hace veinte horas—, pero me duele el pecho. Y me siento lánguido. Como si mi cuerpo de muerto viviente hubiera hecho un gran sacrificio para mantenerse en ese estado "exánime".

Sólo dormimos unas cuantas horas. Simon no durmió nada.

Bunce utiliza otro hechizo para robar un auto. Simon quiere un convertible, pero Penny insiste en que esta vez elijamos algo de bajo perfil, lo cual en Estados Unidos significa una enorme monstruosidad blanca conocida como Silverado. (*Silverado, Tahoe, Tundra*. Ya entendimos el mensaje, Estados Unidos, son muy patrióticos.)

Junto a la Silverado, la camioneta del Normal parece no haber alcanzado la pubertad. La Silverado está tan despegada del piso que tiene sus propios escalones. También posee un amplio asiento trasero y más lugares para poner bebidas que la sala de mi casa.

(En toda Inglaterra literalmente tenemos tres "camionetas pickup", pero aquí las encuentras por todas partes. ¿Qué es lo que los estadounidenses recogen en esos camiones que el resto del mundo no necesita?)

Conduzco, por si acaso las cosas se complican, y Bunce intenta guiarnos utilizando un mapa que encontró en la guantera. Dejó su celular en el Mustang y el mío aún no está conectado a internet.

Nuestro objetivo principal es escapar. Ese Normal era muy listo. Podría estarnos rastreando. Incluso podría tener alguna forma mágica de hacerlo. Snow ha adoptado su postura de pelea; no lo había visto así desde que el Hechicero murió.

Envidio lo que tiene con Bunce. Actúan como si fuera su décima gira de servicio juntos. Me hace notar que Simon tenía toda una vida sobre la cual no estaba enterado en el colegio. El Hechicero lo utilizaba para luchar contra lo que fuera necesario, incluso cuando Simon era simplemente un niño. (Simon siempre fue simplemente un niño.) Y aunque ha perdido sus poderes, a Simon le acomoda interpretar el papel del niño soldado.

Supongo que ya no es un niño...

Supongo que ni él ni yo lo somos.

Nos perdemos en las montañas a propósito. Bunce dice que hay pueblos en todas partes, así que no tendremos que preocuparnos por perder nuestra magia, lo que nos queda de ella. Ambos hemos estado lanzando hechizos hasta el cansancio. Quizá te preguntes cómo es que los hechiceros podríamos perder una batalla contra otras criaturas mágicas; nuestra ventaja parece demasiado grande. La *extenuación*, así es como podríamos perder una batalla.

El sol brilla con intensidad en las Montañas Rocosas. Estoy feliz de tener un techo sobre la cabeza luego de escapar de Nebraska como si fuéramos cargamento. Pero estoy cansado y podría jurar que cada vez nos acercamos más al sol.

SIMON

Creo que nunca había estado en un lugar tan bonito como éste.

Las montañas son de todos los colores: gris y azul y casi morado, con pinceladas de árboles verde oscuro y rocas color naranja y rojo.

Salimos del camino cerca de un arroyo y Baz aprovecha para quitarse algo de sangre de la playera y el cabello. (Debió haberle arrancado el corazón a ese zorrillo.) Abandonamos el motel antes de bañarnos.

—Deberíamos lanzar un hechizo para traer nuestro equipaje —dice Baz.

Nos da la espalda. Se ha quitado la playera, revelando su espalda pálida y brillante, mientras el cabello mojado y negro le escurre por el cuello.

—¿Y si eso revela nuestra ubicación? —Penny quiere saber.

—No me importa mucho —dice—. Quiero mi ropa. Y mis lentes. Y la mascada de mi madre.

—Supongo que a mí también me gustaría recuperar mi celular —dice ella.

Yo quisiera que utilizaran un hechizo para traer el convertible clásico de vuelta, pero no creo que les agrade la idea.

Penelope y yo estamos sentados en el suelo, comiendo un poco de carne seca de pavo que encontramos en la Silverado. (Me gusta mucho la carne seca.) Baz camina hacia nosotros mientras se abotona su playera húmeda y destrozada.

—¿Qué piensas? —pregunta Penny, ofreciéndole un poco de carne seca—. ¿Perdido y encontrado?

—¿Cómo funcionaría eso? —pregunto—. ¿A poco podrías hacer que tus pertenencias volaran desde Nebraska?

—Tal vez —dice ella—. Sólo he utilizado el hechizo *Perdido y encontrado* para objetos que se hallaban cerca de mí, como cuando dejaba las llaves en el lugar equivocado.

—Baz —digo—, ¿qué pasa si tu maleta voladora mata a alguien?

—No creo que podamos traer algo de tan lejos —suspira Penny—. Sobre todo no ahora. Estoy rendida.

Baz se acomoda en el piso entre nosotros.

—Tengo una mejor idea —le ofrece su varita a Penny (también debió haberla limpiado. La última vez que la vi estaba cubierta de sangre caprina.)—. Dame una mano.

Penny arquea una ceja, pero envuelve la muñeca de Baz con la mano donde porta su anillo mágico.

—Sigue mi ejemplo, Bunce —Baz cierra los ojos. Sus párpados son de color gris oscuro. Respira profundo y luego... ¿empieza a cantar? *A-ma-zing grace...!*

Penny retira su mano con brusquedad.

—¿Un *himno*, Basil?

Baz suspira.

—¡No podemos pronunciar un himno! —dice ella.

—No con esa actitud...

—¡Es un sacrilegio!

—Es una superstición, Penelope.

Niega con la cabeza.

—Y es demasiado general. Esa canción es más una vibra que un hechizo.

—Es *antigua* —dice—. Es poderosa. Los estadounidenses la conocen.

Golpeo el hombro de Baz con el mío.

—¿Acaso intentan convocar a Jesús?

Penny lo señala.

—Sabes que soy desafinada.

—Por fortuna —dice Baz, tomándola del antebrazo—, la meta no es cantar bien sino cantar juntos. Nuestros ancestros hechizaban en *coros*.

Al fin Baz ha captado la atención de Penny, es una apasionada de la historia mágica.

—Pero ambos estamos agotados, Baz...

—La armonía es poder —dice él.

Penny suspira y otra vez envuelve su mano alrededor de la muñeca de Baz.

—Si esto funciona, mi madre estará tan impresionada que hasta podría otorgarme una última cena.

—Déjate llevar —dice—. Y pon especial énfasis en la palabra "encontrar". Sabes que la intención cuenta.

Baz cierra los ojos otra vez.

—*Amazing grace, how sweet the sound!*

Su voz es exuberante cuando canta. Más profunda y pesada que cuando habla. La última persona que vi lanzar un hechizo con una canción —la única vez que he visto a alguien hacerlo— fue el Hechicero. Aquel día. Sobre Ebb.

Ebb...

El Hechicero, él...

Bueno, nunca nos enseñó música. ¿Cuánto habrá dejado el Hechicero cuando tomó las riendas de Watford? Sé que había una sociedad teatral y que se ponía mayor énfasis en la historia. ¿Acaso también había un coro? Es como si nunca hubiera conocido el Mundo de los Hechiceros porque mi mentor lo puso de cabeza antes de mi llegada..

Supongo que no importa. Ya no formo parte de ese mundo.

Penny está cantando ahora. Más o menos. Tiene la voz plana y airosa:

—*I once was lost, but now am found!*

Baz canta más fuerte, como si tratara de cubrir los huecos que deja Penny.

—*Was blind but now I see!* Otra vez, Bunce. *Amazing grace...!*

Aunque Baz cazó a las afueras de Denver, tiene la tez más gris que nunca y la nariz negra como el hollín por exponerse al sol. (Su bronceado es negro en vez de rojo.) Penny trató de quitarle el rocío del zorrillo con un hechizo, pero aún huele a azufre. Toda su ropa está perdida o arruinada... Es como si Estados Unidos se comiera a Baz a pedazos. Como si le asestara golpes cada vez que se presenta la oportunidad.

Baz obliga a Penny a cantar el verso tres veces. (Su voz se relaja en cada vuelta.) Luego abren los ojos y se miran. Ella sonríe.

—Está bien, tú ganas. Eso estuvo genial, incluso aunque no funcione... —mira a su alrededor—. ¿Se supone que debemos esperar a que pase algo?

—No lo sé, tal vez unos minutitos —mira a su alrededor—. Vamos, pertenencias, *encuéntrennos*.

El bosque está en silencio. O, más bien, sólo emite los ruidos característicos de un bosque: viento, ramas y agua en movimiento. Es probable que este lugar esté plagado de dríadas.

Entonces lo escuchamos: algo que se aproxima volando.

El celular de Penelope cae entre nosotros. Ella se ríe.

—¡Funcionó!

Coloca una mano encima del teléfono y pronuncia el hechizo *¡Sin rastro!* antes de tomarlo.

—Con algo de suerte evitará que nos rastreen.

Baz se pone de pie y mira en la dirección de donde provino el teléfono de Penny.

Penny revisa sus mensajes de texto y llamadas perdidas.

—Al parecer nadie lo ha tocado. Es decir, quién sabe, a lo mejor ha estado en el Mustang todo este tiempo sin que nadie se diera cuenta. O podrían haberlo hackeado con magia. Ay, *por fin*, Agatha.

Penny se acerca el teléfono al oído.

Baz está frustrado.

—Sé justo —le dice al bosque, con las manos sobre las caderas—. El himno fue idea *mía*.

—Ay, no. Ay, Simon...

Baz y yo volteamos a ver a Penny, quien ha dejado caer sus manos al piso. Se ve igual de pálida que Baz.

—¿Qué sucede? —pregunta Baz a la vez que su maleta le asesta un golpe en la espalda.

Penny pone su teléfono celular en altavoz y reproduce el mensaje de voz para que todos podamos escucharlo:

"¿Penelope? Soy yo, Agatha."

Habla entre susurros.

"Siento mucho haberme tardado en responder. Sé que me has llamado... muchas veces. Digo, no lo siento tanto porque *te pedí* que no me llamaras tanto. Ni siquiera me gusta hablar por teléfono. Pero..."

Agatha habla entre susurros y se le escucha acorralada. Como si hablara desde el interior de un guardarropa. O un baño. Tal vez un auto.

"Sólo pensé que sería bueno reportarme. Estoy en un retiro de lujo. ¿Creo que sí te conté sobre mi amiga? ¿Ginger? Fue idea suya. Es este grupo —no sé si es un grupo o un programa—, se hacen llamar PresenteFutura.

"Pensé que se trataba de una tontería de autoayuda... Tal vez lo es...

"Pero tal vez *no*."

Por la forma en que susurra, tan cerca del teléfono, pareciera que está allí entre nosotros.

"Hay un tipo...

"Crowley. ¿En serio te llamé para hablar sobre un chico? Olvídalo, Penny. Estoy bien.

"Es sólo que... Hay días en los que desearía tener mi varita conmigo. Como una especie de manta de seguridad. Supongo que hoy es uno de esos días.

"Espero que no estés de camino a San Diego. *Te díje* que no estaría ahí."

"En fin..."

Una voz masculina interrumpe su mensaje.

"¿Agatha? ¿Estás lista?"

"Braden". Agatha ha dejado de susurrar. "Dame un segundo..."

Se escucha un ruido como si se frotara una tela. Y luego la voz del hombre suena atenuada.

"¿Hablabas por teléfono?"

"No. Por supuesto que no."

"Conoces las reglas". Su voz se aleja cada vez más. "Cero distracciones."

Agatha también se aleja.

"Sólo necesitaba un momento a solas."

"Creí haberte escuchado hablando..."

"Practicaba mis mantras."

Se abre y se cierra una puerta y luego reina el silencio.

—Eso es todo —dice Penny—. El mensaje se mantiene así durante cinco minutos. Creo que Agatha está en problemas. ¡De verdad!

—Suena como si estuviera en un costoso retiro de yoga —dice Baz.

Ha vuelto a mirar su maleta. Su maleta aparentemente vacía.

Penelope frunce el ceño.

—¿Dónde no puede usar su teléfono?

—Se conoce como una limpieza de redes sociales.

—No —Penny se mantiene firme—. Conozco a Agatha. Preferiría besar a un trol que llamarme por teléfono.

—Entonces, ¿por qué le hablas tanto, Bunce?

Baz sacude su maleta para sacar sus pertenencias.

—¡Porque me preocupo! Porque es como una oveja que se ha alejado del rebaño.

—¿Con el rebaño te refieres a Inglaterra? —le pregunto.

—¡La *magía* es el rebaño! —dice—. Si alguno de ustedes se alejara de la magia, no los dejaría irse así como así.

—Penny, yo ya no soy un hechicero.

—Simon, aún eres un hechicero. Un avión no deja de serlo cuando está estacionado en la tierra.

Baz arroja su maleta al piso, disgustado.

—Agatha no me llamaría sólo para hablar —dice Penny—. No me llamaría a menos que estuviera *asustada*.

Se escucha un ruido proveniente del teléfono de Penny. El mensaje de voz debe de seguirse reproduciendo. Suena como si se abriera una puerta.

"Estaba hablando por teléfono." Es la voz del hombre otra vez. Aún se escucha lejos, pero su voz ha adquirido un tono más duro. "Encuéntralo."

Se escuchan más ruidos.

"¿Tenemos su número telefónico?", pregunta otro hombre. "Podríamos marcarle."

"Encuéntralo y tráemelo. Tendremos que adelantar la extracción."

Se oye un crujido. Una mano sobre el teléfono. Un tercer hombre habla en voz alta:

"Lo encontré. Diablos, aún está en una llamada".

Se escucha una pequeña riña. Se termina el mensaje de voz.

Todos nos petrificamos y miramos fijamente el celular de Penelope.

Después saca la mano y apaga el teléfono. Alza la mirada para verme.

—Agatha está en problemas.

33
AGATHA

Todo está perfecto.

Aunque bueno, seguro estoy a punto de ser reclutada por un culto.

Y seducida por su carismático líder.

Y estoy atrapada en su recinto...

Pero, fuera de eso, todo parece estar... ¿bien?

Sí, preferiría irme a casa que pasar un minuto más en este lugar. Sin embargo, no puedo abandonar a Ginger (a quien no he visto desde ayer). Y no puedo imaginar *marcharme* así como así.

En parte no puedo imaginarlo porque no tengo idea de dónde está la puerta.

Me han ascendido al ala exclusiva para miembros, que se asemeja más a un hospital que a una mansión de nuevo rico.

Es como un híbrido de mansión y hospital para nuevos ricos.

Todos los pasillos están hechos de acero inoxidable y los pisos son de concreto pulido. Por otro lado, hay menos ventanas de las que uno esperaría.

—Estamos haciendo muchas remodelaciones en esta parte de la casa —dijo Braden durante el recorrido—. La seguridad es primordial.

Me mostró sus laboratorios perfectamente ordenados. Luego una habitación llena de computadoras que parecía un laboratorio. Y después un spa que parecía un laboratorio, con sillones reclinables de piel color blanco y una tina de hidromasaje.

—¿Tus científicos también son pedicuristas? —le pregunté. Braden se rio.

—Dedico la mayor parte de mi tiempo a las ciencias de la salud. Limpiezas profundas, desintoxicación y rejuvenecimiento.

—A mi mamá le encantaría este lugar.

—Adelante —dijo, y me tomó del brazo.

Lo dejé. Me sentí cautivada por él en ese momento. Tal vez sería una *buena* idea salir con un hombre exitoso menor de treinta años. Tendría muchas excusas para arreglarme. Y pareció gustarle cuando le bajé los humos.

Nunca hubiera podido molestar a Simon de esa manera cuando salíamos. Él era demasiado frágil. Simon era como un misil nuclear con problemas de autoestima; era agotador.

Seguí a Braden al interior de su spa de acero inoxidable y me pidió que me sentara en uno de los sillones de piel.

—Aprieta aquí —me dijo, señalándome una manija.

Lo hice.

—¿Conoces tu tipo de sangre? —preguntó.

—No lo recuerdo...

Oprimió un botón en el sillón. Esperaba que comenzara a masajearme la espalda. En vez de eso, una pantalla táctil apareció a un costado.

—A positivo —dijo—. Mira aquí, ése es tu conteo de eritrocitos. Está dentro de niveles normales. Aquí están tus leucocitos.

—¿Qué? ¿Cómo sabe todo eso?

—Acaba de tomar una muestra de sangre —dice Braden—. Ni siquiera lo sentiste.

—No. No lo sentí.

—Tu glucosa está un poco más alta de lo que esperaría. Me pregunto qué significa eso.

—¿Así es como te aseguras de que no tenga enfermedades venéreas?

—Ja, no, claro que no. De todos modos, no tienes ninguna enfermedad de ese tipo. Nada fuera de lo común. Tengo una vacuna...

—Braden, ¿qué pretendes?

Me sonrió.

—Mostrarte lo que hago —señaló toda la extensión del cuarto con el brazo—. Éste es el equipo médico más avanzado del país. Puedo curar casi cualquier cosa aquí.

—¿No deberías... *decírselo* a alguien?

Se rio de nuevo, como si me pasara de lista. Nunca me paso de lista.

—No puedo esperar a ponerte unos electrodos —dijo—. Y también requeriremos una muestra de ayuno. Tal vez mañana temprano.

—¿Por qué? ¿Estoy enferma?

—No, eres perfecta. Eres exquisita.

—¿Tienes algún extraño fetiche médico?

Se encogió de hombros.

—Quizás un poco. Es sólo que me vuelvo todo un nerd con este tipo de cosas. Me gusta ver qué mueve a las personas. Me gusta decodificarlas.

Imaginé a Braden desenrollando mi ADN y vendiendo las partes en el mercado negro.

—Es un argumento de venta, ¿cierto? ¿Quieres convencerme de consumir jugos basados en mi tipo sanguíneo? Porque Ginger y yo los probamos. Es un esquema piramidal.

Braden me tomó la mano con la que me asía a la silla.

—Agatha, ¿por qué no puedes aceptar que soy exactamente lo que aparento? Un genio multimillonario que es incapaz de quitarte los ojos de encima.

Eso fue ayer.

Pasé casi todo el día con él y no vi a Ginger hasta entrada la tarde.

—¿Dónde has estado? —preguntó. Todo su rostro brillaba—. No me digas, ya lo sé; te *gusta*, ¿verdad?

—¿Quién?

—No te hagas la inocente. Josh los vio en el ala exclusiva para miembros. ¡Te gusta!

—No lo sé —dije—. Supongo que es interesante.

—¿Interesante? Es guapo y poderoso y come mejor que cualquier persona que haya conocido antes. Sin granos, carne, solanáceas ni lácteos.

—¿Y eso qué nos deja, Ginger?

—¡Muchísimo! Carne de nueces, proteína vegetal, vegetales verdes, algas...

—Cierto —la interrumpo.

Dejé de comer carne cuando salí de Inglaterra, así como cualquier otro subproducto de animales que no fueran de libre pastoreo; pero, si te descuidas, esta gente tirará toda la comida de tu plato a la basura.

—No puedo creer que Braden te haya dejado entrar al ala exclusiva para miembros —dijo Ginger—. Yo llevo semanas haciendo una limpia para prepararme. Creo que te dejará saltarte algunos pasos en el programa. Le gustas *tanto*.

—No estoy en ningún programa.

Me tomó las manos con entusiasmo.

—¡Agatha! ¿Y si ambas subimos de nivel al mismo tiempo? ¿Juntas?

—Yo no subiré de nivel —insistí—. Sólo... hablo con un chico.

—Estás evolucionando frente a mí. Por lo menos has alcanzado un cuarenta por ciento de activación.

Puse los ojos en blanco.

Pero aun así dejé que Braden me diera otro recorrido exclusivo antes de la cena. Me mostró los alrededores. Jardines, campo de golf, invernadero.

—Te estás perdiendo tu retiro —dije.

—El objetivo del retiro es enfocarse en algo —respondió—. Y yo me siento muy enfocado.

Por lo general, evito hablar sobre mí durante una cita. La mayoría de los chicos facilita eso, se sienten felices de monopolizar la conversación. Sin embargo, Braden quería saber todo sobre mí. Cómo eran mis padres, dónde crecí, si todavía tengo anginas y apéndice.

Mis respuestas fueron vagas. Hasta hace muy poco, muy pocas esferas de mi vida estaban libres de magia.

Le dije que mi padre era doctor y que mi madre asistía a fiestas. Le dije que no me gustaba la escuela, que no extraño Inglaterra.

—¿No extrañas a tus amigos? —me preguntó.

"No extraño ser perseguida por monstruos —pensé— y ayudar a mi novio a sentirse heterosexual."

—Nos juntaron en la escuela —dije— y ahora cada quien está en lo suyo.

Después del recorrido, Braden me acompañó a mi habitación a cambiarme para la cena. Sin embargo, no era la habitación que yo compartía con Ginger; era una suite en el ala exclusiva para miembros. Había solicitado que llevaran todas mis pertenencias a ese lugar.

Se supone que no debemos usar nuestros teléfonos celulares durante el retiro; nos pidieron dejarlos en la recepción al llegar.

—Es un retiro del mundo exterior —explicó Ginger.

Sin embargo, yo conservé el mío. Aún se encontraba en mi maleta. Mientras Braden esperaba a que me cambiara, me metí al baño y traté de llamarle a Penny. No respondió.

Cuando volví después de la cena, mi teléfono había desaparecido.

No estoy segura de por qué lo hice, pero apagué las luces. No, en realidad sí lo sé: por si alguien me observaba desde algún lado.

Apagué las luces y me dormí con la ropa que traía puesta. Hay un cerrojo en la puerta de la habitación. Aunque estoy segura de que Braden tiene llave.

Lo cual supongo está bien. No ha intentado lastimarme. Ni siquiera se me ha acercado mucho ni ha invadido mi espacio. No me ha tocado de forma irrespetuosa.

Tal vez así funcionan las citas cuando eres un capo del sector farmacéutico. Invitas a una chica a una suite de acero inoxidable y le preguntas qué piensa sobre las resonancias magnéticas.

Una mujer me trajo el desayuno esta mañana. Me trajo pudín de teff con pasas sultanas y un pequeño plato con vitaminas.

34
PENELOPE

Solía ser muy buena para planear el *siguiente paso*.

Cuando sucedía algo terrible —o quizá sólo extraño o misterioso—, Simon acudía a mí y yo le compartía mi plan. Siempre sabía cuál debía ser nuestro siguiente paso, incluso si no era exactamente el paso *correcto*. Nunca me detenía a pensar si estaba bien o mal. Confiaba en mi capacidad para digerir la situación y trazar la mejor ruta hacia delante.

A veces nos metíamos en situaciones donde lo único que quedaba era pelear. Y a veces llegábamos a un punto donde la única alternativa era que Simon hiciera volar todo en mil pedazos.

Más tarde, cuando las cosas se calmaban, Simon acudía a mí y yo le compartía el nuevo plan.

No se me ha ocurrido ninguno desde que nos bajamos del avión.

Agatha está en problemas, pero no sabemos dónde. Y continuamos desperdiciando nuestra magia en un solo lugar, dejando a nuestro paso un *rastro* de equivocaciones.

No recuerdo la última vez que tomé una buena decisión. Tal vez durante el vuelo, cuando elegí el pay de queso en vez del strudel.

Simon toma mi teléfono celular.

—¿Dónde está? —pregunta.

—Lanzaremos un hechizo para encontrarla —dice Baz.

—Tendrá poco alcance —digo—. Puse toda mi energía en el hechizo de *Amazing Grace*.

Baz también lo hizo. Patea su maleta vacía al arroyo.

—Podemos hacer una búsqueda de PresenteFutura en internet —dice Simon.

—¿Y si las personas que se llevaron su teléfono intentan llamarnos? —Baz se ve temeroso—. Tienen nuestro número.

—¿Debería deshacerme de *mi* teléfono? —pregunto—. Podrían rastrearlo.

—No —dice Simon—. Agatha podría intentar llamarnos.

—Cierto... —digo—. Cierto.

Baz está parado a la orilla del arroyo. Tiene el cabello lacio y la piel gris.

Simon se muerde el labio. Hoy no he tenido la magia suficiente para ocultar sus alas. Lo intenté, pero sólo desaparecieron un instante y luego aparecieron de nuevo. Creo que nunca me había sentido así de drenada. Se requiere de mucha magia para sobrevivir en Estados Unidos.

—Está bien —dice Simon—. Tenemos que seguir avanzando. Seguro Shepard nos pisa los talones; y también las criaturas mágicas. Lo último que supimos fue que Agatha estaba en San Diego. Entonces, seguiremos viajando hacia el oeste. Mantenemos a Baz alejado del sol. Mantenemos mis alas ocultas. Robamos comida y ropa cuando podamos o lanzamos un hechizo para obtenerlos. Y ahora tenemos internet. Podemos seguirles la pista a esas personas de PresenteFutura —voltea a verme—.¿Qué opinas?

Asiento con la cabeza.

—Sí. Es un buen plan.

Baz también asiente con la cabeza.

—Buen plan, Snow —mira en dirección a los árboles—. Debo cazar. Para que no nos detengamos otra vez.

—No irás solo —dice Simon.

—No voy a dejar que me mires cuando...

Simon extiende sus alas.

—No irás solo.

Ahora mismo no puedo estar sola. Los sigo a ambos a una distancia razonable.

Al menos desde hace un año sé del vampirismo de Baz —y Simon lo sospechó durante años—, pero Baz aún se siente avergonzado al respecto. Se rehúsa a alimentarse frente a nosotros. Ni siquiera se comerá un sándwich si cree que lo observas. Simon dice que es porque a Baz se le salen los colmillos cuando come y eso lo avergüenza, así que yo siempre volteo para otro lado. (Aunque me encantaría verlos a detalle con fines puramente científicos.)

Sé que en ocasiones Baz lanza hechizos para atraer a su presa. Sin embargo, hoy no tiene que hacerlo. Hay un gato salvaje de gran tamaño agazapado en el suelo frente a nosotros. Espero que Baz se abalance sobre él.

En vez de eso, estampa los pies en el suelo y le grita:

—¡Vete! ¡Lejos!

El gato se asusta y huye de nosotros.

—¿Qué demonios? —digo—. ¿Prefieres que se hagan los difíciles?

—No mato a ningún depredador —afirma.

—¿Por qué no? ¿Sentimiento de compañerismo?

—Son demasiado importantes para el ecosistema. Además, hay ovejas de algún tipo por aquí. Vi huellas.

Nos conduce al interior del bosque.

—¿Saben? Podría hacer esto yo solo sin problemas —dice.

—Sí, sí —susurra Simon—. Eres superferoz.

Baz voltea a verlo con el ceño fruncido.

—Lo *soy*.

Aquí está más oscuro. Nos abrimos camino entre ramas de hojas perennes, y la neblina nos llega a las rodillas. No sé por qué no se me ocurrió pensar que hasta los árboles serían distintos en Estados Unidos. Simon y yo hemos pasado mucho tiempo en bosques en Inglaterra, pero nunca como éstos.

Baz se detiene. Ha detectado un olor.

Se echa a correr tan rápido que Simon y yo somos incapaces de alcanzarlo, y con mucha más gracia de la que ambos podríamos soñar. Cuando logramos alcanzarlo, Baz está arrodillado a la orilla del arroyo con una oveja cornuda muerta sobre el regazo, ambos cubiertos por la niebla. Creo que le ha roto el cuello.

—Bien —dice—. Denme un minuto.

Miro hacia el piso. La neblina me cubre el pecho y es *tan* oscura. Alzo mi anillo.

—*Caza furtiva...* —dice alguien. Suena como una mujer y se siente como si pronunciara las palabras dentro de mí. La neblina se ha elevado a la altura de mi mentón—. *Un devorasangre cazando furtivamente en mi territorio.*

La voz (podría jurar que está en mi cabeza) suena inglesa. Del norte.

—¡Podemos explicarlo! —dice Baz.

Él también debe escuchar la voz.

—¡No lo sabíamos! —grito.

Simon me toma de la mano.

—¡No somos de aquí!

—*No* —dice la voz—. *Puedo verlo. Puedo olerlo... Son algo diferente. No sólo devorasangre, algo mucho más horrible...*

Cierro los ojos y lanzo un hechizo a través de la oscuridad:

—*¡Sal de dondequiera que estés!*

—*Hechiceros* —dice la voz con desdén.

Luego me engulle la neblina.

35

BAZ

No puedo moverme.

Lo intento de nuevo, no puedo moverme. Tengo los brazos atados.

No puedo levantarme. Tengo las piernas atadas.

Tengo dolor en el rostro. Estoy recostado sobre una roca.

No puedo moverme.

¡No puedo respirar!

No; sí puedo. Sí puedo. Tengo la boca amordazada, pero todavía puedo respirar.

No puedo moverme. No puedo ver...

Abro los ojos...

Estoy recostado sobre mi hombro cerca de una fogata. Hay una mujer sentada al otro lado. Una mujer mayor, o quizás una mujer más joven con cabello largo y blanco. Tiene las manos extendidas sobre la fogata. Tiene anillos dorados en cada dedo. Me observa con detenimiento.

—Urrrghhff —Simon lucha por liberarse en algún sitio cerca de mí; parece que está dando vueltas. Me encantaría poder decirle que se tranquilice. Entonces gruño para que sepa que estoy aquí.

Patalea con mayor fuerza.

—*Debería hacerlos dormir otra vez* —dice la mujer sin mover la boca. Escucho su voz en mi cabeza—. *Todos ustedes. No necesito que estén despiertos para descifrarlos.*

Se pone de pie y camina hacia mí. *Sí* es vieja, pienso, aunque se mueve como una persona joven. Viste unos jeans gastados y un chal rojo con piedritas que brillan en la luz de la fogata. Tiene los ojos pálidos y del tono verde que sólo los gatos tienen. Me alza el mentón con la punta de su bota vaquera color gris.

—*Escuché sobre ti* —dice—. *No pensé que lo lograran, pero hete aquí. Hueles a sangre y magia, muchacho. Ambas echadas a perder* —curva uno de sus labios—. *No. En. Mi. Montaña.*

Me patea en el estómago.

Mierda.

Intento gritar, pero en vez de eso comienzo a ahogarme. El pecho aún me arde a causa de las heridas de bala. Necesito alimentarme. Necesito beber algo. Me siento mal de todas las maneras imaginables.

Simon está dando vueltas otra vez. La mujer voltea a verlo.

—*Gatito tonto. Hiciste un amigo peligroso. Sufrirás por ello.*

¿Qué *es* esta mujer? ¿Un hada? ¿Un elfo? ¿Acaso aún existen elfos en Estados Unidos? ¿Serán éstas las Tierras Eternas? Mi madre lo sabría. Ella podía nombrar todo tipo de seres y criaturas mágicas, incluso aquellas especies extintas o perdidas en el tiempo.

La mujer levanta la cabeza. Huele algo.

Yo también lo huelo: algo humano. Un Normal.

—¡Shepard! —dice la mujer en voz alta, sonriendo.

—¡Margaret!

Es el Normal que abandonamos en Denver. No puedo verlo, pero reconozco su voz y su olor. Debió estar coludido con esta mujer desde el principio.

El Normal pasa por encima de mí y la anciana estira los brazos, lista para abrazarlo.

—No estaba seguro de si estarías despierta —dice él mientras la abraza.

—Hace demasiado calor —lo dice con petulancia—. No puedo dormir. Ahora hace mucho calor todo el tiempo

—recarga la cabeza ligeramente en el hombro de Shepard, luego desciende por su brazo—. Me has traído algo. Puedo olerlo.

Él se ríe y extiende la palma de la mano.

Ella toma lo que Shepard trae en la mano —anillos— y los introduce en el poco espacio libre que tiene en sus dedos.

—Eres demasiado bueno conmigo, Shepard. Buen muchacho. Buen hombre.

—Veo que ya conociste a mis amigos —dice él.

La mujer frunce el ceño y se aleja de él.

—No son tus amigos. PresenteFutura.

—Yo pensé lo mismo —dice Shepard—. Los vi por primera vez en Omaha. Pero no creo que sean parte de los Futura, Margaret. Los vi matar a media docena de vampiros a sangre fría.

—¡No! ¿Qué tan fría?

—Glacial.

No puedo creer que el Normal nos defienda. Ni siquiera puedo creer que nos reconozca; Bunce le lanzó tantos hechizos que no debería ser capaz de reconocer ni su propio reflejo.

—¿Quizás han traicionado a los de su especie? —la mujer baja la mirada para verme y me patea en la cadera con su bota—. Éste es obra suya. Al fin ha llegado. El híbrido.

—¿Lo *es*? —Shepard me observa un segundo—. Yo me preguntaba si... —sacude la cabeza—. No lo sé... En verdad creo que no es más que una coincidencia, Maggie. Creo que sólo son turistas.

Ella escupe y su saliva aterriza caliente sobre mi mejilla.

—¡¿Turistas?!

—No conocen ninguna de las reglas —dice él—. Condujeron directo a la zona silenciosa sólo para ver Carhenge.

—Dicen que es espectacular —admite ella a regañadientes—. He visto fotos.

—Accedí a ser su guía. Apenas comenzábamos a conocernos cuando una pandilla trató de acorralarnos.

La mujer se agacha para verme, acariciándose el mentón. Tiene seis anillos en el dedo meñique. Uno de ellos es el de Penelope.

—*Hechiceros* —dice en tono de burla—. Gatitos imprudentes, híbridos. Miembros problemáticos de Sangre Futura y basura... *Cazadores furtivos*, Shepard. Éste mató a mi carnero.

—Seguro tenía sed —dice Shepard—. Yo bebí agua de tu arroyo en una ocasión, ¿lo recuerdas? Antes de conocernos.

Se pone de pie y frunce más el ceño.

—Pero tú eres un buen chico —un inocente. No eres un caballero. Ni un mago. Ni un *devorasangre*.

—¿Por qué no escuchamos lo que tienen que decir? —pregunta Shepard—. Si no te convence, entonces puedes comértelos.

—A él no me lo comería —dice, mirándome fijamente—. Rancio.

Primero Shepard le retira la mordaza a Simon.

—Gracias —escucho a Simon decirle—. Te debo una.

—Amigo —dice Shepard—, me debes tantas que necesitamos redactar un contrato.

Después desata mi mordaza y me ayuda a incorporarme.

—No intentes lanzar ningún hechizo —dice con suavidad—. Puede desarmarte a la distancia.

Asiento con la cabeza.

—Traía esto —dice la mujer, sosteniendo mi varita—. Es probable que la haya robado. Colmillo de heffalump. Extinto.

Lanza la varita por encima de su hombro.

Bunce comienza a interrogarlos antes de que le retiren la mordaza:

—¿Quiénes son estas personas de PresenteFutura? ¿Qué traman? ¡Tienen a nuestra amiga!

—Ahora sí vamos por buen camino —dice Shepard, ayudándola a levantarse.

—¡Quítame las manos de encima! —grita Bunce. Cuando lo hace, se cae al piso—. Tienes que decirnos, ¡nuestra amiga está en peligro!

La mujer de cabello blanco (*¿será* una mujer?) se sienta de nuevo al otro lado de la fogata.

—Ustedes son quienes deben contarnos todo.

—Cualquier cosa —digo—. Todo lo que quieran saber.

Volteo a ver a Simon. Asiente con la cabeza como para indicarme que está bien. Aún tiene las manos atadas. Y los tobillos. Y las alas. Pero está bien.

—Cuéntenle a Maggie por qué están aquí —dice Shepard, sentándose junto a la mujer cerca de la fogata.

Intento tomar la iniciativa; de los tres, soy el que tiene más tacto.

—Estamos de vacaciones —digo—. *Somos* turistas.

—¿Qué hay de esta amiga? —pregunta Margaret.

—Vinimos a visitarla...

Bunce me interrumpe:

—Queríamos asegurarnos de que estuviera bien, estábamos preocupados por ella y ayer nos dejó un mensaje diciendo que se encontraba con la gente de PresenteFutura. La van a extraer. Tienes que decirnos...

Snow levanta la barbilla con determinación.

—¿Quién *eres*?

—Eso no importa —digo, deseando que ambos guarden silencio—. No tienes que decirnos nada. Nos iremos. No regresaremos.

—Tú eres la Sangre Futura —me dice como si nada.

—No. Mi sangre es vieja. Provengo de una familia muy antigua.

No escucha lo que le digo.

—*Tú*. Eres el híbrido.

El Normal se inclina hacia delante. Odio la forma en que me mira, como si fuera una caja fuerte lista para abrirse.

—Los de PresenteFutura —dice— ... Algunos los llaman los Sangre Futura... Están tratando de enseñarles a otros vampiros el arte de Comunicar...

—¿Que están haciendo qué? —me siento aturdido.

—¡Eso es una abominación! —dice Bunce.

—Sí —dice Margaret, señalándome—. ¡*Tú* eres una abominación!

—No soy... *eso* —digo—. ¡Soy un hechicero! ¡Me mordió un vampiro cuando era bebé!

—¡Ajá! —dice Shepard, tronando los dedos como si acabara de resolver un acertijo.

—No —responde la mujer, a quien la idea le resulta repulsiva—. Te hubieran desterrado, alimentado a los dragones. Ésa es la ley de los hechiceros.

—Sí, bueno, mi madre fue asesinada. Los vampiros la mataron. No había nadie con el poder suficiente para desterrarme.

—Aún no es demasiado tarde —dice la mujer—. Los dragones aún están hambrientos.

—No es un vampiro malo —interrumpe Simon—. No muerde a las personas. Sólo a animales como ratas, venados y ovejas...

—¡Cazador furtivo! —dice ella.

—¡Lo siento! —imploro—. ¡No sabía que las ovejas le pertenecían a alguien!

—Lo siente —dice Shepard—. Le creo.

—¿Espera que creamos que no es el híbrido cuando todo el mundo sabe que los devorasangre están mezclando sangre y magia?

—¿Cómo? —pregunta Penny.

La mujer nos mira fijamente por encima de la fogata.

—No lo sé. Nada bueno. Oscuridad.

—Si los vampiros pueden obtener magia —dice Shepard—, serán imparables. Serán el eslabón más alto de la cadena alimenticia.

La mujer sisea.

—Mira —Bunce es osada, incluso atada como un cerdo durante el solsticio—, sé que esto no tiene buena pinta. Pero no somos parte de ese negocio vampírico. Y si nuestra amiga está atrapada en medio de todo eso, está en serios problemas y necesita nuestra ayuda. Tienes que dejarnos ir.

La mujer enrolla los dedos, golpeando sus anillos los unos contra los otros.

—¿Cuál es tu veredicto, Shepard?

—Les creo —dice.

—Eres blando —dice ella—. Le crees a todo el mundo.

—Pasé dos días enteros con ellos y sólo les hicieron daño a los vampiros.

—Y a mi carnero.

—Siento mucho haber hecho eso —le digo otra vez.

Ella agita una mano.

—Deja ir al devorasangre y a la hechicera. El gatito se queda conmigo.

—¿Qué? —dicen todos menos ella.

—¿Se refiere a mí? —pregunta Simon—. ¡No soy ningún gatito!

La mujer suspira.

—Un gatito tonto. Una cría perdida.

El Normal mira a Simon con atención, como si Snow me hubiera suplantado como el mejor acertijo.

—No...

La mujer camina hacia Simon para mirarlo más de cerca.

—Debe de ser huérfano. Volando con hechiceros y devora-sangres, ¡qué vergüenza!

—¡No soy huérfano! —objeta Simon—. Digo, sí lo soy, pero no salí de ningún cascarón.

—Pensé que era un demonio —dice Shepard, maravillado.

—Pfffff —la mujer camina en círculos alrededor de Simon—. Alas rojas. Cola afilada. Del norte, como yo. Preciosa cría. Perdida.

—No, no, NOOO —dice Simon, comprendiendo al fin a lo que se refiere la mujer.

—Croowww-ley —maldigo.

Penny opta por:

—No. Me. Jodas.

—¡No soy un DRAGÓN! —grita Simon.

—Aún no —le acaricia un ala—. Eres un gatito. Algún día serás un dragón. Algún día serás feroz.

—¡No es un dragón! —digo—. Esas alas son producto de un hechizo.

—Éste no es un dragón y aquél no es un vampiro. ¿Acaso estoy ciega? ¿Acaso soy tonta?

Otra vez me gruñe.

—No —digo—. No eres tú. Somos nosotros. Somos muy confusos.

—¡Sólo soy un Normal con alas! —insiste Simon.

—Alas de dragón —asiente—. Color rojo profundo.

—Mira más de cerca —le ruega Simon.

—¡Huélelo! —dice Bunce—. ¿Acaso huele a dragón?

La mujer frunce el ceño en respuesta a la pregunta de Bunce. Luego se estira para alcanzar las cuerdas atadas alrededor del pecho de Simon y lo ayuda a levantarse. Se inclina para olerle el cuello. Él levanta la barbilla. Ella camina detrás de él y acerca su rostro a sus alas atadas.

—Huele a dragón... pero también a hierro. ¡Otra abominación!

—Sólo fue un hechizo —dice Penny.

—¿De quién es la magia? —Margaret jala las cuerdas, sacudiendo a Simon.

—M-mía —tartamudea—. Solía ser hechicero. Yo lancé el hechizo.

—¿Por qué?

—Quería alas —dice él—. Quería volar.

—Entonces, ¿para qué una cola?

—¡Quería ser libre!

Se aleja de Simon y él vuelve a caer al piso. Ella observa cómo intenta ponerse de pie.

—*Sí. Soy libre* —dice en nuestras cabezas—. *Es mejor que esto. Es lo mejor.*

Regresa caminando hacia la fogata.

—Entonces, ¿nos crees? —pregunta Bunce.

Margaret se encoge de hombros.

—Creo que son parias malformados y turistas basura.

No está equivocada.

—Entonces —digo con cautela—, ¿podemos irnos?

—¿Irán con los Sangre Futura? ¿Pelearán contra ellos?

—¡Sí! —grita Simon.

—Váyanse —dice ella—. Díganles a los Sangre Futura que nunca estarán en la cima. ¡Somos la cima! *Soy.* Los Sangre Futura arderán cuando despertemos. Arderán cuando despertemos en la cima.

La mujer —¿el *dragón?*— toma al Normal de la mano.

—Llévatelos lejos, Shepard. No permitas que te hagan daño. Que lastimen a los devorasangre —le da un apretón en la mano, luego se aleja de nosotros y de la fogata.

—¡Espera! —dice Bunce—. Mi anillo. Necesito mi anillo.

La mujer gira abruptamente, como si Penny la hubiera atacado, y alza un puño apretado. Debe traer puestos unos treinta anillos y una docena de pulseras doradas.

—¡Ahora me pertenece! —dice, taladrándonos la cabeza.

Penny se escucha llorosa.

—Por favor. No puedo hacer magia sin él. No puedo ayudar a mi amiga. Ni hacerles daño a los devorasangre.

El dragón —*debe de* serlo— se vuelve hacia Penny y fija la mirada en ella. Se lleva la mano pesada a la boca y envuelve los dientes alrededor del anillo de Penny. Luego escupe algo —la piedra morada del centro— a la tierra.

Y luego se va.

Aún estamos vivos. Y ella se ha ido.

36

SIMON

Shepard me desata primero y yo libero a Baz.

—¿Estás bien?

—Para ser honesto, me he sentido mejor —dice, lo cual me hace pensar que debe de estar casi muerto.

Lo ayudo a pararse.

—Te sacaremos de aquí y te buscaremos algo para beber. Más gatos. Una vaca. Algo.

Mis alas se agitan de forma algo descontrolada. Fue muy doloroso tenerlas atadas; creo que me torcí algo. Espero no haberme roto nada. No es como que tenga la opción de entrar en una clínica veterinaria para que me las acomoden.

Penny no espera a que la desatemos para comenzar a interrogar a Shepard.

—¿Dónde están estos vampiros? ¿Cómo los encontramos? ¿Dónde está nuestro auto?

—¿La camioneta que robaron? —pregunta mientras desata los nudos alrededor de los tobillos de Penny—. Montaña abajo, donde lo estacionaron.

—Necesitamos irnos —dice ella.

—Necesitas tomar *un respiro*. Apenas sobrevivieron a esto.

—¿En verdad se trataba de un dragón? —le pregunto.

Mis alas comienzan a convulsionarse. Shepard me ofrece una botella de agua.

—Sí —le brillan los ojos—. ¿No es magnífica?

—Eso depende —dice Baz—. ¿Puede escucharnos?

—Sin duda —dice Shepard—. Escucha todo lo que sucede en esta montaña.

—¿Cómo lo hace?

Shepard sonríe.

—Porque ella *es* la montaña.

Todos bajamos la mirada al suelo.

—Son dragones —susurra—. Toda una manada que lleva dormida desde sólo Dios sabe cuándo.

—Debemos irnos —dice Baz.

Se escucha un sonido leve de algo que gira en el aire, parecido a un búmeran, y entonces un par de pantalones golpea a Baz en la cara.

Shepard parece confundido.

—¿Qué demo...?

—Gracias a Crowley —dice Baz, liberándose de los jeans que tenía enredados en el cuello—. Mi reino por ropa interior limpia.

Penny aún fija la mirada en Shepard.

—¿Los *dragones* son montañas?

Shepard asiente.

—¿No es increíble? Casi todos son nativos. Supongo que Margaret se estableció aquí desde hace unos cientos de años. Por eso despierta, está acostumbrada a un clima más frío. Pero dice que los demás están a punto de despertarse. Está emocionada por conocerlos, y nerviosa, creo —baja la voz—. No le digan que dije eso.

—Pero parece una mujer.

—Ésa es su figura pública —dice—. Como una especie de enviada mágica.

Penny ha logrado liberarse de las cuerdas que la ataban. Se cruza de brazos.

—Llévanos a nuestro auto.

Shepard da un paso atrás.

—¿Para que me borren la memoria otra vez?

—¿Por qué no funcionó la primera vez?

Shepard se encoge de hombros.

—Tal vez he consumido mucho polvo de duendecillos a lo largo de los años. Al parecer los hechizos de memoria ya no me hacen efecto.

Penny estira el puño; intento detenerla, pero ya está en el proceso de lanzar un hechizo.

—¡Eso no me suena conocido!

Shepard se tambalea hacia atrás, como si hubiera recibido un golpe en la mandíbula. Sacude y alza la cabeza, con la mirada clara y no vidriosa.

—Digo, no es una sensación *agradable*.

Penny baja la mano.

—No entiendo por qué desconfían de mí —dice—. Van dos veces que les salvo el pellejo. Aún soy su única opción para salir ilesos de esta montaña, ¿por qué no podemos ser amigos?

—No quieres ser nuestro *amigo* —dice Penny—. No nos conocimos y congeniamos en un bar. Sólo nos ayudas porque quieres información.

—Y eso está bien —dice Baz. Todos lo volteamos a ver. Él mira a Penny—. No podemos rescatar a Wellbelove por nuestra cuenta. Ni siquiera pudimos rescatarnos a nosotros mismos. *Necesitamos* un guía.

—¡Ésa es la actitud! —dice Shepard.

Baz posa la mirada en él.

—Si lo que quieres es información, la tendrás. Ayúdanos a encontrar a nuestra amiga y te dejaremos viajar con nosotros. Responderemos a algunas de tus preguntas, pero no puedes compartir la información con nadie más.

Shepard asiente de inmediato.

—Está bien.

—¿Qué es lo que está bien? —pregunta Baz.

—No compartiré lo que me digan con nadie. Guardaré el secreto.

—Estrechemos nuestras manos para cerrar el trato —dice Baz.

Shepard estira la mano. Al mismo tiempo, Baz estira la palma de su mano y Penny deja caer su piedra morada sobre ella. Luego Baz toma la mano de Shepard, presionando la piedra entre ambas palmas. Baz pronuncia el hechizo: *¡Júralo por tu vida!* Las manos de ambos se iluminan.

Shepard abre los ojos desorbitándolos pero no retira la mano.

—Yo cumplo mis promesas.

—Al menos cumplirás ésta —dice Baz—. O caerás muerto —se desploma en el suelo, extenuado por el hechizo—. Ahora veamos, ¿dónde está mi varita?

Todos queremos ir en busca de Agatha de inmediato, pero Penny y Baz han agotado su energía mágica. Baz se asemeja a uno de los cadáveres exangües que abandona después de alimentarse. Cuando llegamos al siguiente pueblo, robo un perro para dárselo. No es mi mejor momento... ni el de ninguno de nosotros.

Irrumpimos en otro hotel y Baz y Penny colapsan en una de las camas. Shepard se ofrece para conseguir pizza. Penny levanta el pulgar en señal de aprobación, aunque con poco entusiasmo.

Antes de irse, Shepard se para junto a la puerta de entrada a la habitación.

—Si quieren marcharse en mi ausencia, está bien. Esta vez no los seguiré. Sólo que no cuenten conmigo para sacarlos del siguiente lío.

Ninguno de nosotros trata de discutir o tranquilizarlo. Estoy demasiado cansado como para darle importancia.

Cuando la puerta se cierra tras él, Penny se sienta en la cama.

—Démosle diez minutos y luego nos vamos.

Baz le avienta una almohada.

—Desiste, Bunce. Necesitamos ayuda. Y yo necesito darme un baño.

Se ve un poco mejor desde que se alimentó del perro, pero tiene el cabello esponjado y enmarañado, además de una mancha de sangre fresca en la playera sucia y destrozada. Qué raro. No suele derramar sangre en su ropa cuando bebe...

—Baz... —pasa junto a mí de camino al baño. Lo tomo del brazo—. ¿Estás *sangrando*?

—No.

—Claro que sí —digo y comienzo a desabotonar su camisa.

Baz desvía la mirada.

—Snow —dice con voz queda pero severa—, por favor no...

—*Baz* —tiene el pecho cubierto de protuberancias redondas. La piel está abierta en algunas zonas y sangra. Lo toco... Las protuberancias se sienten como pequeñas piedras. Un par se rompe bajo mis dedos y algunos pedacitos de metal negro sobresalen de su piel pálida—. ¿Qué sucedió?

—Perdigones —dice—. De ayer en la noche. Al parecer mi cuerpo los rechaza.

—¿Te duele?

—No mucho.

Alzo la mirada para ver su rostro y mantengo las puntas de mis dedos en su pecho. Tiene los ojos entrecerrados y sombreados; entonces *sí* le duele. Acerco mi rostro al suyo. Quiero reconfortarlo, pero no sé cómo hacerlo.

—Simon... —dice.

—Sí.

Hay un ligero rasgueo en su respiración.

—Deberías lavarte las manos.

—Ah —retiro la mano, que está cubierta de sangre de vampiro—. Cierto.

Baz sale de la regadera sin camisa y con sus jeans limpios. Tiene el pecho cubierto de manchas, cortadas y un moretón gris oscuro en el costado del cuerpo.

Shepard ha vuelto con la pizza, y aunque dice que es la más barata, es mucho mejor que cualquier pizza que haya comido en Inglaterra.

Cuando regresó a la habitación del hotel, le sorprendió ver que aún seguíamos aquí. Sin embargo, se abstiene de hacernos más preguntas y ninguno de nosotros se preocupa por hacer guardia esta noche. Penny y Baz se acomodan en una cama y Shepard en la otra. Yo tomo la almohada extra y un cubrecama y me quedo dormido en el suelo.

37

BAZ

Sé que me curo más rápido que otras personas. (Una prueba más de que no soy una persona.) Aunque a decir verdad nunca he probado mis límites. Nunca antes me habían vaciado una escopeta en el pecho ni pateado el estómago con botas vaqueras de punta de acero...

La peor lesión que había tenido fue cuando esos cenutrios me secuestraron. Incluso entonces *creo* que mi pierna se arregló de inmediato, aunque se curó *mal* por estar atrapado en ese ataúd.

Antes de eso, peleas con Simon. Alguno que otro ojo morado a lo largo de los años, un labio partido. Me curaba rápido de esas lesiones, pero él también. Creo que la magia de Simon solía curarlo aunque él no pudiera lanzar los hechizos por sí mismo.

Sin embargo, ya no es así; hay algo mal con su ala, no se pliega por completo. Intentaré curarla con un hechizo en cuanto se despierte.

Me levanté antes que todos, sintiéndome más animado de lo que me he sentido en días. El resto de los perdigones desapareció por la coladera de la regadera ayer en la noche y ya no me arde el pecho. Ahora está cubierto de cicatrices blancas y brillantes, pero ésas también sanarán, creo. Todas mis cicatrices han sanado.

Desayunamos pizza fría.

Ponemos nuestro dinero en la cama. Juntamos unos cuantos cientos de dólares. Yo tengo mi tarjeta de crédito, pero aún me pone nervioso la idea de usarla.

—Esto ni siquiera nos alcanza para pagar la gasolina —dice Shepard, mirando el montoncito de dinero.

—Lanzaremos hechizos para tener gasolina —dice Bunce—. Y haremos que esto nos dure más —coloca su anillo por encima de los billetes—. ¡Un centavo guardado es un centavo ganado! —la pila de dinero se duplica. Bunce sonríe—. Siempre había querido intentar eso...

Shepard se queda boquiabierto.

—¿Puedes *producir* dinero?

—Parece que sí.

—No puedes seguir lanzando hechizos con frases estadounidenses —le digo a Penny—. Es demasiado impredecible.

—Es una necesidad —dice Bunce mientras se encoge de hombros—. Necesitamos comida y ropa. Y éste —señala a Shepard con el dedo— necesita decirnos dónde encontrar a los PresenteFutura.

—No lo sé con *exactitud* —dice.

Simon saborea el último pedazo de pizza.

—Entonces dinos lo que sabes.

Shepard se levanta los lentes.

—Son un grupo nuevo de vampiros. Los vampiros que aparecen por aquí suelen ser solitarios. O forman parte de una familia que mantiene un perfil bajo. Pero los Sangre Futura... no son familia. Más bien son cazadores corporativos. No hacen las cosas a hurtadillas, no van por ahí secuestrando Normales, sólo toman lo que quieren. Y son ambiciosos. Hasta yo sé que quieren magia.

—¿Y qué hay de los hechiceros? —pregunta Bunce—. ¿Cómo permiten que esto suceda?

Los hechiceros no toleran a los vampiros. Por eso es que la reputación del Hechicero se vio severamente afectada cuando hizo un trato con ellos. Es la razón por la que fue enterrado sin lápida. Hasta los seguidores del Hechicero escupen sobre su memoria.

—Quizá los hechiceros podrían detenerlos —dice Shepard—; sin embargo, tendrían que organizarse. No sé cómo sean las cosas en donde ustedes viven, pero aquí los Comunicadores realmente no... se *comunican* entre sí.

No quiero compartir información sobre nuestro hogar.

—Dijiste que estos vampiros quieren aprender a expresarse con magia —digo—. No pueden hacerlo. Los hechiceros nacen, no se hacen.

Simon se aclara la garganta.

—Entonces, ¿es algo genético? —pregunta Shepard—. Siempre me lo he preguntado... ¿Eso significa que, si me casara con una Comunicadora, podríamos tener un bebé mágico?

Bunce suelta una carcajada.

—¿Cómo sabes que estos vampiros nuevos quieren magia —le pregunto—, si sabes tan poco sobre ellos?

—Han enviado a gente por todo el país en busca de hechizos y sabiduría popular. Han contactado a algunos de los aficionados a la magia en mi red.

—¡Ahí está! —Bunce lo señala—. ¡Ésa es la razón por la cual guardamos secretos! ¿Compartirás la información que te demos con vampiros advenedizos?

—¡No! —Shepard dice con firmeza—. Ya juré por mi vida.

—¿Dónde están? —pregunto.

—No sé dónde están los Sangre Futura —dice—. Pero sí sé dónde está la mayoría de los vampiros estadounidenses. En Las Vegas.

—Las Vegas... —Bunce parece desaprobar esto.

Volteo a ver a Snow. Está sonriendo.

Antes de partir, Simon decide que deberíamos intentar llamar a Agatha.

—Pero ¿y si los de PresenteFutura rastrean la llamada? —dice Bunce, preocupada.

—Si nos *encuentran* —dice Simon—, no tendremos que encontrarlos a *ellos*.

—Llamemos —digo—, por si acaso Wellbelove contesta el teléfono para informarnos que está en un campamento de bienestar donde le están limpiando los poros.

—En realidad no crees que sea así —dice Bunce.

Tiene razón. No lo creo.

Bunce y yo lanzamos un hechizo para ocultar su número de teléfono, o lo intentamos, y llamamos a Agatha. Entramos directo a un buzón de voz automatizado. Agatha nunca ha grabado un mensaje personal. (No me sorprendería si el mensaje hubiera sido: "Penelope, deja de llamarme".) Bunce cuelga de inmediato.

—Bien —dice Simon un momento después—. Seguimos adelante entonces.

Cuando abrimos la puerta de la habitación del hotel para irnos, una buena parte de mis calcetines y tres de mis playeras entran volando. Estoy tan feliz que termino por abrazar mi ropa. (Iba a tener que lanzar un hechizo para conseguirme una playera. O pedirle a Shepard que me comprara una en Walmart. Sin camisa ni siquiera me permitirían *entrar* a Walmart.) Uno de mis calcetines está cubierto de plumas, pero las playeras están limpias. Me pongo una de inmediato —con un buen estampado, color berenjena y hojas azul marino— y guardo el resto en una bolsa de plástico. (Me arrepiento de haber dejado mi maleta en aquel arroyo, pero es imposible regresar por ella.)

Bunce ha lanzado el hechizo para ocultar las alas de Simon otra vez. Snow insiste en que viaje en la cabina de la camioneta con Penny en vez de ir en la parte trasera con él.

—Ya estás quemado por el sol —dice—. Y sabes perfectamente lo que el aire le hace a tu cabello.

Shepard le dice a Simon que tiene que recostarse en la parte trasera de la camioneta; al parecer, viajar en esa parte del auto es peligroso e ilegal.

—Ambos son mis segundos nombres —dice Simon.

—Tú no tienes un segundo nombre —digo, algo que parece herir sus sentimientos y de inmediato me arrepiento. Simplemente estoy *preocupado* por él. Lo tomo de la mano, tratando de compensar lo que acabo de hacer—. Sólo ten cuidado —digo—. Ya habrá tiempo para ser osados cuando luchemos contra los vampiros.

—¿Osados? —pregunta.

—Sí, ése es tu segundo nombre.

Me da un apretón en la mano. Crowley, somos muy malos para estas cosas. Nunca puedo descifrar lo que quiere Simon. ¿Qué significará ese apretón? "¿Me gustas?" ¿O más bien es un "Cuídate"? ¿O "Devuélveme mi mano"? Podría jurar que el verdadero significado detrás del gesto es "Lo siento". No podemos siquiera tomarnos de la mano sin intercambiar disculpas. Si supiéramos cómo comunicarnos, esto terminaría, ¿no es así? Si alguno de nosotros encontrara las palabras...

—Basil, súbete —Penelope tiene la puerta abierta y me obliga a sentarme entre Shepard y ella.

Le aprieto la mano a Simon y luego hago lo que me piden.

38
SHEPARD

Sí, sí, *sí*.

Por fin estoy *dentro*. Estoy más dentro de lo que había estado antes, ¡y fui partero en el alumbramiento de un potro de centauro! ¡Incluso ayudé a un antihado con sus impuestos!

Pero *nadie* tiene la oportunidad de codearse con Comunicadores y vampiros. ¡Los Comunicadores no se codean con nadie! Y si lo hacen, no lo revelan. He escuchado que algunos Comunicadores se casan con Hablantes y *aun así* nunca les dicen que poseen magia.

Será difícil mantener todo esto en secreto. Me encantaría publicarlo en los foros de discusión en internet. Es el *hallazgo* de todos los *hallazgos*. Sin embargo, no es la primera vez que guardo secretos; nunca le dije nada a nadie sobre Maggie hasta ayer. (Creo que ella se los dijo primero.)

Saber es mejor que contar.

Quizá si ayudo a estos tres a rescatar a su amiga me mantengan cerca. ¡Podría ser su amigo Normal! (Simon se hace llamar un Normal; pero tiene alas de dragón.)

—Siento que aún no nos conocemos del todo —digo en cuanto volvemos a la autopista—. Ustedes saben que soy Shepard... Y tú eres Baz, ¿cierto?

El vampiro asiente.

—Y tú eres Penelope, ¿verdad?

—Supongo que sí —dice Penelope.

La primera vez que la vi, tenía el cabello restirado en una cola de caballo. Ahora tiene muchos cabellos sueltos que le cuelgan de la coleta alrededor del rostro; rizos salvajes y encrespados de color café. No parece importarle. Tampoco se ha quejado sobre su ropa, pese a que ha usado la misma falda plisada y calcetas hasta la rodilla desde que nos conocimos. Me gustan sus zapatos: botas Doc Marten negras y brillantes con hebillas plateadas.

En realidad, mi camioneta no está hecha para tres pasajeros; Baz y yo estamos codo con codo.

—¿En verdad nunca muerdes a la gente? —pregunto.

—Aún no —dice Baz.

—Pensé que era imposible evitarlo.

Me mira sin girar la cabeza, luego pone los ojos en blanco.

—Entonces, ¿por qué no existen más vampiros que hagan eso? —pregunto—. ¿Que no muerdan a la gente?

—No estoy seguro... —contesta—. Aunque sospecho que es porque la gente tiene muy buen sabor.

Penelope resopla y se inclina alrededor de él para mirarme.

—¿Siquiera tienes idea de hacia dónde nos dirigimos?

—Bueno, pues pensé que lo mejor sería ir a Las Vegas...

—¿Y después qué? "Discúlpennos, señor o señora, ¿podrían indicarnos en qué dirección se encuentran los vampiros? No hablo de los vampiros viejos y malvados, sino de los nuevos, que son mucho peores."

—Podemos lanzar un hechizo para encontrarlos, si estamos lo bastante cerca —Baz voltea a verla, dándome la espalda.

—Una amiga vive en la zona —propongo. Necesito volverme imprescindible—. Tiene contactos. Si puede, nos ayudará.

39
SIMON

Nunca has visto un cielo tan azul.

Estoy recostado sobre mi espalda en la parte trasera de la camioneta, utilizando el saco de dormir de Shepard como almohada. Baz arregló mi ala con magia. También me compró un par de lentes Ray Ban de imitación y una caja de agua embotellada en la última estación de servicio. Y de vez en cuando, lo veo girar la cabeza para asegurarse de que me encuentro bien.

Estoy bien.

Estoy muy bien.

Casi puedo imaginar, bajo este cielo —nunca has visto un cielo tan amplio—, que ambos estaremos bien. Ahí vamos. Seguimos adelante, ¿no? En general. Incluso con toda esa gente que nos ha secuestrado y disparado.

Seguimos adelante. Él me toca todo el tiempo y yo lo dejo. Y no he sentido esa... ¿Cómo llamarla?... Estática que suelo sentir, como si lo que sucede entre nosotros fuera un edificio a punto de colapsar del cual tengo que huir.

Baz me toca y eso es bueno.

(Tocar a *Baz* siempre es algo bueno; sería más fácil si yo también pudiera *tocarlo* todo el tiempo. Y besarlo. Y no tener que *ser* besado.) (No puedo explicar por qué es distinto. Por qué besar es fácil y *ser* besado es como ser sofocado.) (Excepto que esta semana *no* ha sido así. Ha estado bien. El cielo es tan vasto. Hay tanto aire.)

Shepard evita las grandes autopistas. Casi todo el tiempo tenemos la carretera para nosotros. Me siento y me recargo en la orilla de la camioneta, mirando cómo la tierra cambia de color: de verde a gris y de gris a rojo.

Estados Unidos cambia cada vez que dejas de verlo.

Se extiende en todas direcciones.

No puedo creer que Utah se encuentre en el mismo país que Iowa. No puedo creer que pertenezcan al mismo planeta. Así es como me siento, como el primer hombre en Marte. En parte me alegra que Baz no esté aquí afuera conmigo para ver mi expresión bobalicona.

Además, hace mucho calor y hay mucha luz, lo cual le hace daño. Y el viento y la agitación constante de la camioneta son inmisericordes. Me siento medio cocinado y traqueteado a morir.

Me siento bien.

BAZ

Llevamos cuatro horas en el auto y Shepard dice que aún nos quedan por lo menos otras ocho. Bunce quiere hechizar la camioneta para que vaya más rápido, pero me preocupa que debamos guardar todas nuestras reservas de magia para cuando lleguemos a nuestro destino.

Shepard no cesa en sus intentos por extraer información, aunque sin éxito. Nunca en mi vida han logrado persuadirme y Bunce en particular parece haberle tomado un poco de odio.

No hay nada que hacer más que observar el paisaje, que cada vez se vuelve más deprimente. El verde no es verde en Estados Unidos. Hemos conducido a través de campos de todo tipo y ninguno está tan saturado como los que tenemos en casa.

En este preciso instante hay poco verde. El país entero se ha tornado seco y rojo.

Volteo para cerciorarme de que Simon se encuentra bien. Le di bloqueador solar...

No está ahí.

—Oríllate —tengo la mano prensada del brazo de Shepard—. Snow ha desaparecido.

Bunce voltea para revisar la parte trasera de la camioneta.

—¿A dónde se fue?

—Debió haberse caído —digo—. Date la vuelta.

Penny se desabrocha el cinturón y baja la ventana, sacando una parte del cuerpo para echar un vistazo.

—¡Simon está bien! —grita Shepard—. ¡Métete a la camioneta! —me da un codazo—. Bunce se va a caer.

Sujeto a Bunce de la cintura.

—Su amigo está ahí —dice Shepard, señalando a través del parabrisas delantero—. Está volando.

Diviso su sombra en el pavimento frente a nosotros: Simon, con las alas extendidas y la cola en forma de flecha estirada tras de él.

—Ese lunático —susurro.

40
PENELOPE

—Aquí es en donde voy a requerir de su ayuda —dice Shepard.

—¿Aquí? —pregunto, confundida—. ¿Por qué?

Tengo que inclinarme y rodear a Baz para discutir con el Normal, algo que se vuelve cada vez más fastidioso. Llevamos por lo menos once horas en la camioneta. Simon ha viajado en la parte trasera —o por encima de nuestras cabezas—, expuesto al desierto durante todo este tiempo. Lo he saturado de hechizos protectores y sé que Baz también lo ha hecho; no obstante, se está volviendo excesivo. Quiero salvar a Agatha, pero no a costa de freír a Simon.

Supongo que tenía buena pinta en nuestra última parada. De hecho, se veía peligrosamente estimulado.

—¡No puedo creer que estemos tan cerca del Gran Cañón y que no hagamos una parada! —se lamentó—. ¡Y la ruta 66! ¡Y el árbol de Joshua!

—También hay árboles en Inglaterra, Snow —dijo Baz—. Espabílate.

A Baz le ha ido mucho mejor en esta parte del viaje, con un techo sobre su cabeza. La ceniza negra que tenía en la nariz ha desaparecido casi por completo, aunque para mi gusto todavía se ve un poco gris.

Bebió una serpiente después de la comida, lo cual lo dejó un poco agrio e irritable.

—Aquí tienes —dijo Shepard cuando Baz regresó a la camioneta—. Una serpiente para desayunar, otra para comer y una buena cena.

Lo ignoré. He tratado de ignorar al Normal lo más posible. Le hemos dicho que puede permanecer con nosotros y ayudarnos, pero no le prometimos ninguna explicación, ni entretenimiento.

Sin embargo, nunca deja de intentarlo. Nunca deja de *hablar*.

Cuando no respondemos sus preguntas sobre nuestras familias, nos habla sobre la suya. Su madre es maestra; su hermana mayor, periodista. Sus padres están divorciados y su padre, un sobrecargo, vive en Atlanta, y eso está bien porque significa que tiene un lugar cálido que visitar durante la época navideña y a veces puede volar gratis, y por el amor de la magia; incluso sé que jugó futbol americano en la primaria, aunque ahora prefiere involucrarse en los juegos de rol. Ningún detalle le parece lo bastante insignificante como para obviarlo.

El tema que *más* le apasiona es la magia. Es casi como si creyera que si nos cuenta sobre todas las criaturas mágicas que ha conocido, nos sentiremos tentados a responderle con relatos similares.

Pero no es así. Además, los hechiceros no fraternizan con otros seres mágicos, ni siquiera los buenos. Compartimos aula con algunos duendecillos y brownies, había un centauro en la generación arriba de nosotros; sin embargo, todos eran hechiceros, al menos en *parte*. (¿Cómo puede un hechicero enamorarse de un centauro? ¿Qué pueden tener en común?) ("La parte de arriba", decía Simon cuando intentaba discutir este tema con él.)

Sin embargo, Shepard nunca ha conocido a una criatura mágica con la cual no haya entablado una amistad. Si es que se le puede creer.

—Claro que *no* te has ido de mochilero con un pie grande —dije luego de cinco o seis horas de escuchar tonterías de este tipo.

—Bueno, como te dije, él no lleva mochila. Tiene una especie de morral donde guarda un peine y un cuchillo de trinchar. Le di mi cepillo de dientes y estaba feliz como una lombriz. Debo visitarlo pronto y llevarle otro cepillo de dientes...

—¿Cómo es posible que tengas *tiempo* para embarcarte en todas estas aventuras? No eres mucho mayor que nosotros. ¿Qué no vas a la universidad?

—Tengo veintidós. ¿Ustedes cuántos años tienen?

—Eso no te incumbe.

—Muy bien, bueno, pues pospuse la escuela por un rato. Regresaré cuando sepa qué quiero estudiar. Mientras tanto, el camino es mi maestro.

—El camino. Apostaría a que el camino es tu distracción. Aprenderías más *del* mundo si supieras más *sobre* el mundo.

—Ja, eso es lo que dice mi mamá.

—Es claro que tu mamá es más lista que tú.

—Sin duda. ¿Cómo es tu mamá?

—Pfft.

Estamos en Arizona, creo, en un camino oscuro. Nos hemos mantenido fuera de la carretera principal, aunque siempre rodeados de pueblos y sus habitantes.

—Lo que estamos a punto de hacer —dice el Normal— no es del todo legal.

—Pensé que eras el señor Ley y Orden.

—Soy el señor No Hurto Autos, Contrabandeo Dinero ni Cometo Otros Actos de Robo a Gran Escala. Pero esto no le hará daño a nadie. Necesitamos entrar para ver a mi amiga; el problema es que ya no es hora de visita...

—Sólo dinos qué necesitas —interviene Baz.

—Unos cuantos ¡Ábrete, Sésamo! bastarán.

—Ajjj —me quejo—. No nombres ningún hechizo. No deberías *conocer* ningún hechizo.

—¡Escuché cuando lo usaste en el motel! Además, todo mundo sabe que ¡Ábrete, Sésamo! es un hechizo. Es probable que sea un hechizo *porque* todos lo conocen. ¿Alguna vez has pensado en eso?

Escondo el rostro y quiero cubrirme los oídos.

—¿*Quién* te explicó la naturaleza de nuestra magia? Por favor, dímelo para asegurarme de que sea enjuiciado por un tribunal internacional.

No existe tal cosa como un tribunal internacional, pero me gusta la idea de contrariar a Shepard con información falsa.

—Basta —dice Baz—. Sólo apresúrate. No tenemos tiempo para discutir.

Nos incorporamos a una carretera más grande, siguiendo varios letreros que apuntan hacia la presa Hoover. Creo que he escuchado hablar de ella.

Miro por la ventana trasera. Simon está sentado con la espalda recargada en la cabina de la camioneta. Parece disfrutar hasta el más mínimo detalle de este viaje. (Con excepción de las ocasiones en que casi morimos.) (Y, honestamente, también pareció disfrutar esas partes.)

—Tal vez podrías ocultarnos un poco —dice Shepard—. Hay cámaras.

Baz lanza el hechizo ¡A *través de un espejo oscuro!* sobre la camioneta.

Shepard asiente.

—Genial. Ahora esas rejas...

—¡*Ábrete, Sésamo!* —digo. Me sale con un tono plano y sarcástico, por lo que tengo que lanzar el hechizo otra vez.

—Puede que haya guardias —dice Shepard a la vez que la oscuridad que se despliega frente a nosotros lo obliga a entrecerrar los ojos.

—Yo me encargaré de ello —Baz está en modo profesional—. ¿Debería hechizarlos para que duerman?

—Por Dios —Shepard estira el brazo frente a Baz—. No quiero que nadie se quede dormido por accidente sobre su panel de control y destruya la presa...

—Dudo mucho que exista un botón con la leyenda DES-TRUIR LA PRESA —digo.

Baz se impacienta cada vez más.

—Yo me encargaré de ello.

Nos estacionamos y Simon brinca a un costado de la camioneta.

—¿Cuál es el plan? ¿Vamos a visitar la presa? ¡Genial! ¿Nos colamos?

Baz tira de la playera de Simon y lo jala hacia él, inspeccionando si existe algún daño.

—¿Te encuentras bien? ¿Tienes sed? ¿Estás a punto de morir por congelación?

—Estoy bien —dice Simon—. Deberías viajar allá atrás conmigo cuando nos vayamos. Ahora que el sol se ha puesto. Nunca has visto tantas estrellas.

Simon abre sus alas como si se estirara. Baz le quita un poco de polvo de los hombros a Snow. Baz luce tímido, como si no estuviera seguro de permitirse tanta ternura. Es difícil de mirar, así que volteo a ver a Shepard. Él también los observa. Le doy un golpecito en el brazo.

—Entonces, ¿cuál es el plan?

Shepard toma una botella de agua de la parte trasera de la camioneta.

—Mi amiga vive en el agua —dice—. Bueno, más o menos. Sólo tenemos que caminar hacia la presa y ver si tiene ánimos de hablar.

—¿Así que la vida de Agatha depende de que alguien quiera hablar contigo? Excelente.

—Para tu fortuna, la mayoría de la gente disfruta hablar conmigo. Tú eres una excepción notable.

Seguimos un camino para salir a la presa.

Baz y yo nos aseguramos de que los guardias no adviertan nuestra presencia, con una combinación de *A través de un espejo...* y *No hay nada que ver aquí.*

Shepard observa todos nuestros movimientos. Estoy segura de que, en cuanto tenga oportunidad, escribirá todos los hechizos en uno de los cuadernos que tiene apilados sobre el tablero de la camioneta. Bueno... aunque nunca prometimos no destruir cualquier tipo de evidencia.

Simon vuela detrás de nosotros. Creo que disfruta tener sus alas al descubierto. Cuando volvamos a casa, tenemos que encontrar una forma para que Snow ejercite sus alas. (Si es que no nos refunden en una prisión mágica.) (Aunque si nos mandan a una cárcel *mágica*, al menos Simon no tendrá que ocultar sus alas.)

La presa es enorme —y muy hermosa—, una pared curveada de concreto que contiene al río. Cuando llegamos a la mitad de la pared, Shepard se inclina pronunciadamente sobre el agua. Si me importara, lo jalaría hacia atrás. La caída sería larga desde aquí: el río debe de estar en un punto bajo. Se puede apreciar la línea del agua en la roca alrededor del depósito, como un aro alrededor de una tina.

—Azul... —dice Shepard en voz baja. Voltea la botella de agua por encima del barandal y derrama un poco de líquido. Nada le responde de inmediato.

Él sigue inclinándose sobre la pared, vaciando la botella.

—*Azul...*

Se escucha un sonido parecido a una ola, una voz estruendosa y barrida.

—Shhhhep —dice la voz.

Un pilar de agua se alza frente a nosotros. Doy un salto hacia atrás. Simon me pone una mano sobre el hombro para estabilizarme. Ha aterrizado.

El agua cae.

Otros chorros de agua brotan y luego caen.

Acto seguido, se alza una columna de agua más grande y se mantiene. Por un momento, parece adoptar la forma de una mujer. Como una escultura de hielo que se derrite.

—Shhabe a pláshtico —retumba la voz. Es un estruendo femenino.

—Lo sé —dice Shepard—, lo siento.

Una mano en forma de arroyo se estira para tocarle la mejilla.

—Manto Acuífffero de Ogallala —balbucea, acariciándolo—. Nieve de lash montañash rocosash.

—Sí —dice Shepard—. Estoy haciendo un viaje en carretera.

—Más bien es una misión de rescate —digo.

El agua voltea a verme, luego retrocede. Se aleja.

—Exshtrañossh —dice el agua. Dice ella. Se agita.

—Amigos —dice Shepard.

—Confíasssh demasiado en la gentesh, Shhep.

—Tal vez —dice él—. Pero suelo ser bueno para juzgar el carácter de la gente.

—Magoshshhhh —dice ella—. Peligrrro. Déjame llevármelosh, tú mantente a shhhalvo.

El nivel del agua se eleva cada vez más en el depósito. La columna se ensancha, adoptando con mayor determinación la forma de una mujer. Resisto el impulso de lanzar un hechizo. Simon me da un apretón en el hombro.

—¡No desean hacernos daño! —insiste Shepard—. Buscan a su amiga. Creemos que ha sido secuestrada por vampiros.

El agua —¿se tratará de algún espíritu de río? ¿O será el río mismo?— sisea.

—Mala compañía —dice y nos salpica.

Mis zapatos y calcetines se empapan al instante.

—Lo peor —dice Shepard—. Creemos que está con los Sangre Futura.

Todo el lago se perturba. Podemos escuchar cómo golpea el concreto.

—Pensamos que quizá tú podrías decirnos dónde están —dice Shepard—. *Tú* estás en todas partes.

—Ya no lo eshhhtoy —solloza—. Estoy presha y dishhhminuida y perdida en la neblina.

—Para mí —dice Shepard—, aún eres maravillosa.

El agua le revolotea en la cara. Emite un sonido parecido a un *Psssssht*.

Shepard se asoma más allá, tan lejos que sus pies se despegan del piso. Le escurre agua del rostro y el cabello.

—Los Sangre Nueva saben deshhtilados —retumba—. A químicoshh, shuplementoshhh vitamínicos.

Me impaciento cada vez más.

—¿Dónde están?

Me empapa a modo de respuesta.

Shepard me lanza una mirada que dice "cállate". Vaya, *ahora* sí quiere que guarde silencio.

—Agradeceríamos mucho tu ayuda —dice, suplicante.

—Al oeshhhte —dice ella.

—¿Sólo al oeste?

—En las coshtashhh. Agua shalada. Irrigashhión. Camposshhh de golf.

—Eso podría ser en cualquier parte de California —se dice Shepard a sí mismo.

—A vecesh los detecto máshhh sherca.

—¿Sí?

—Vegashh.

—¿Se están mezclando con los otros? Eso no puede ser.

El agua parece encogerse de hombroshh. Digo, hombros.

—Todos encuentran shhhu camino al Katherrrine tarde o temprano.

—El Katherine —dice Shepard—. ¿Te refieres al hotel?

—No —sacude la cabeza de un lado al otro, salpicando agua por todas partes—. Peligrrro. Deberíash dejarlosh ir shhholos.

—Azul, he prometido ayudarlos.

—Ereshhh demashiado shhhervicial.

—Eso me recuerda —sonríe y se desliza hacia el suelo, quitándose la mochila—. Te traigo algunas buenas noticias —saca una novela—. Ésta me gustó. Es un poco triste, aunque tiene buenos chistes.

—¿Es ficcshhhión?

—Por supuesto —dice, y arroja el libro al agua. Vuelve a hurgar en su mochila—. Ésta se toma demasiado en serio, aunque sé que te encantan las novelas de vaqueros —lanza otro libro por encima del barandal—. Hubiera traído más, pero no sabía que vendría. Aunque sí conseguí esto en el camino —levanta un radio—. A prueba de agua.

—No exishhte tal cosha —dice, goteando.

—Bueno, resistente al agua —dice él, echándolo a la presa. El agua brota para atraparlo—. Regresaré en cuanto pueda para cambiarle las baterías.

—Graciashhhep. Eresh un buen ammigo.

Simon deambula por los alrededores ahora que obtuvimos tanta información como nos fue posible sobre Agatha. Agita sus alas para ver más allá del barandal.

Una pared de agua se eleva frente a él y la silueta de la mujer parece caminar a través de ella, estirándose para alcanzar la barbilla de Simon.

—Yo te conozco —dice, embadurnándolo.

Simon aterriza en el pavimento y permanece quieto.

—Tú fuishhhte el deshhhagüe.

Simon asiente.

—Sí... Lo siento. ¿Me llevé tu magia?

—No la mía. La del munnndo, ¿comprendeshhh?

—Lo siento —dice Simon otra vez—. No lo sabía.

Le alisa el cabello, mojándolo.

—Shhtábien —burbujea—. La devolviste. Y mucho máshhh.

Inclina la cabeza y deja que su mano repose sobre él.

Baz y yo estamos estupefactos. Al igual que el guardia de seguridad que está a unos cuantos metros de nosotros.

Levanto mi amatista.

—*¡Éstos no son los androides que buscabas!*

—Éstos no son los androides que buscaba —dice el hombre, dándose media vuelta—. ¿Por qué buscaba androides...?

—Debemos irnos —dice Baz. Alza la mirada para observar el río—. Gracias.

—No fue de mucha ayuda —murmuro.

Baz me da un codazo.

El agua ha vuelto a donde está Shepard para despedirse. Él le promete que regresará tan pronto como pueda. A visitar sus cabeceras de cuenca en la elevación del paso La Poudre.

—Shhhep —le implora—, ¿no podrías destruir la presa porrr mí?

—No en esta ocasión —dice—. Aunque seguiré considerándolo.

—Sería mejorr para todoshhh.

—Para todos menos para mí —dice él—. Pero es una de mis metas a largo plazo.

—¡Eso sería un acto terrorista! —digo.

—Liberrrashhhión —el río discrepa.

—Que la magia nos salve de los radicales libres —digo y me escucho, muy a mi pesar, igualita a mi madre.

41

BAZ

A veces la audacia de Bunce no es sino arrogancia. Sermonea a Shepard todo el camino de regreso a la camioneta. Como si no hubiera forma de que los guardias se dieran cuenta de nuestra magia y como si el río no pudiera cambiar de parecer y arrastrarnos de la cima de la presa.

—¿Por qué arrojaste basura al agua? —pregunta Bunce a todo volumen.

—Porque Azul se aburre —dice Shepard—. La gente solía arrojarle muchas cosas. Periódicos, cajas de cerillos, papeles de divorcio. Ahora lo único que recibe son residuos químicos y iPhones que se rompen en cuanto hacen contacto con ella.

—¿Cómo es que uno llega a *conocer* a un río?

—Al presentarse.

—No me digas, *Shep*.

Simon vuela por encima de nosotros, aprovechando la ventaja de ser imperceptible.

—Deberías volar más a menudo —le digo en cuanto aterriza cerca de la camioneta.

—Claro —dice—. Subir por la calle Regent a través de Picadilly Circus.

—Podríamos ir al campo. La finca familiar aún está ahí.

—Seguro aparecería en las imágenes de Google Maps...

—Te hechizaría antes de llegar.

Simon se encoge de hombros.

Penny espera a que me suba a la cabina de la camioneta.

—Anda, Baz. Vámonos.

Simon me toma del codo.

—Vente conmigo en la parte de atrás —dice a la vez que fija la mirada en el punto donde su mano toca mi brazo—. Hay estrellas.

Su cabello mojado y rizado cuelga entre nosotros. Me inclino hacia delante y topo su cabeza con la mía.

—Sí —digo—. Está bien.

No puedo verlo sonreír, pero creo que lo hace.

Se sube a la parte trasera de la camioneta y yo lo sigo. Penny suspira y se sube a la cabina. Tendrá que discutir con Shepard sin inclinarse sobre mí. (No me preocupa su seguridad; he bombardeado al Normal con tres hechizos de intención; no busca hacernos daño, al menos de forma directa.)

Hay un saco de dormir extendido aquí atrás; Simon se recuesta sobre él y me deja un espacio libre. Aún estoy acuclillado, mirando a mi alrededor. La camioneta arranca y pierdo el equilibrio.

—Ven aquí —dice Simon.

En verdad odio viajar en esta parte de la camioneta. Me siento como una tacita de té abandonada encima de un auto en movimiento.

—Esto es muy peligroso —digo mientras me hinco—. ¿Y si caemos en un bache?

—Estarás bien, eres de Kevlar.

—¿Qué hay de ti?

—Tengo alas.

Bajo la mirada para observarlo. La camioneta ha aumentado la velocidad.

—Baz —dice, alargando una mano hacia mí—. Ven aquí.

SIMON

Ven aquí.
   Anda.
   Por favor.
   Danos esto.

BAZ

Me recuesto junto a Simon y desliza su brazo izquierdo debajo de mi cintura. El piso de la camioneta está duro y resentimos cada pedazo de grava que hace contacto con los neumáticos, pero es mejor estar recostado y dejar que el viento pase encima y no a través de ti.

Aunque el día fue bochornoso, ahora está fresco, casi frío. Simon me aprieta con más fuerza. No emite tanto calor como antes. (Literalmente. Es un motor de combustión menos combustible.) Pero, Crowley, su temperatura aún es cálida.

Evito pensar en cuánto tiempo ha pasado desde la última vez que lo sentí así. Recostado sobre mí, desde el hombro hasta la rodilla. Tengo miedo de aferrarme a él. Haré lo que hice en un principio para alejarlo.

Señala el cielo que se cierne sobre nosotros, oscuro como una boca de lobo aquí en el desierto y lleno de estrellas titilantes. *Puedo verlas, Snow, no estoy ciego.*

Cuando suelta el brazo derecho, también me abraza con él. Cierro los ojos.

¿Qué es esto? ¿Por qué me permite acercarme tanto?

¿Se trata de un cambio real? ¿O más bien de una excepción de medianoche a la mitad del desierto?

¿Tengo permiso de abrazarlo cuando estamos huyendo?

SIMON

Por fin siento las manos de Baz sobre mí. Suben por la parte trasera de mi playera. Una sensación familiar y helada.

Nunca pensarías que podrías desear a alguien frío, que todo el tiempo intentarías acercarte más a causa de ello. Pero Baz es el tipo de frío que deseo cubrir.

(Siento sus manos ligeras como plumas sobre mi espalda. Ligeras como plumas y totalmente congeladas.)

Quiero calentarlo con mis manos. Con mi temperatura, mi mejilla, mi estómago.

Abro las alas para envolvernos a ambos y lo presiono sobre la cabina de la camioneta.

¿Cuándo fue la última vez...?

No. No pienses en la última vez.

No pienses que podría ser ahora.

No pienses.

Estoy empapado por nuestro encuentro con el espíritu de río. Mi nariz tiene la misma temperatura que la barbilla de Baz.

Acerco mi rostro al suyo, suspendido encima de él.

Éste es el punto, la proximidad, donde suelo alejarme.

—¿Puedo? —digo, acercándome cada vez más.

No estoy seguro de que pueda escucharme por encima de todo el ruido.

BAZ

Tiene el cabello pegajoso y lleno de polvo. El rostro frío y húmedo. Es muy torpe para estas cosas. Me golpea con el pecho y con el hombro y presiona mi cabeza contra el piso de metal de la camioneta.

Toco a Simon Snow como si estuviera hecho de cristal. Como si fuera a explotar si conecto los cables incorrectos.

Él me toca como si no pudiera decidirse entre empujarme o jalarme, y hace las dos cosas al mismo tiempo.

Yo voy a donde él quiere. Tomo lo que puedo.

—¿Puedo? —me pregunta.

¿Puedes qué, Simon? ¿Besarme? ¿Matarme? ¿Romperme el corazón?

Lo toco como si estuviera hecho de alas de mariposa.

—No tienes que pedir permiso —digo con el volumen suficiente para que pueda escucharme por encima de todo el ruido.

SIMON

Labios fríos, boca fría.

Nunca he escuchado el latido del corazón de Baz.

Y me he recostado toda la noche con la cabeza sobre su pecho.

BAZ

Lo que más me gusta de besar a Simon cuando está frío es la forma en que comienza a calentarse bajo mi tacto. Como si *yo* fuera la fogata viviente. Como si yo fuera quien está vivo. Se calienta en mis brazos y yo en los suyos. Me devuelve todo.

SIMON

Le daría todo lo que soy.

Le daría todo lo que solía ser.

Me abriría una vena.

Ataría nuestros corazones, cámara por cámara.

BAZ

Es bueno, es bueno, es muy bueno.

Y me resisto a la tentación de exigir una explicación.

¿Por qué ahora? ¿Cuál es la clave? ¿Cómo puedo volver aquí mañana? Prométeme que me dejarás entrar otra vez.

A veces, Simon me besa como si fuera el fin del mundo. Y me preocupa pensar que en efecto lo crea.

La camioneta se detiene demasiado pronto. Shepard no quiere llegar a Las Vegas de noche.

—Es más probable que pasemos desapercibidos de día —dice.

Se orilla en un área para acampar y los cuatro nos recostamos a dormir en la parte trasera de la camioneta, Penny entre

Simon y yo por cuestiones de seguridad. Sólo hay un saco para dormir, pero lanzo un hechizo para suavizar la camioneta.

—¡Amortigua el golpe!

Shepard no puede superarlo. No para de brincar de arriba abajo como niño en brincolín.

—Entonces —dice Bunce—, ¿qué sabes sobre este hotel al cual nos dirigimos?

—¿El Katherine? —pregunta—. Es uno de los hoteles de vampiros. El más antiguo, creo. Las fiestas son famosas —todas las noches en la suite del penthouse.

—¿Hay hoteles de vampiros? —pregunta Simon.

—Hay muchas cosas de vampiros en Las Vegas —dice Shepard—. Seguro hay tintorerías de vampiros. Taxis de vampiros. Contadores públicos de vampiros...

—Dijiste que nunca habías conocido a un vampiro —apunto.

—Hasta ahora.

—Entonces, ¿cómo sabes dónde se divierten?

—Conozco gente que sabe —dice Shepard—. Bueno, no es exactamente *gente*...

Bunce resopla.

—¿Así que la idea es colarnos en una fiesta vampírica, atacarlos con tu encanto y esperar que funcione? "Hola, soy Shepard y sólo quiero ser su amigo. Por favor, cuéntenme todos sus secretos vampíricos."

—No, por Dios —dice Shepard—. Me dejarían sin una gota de sangre. Además, los vampiros son conocidos por ser reservados. Sólo se juntan con los de su especie.

—¿Entonces? —pregunta Bunce.

—Entonces no voy a hacer nada de eso. Pero Baz sí.

42
AGATHA

Estoy despierta. No sé si sigo en mi habitación.

Creo que espero a Braden.

Ayer entró al cuarto mientras desayunaba y parecía tan feliz de verme que no pude evitar sonreírle. Por un momento me sentí sumamente ridícula. ¿De qué me preocupaba? Me habían dado mi propia habitación en un retiro de lujo. Me cortejaba el tipo de hombre que aparece en la revista *Vanity Fair* en la sección de "Celebridades".

Se sentó en mi cama.

—Buenos días.

—Buenos días —dije—. ¿Qué tenemos en la agenda hoy? Creo que Ginger y yo planeábamos meditar. O tal vez mediar... Estoy abierta a ambas cosas.

—Agatha... —dijo Braden—. Quiero *hablar* contigo en serio.

—¿Qué no hemos estado hablando en serio? Siento que hemos hablado muchísimo.

—Quiero ser honesto —soltó.

Resistí con heroísmo el impulso de poner los ojos en blanco.

—Claro.

—Agatha, eres un espécimen perfecto.

—Braden, sé que trabajas en el sector salud, pero a las chicas les disgusta que se refieran a ellas como "especímenes".

Se rio.

—Eres muy graciosa.

—Pensé que estábamos siendo honestos.

Se rio con más fuerza y me tomó de la mano.

—Agatha... Sé lo que eres.

Aún sonreía.

No moví ni un solo músculo del rostro.

—Te dije todo lo que soy.

—Por favor —su voz era gentil—. Puedes dejar de fingir. No existen secretos entre nosotros.

Por supuesto que *existen*, maldita sea.

Esperé a que ahondara en el asunto.

—Te vi —dijo—. En la biblioteca. Te vi encender el cigarro.

—Pensé que me habías perdonado por fumar dentro de la casa.

Su sonrisa titubeó por primera vez.

—Agatha, *por favor*. En serio pensé que podíamos hacer esto; que podíamos *tener* esta conversación.

Sonreí igual que lo hace mi madre cuando no quiere escuchar algo. Es la expresión que mostró cuando le dije que no quería asistir a Watford y cuando le pedí otro caballo.

—*Agatha*.

—Braden...

—Sé que tienes la mutación.

—¿La mutación?

—Debe de ser la mutación —dijo—. Hemos descartado toda enfermedad contagiosa.

En verdad no sabía a qué diablos se refería.

—¡Sé que puedes hacer magia!

Existe un protocolo para esto. Comienza por la evasión. Luego viene la negación.

—No sé a qué te refieres...

—¡Lo tenemos en video, Agatha! No sé qué hechizo lanzaste; apenas si moviste los labios. ¿Eso es algo que te enseñaron?

Después viene la huida. Me puse de pie y me dirigí hacia la puerta.

—Estás siendo ridículo —eso también es algo que diría mi madre—. Tengo que reunirme con Ginger. ¿Quieres acompañarme?

Me estiré para alcanzar el picaporte, pero no cedió.

Evita, niega, huye, *pelea*.

—Braden, ¿qué significa todo esto?

Él también se puso de pie, arrinconándome contra la puerta.

—No tienes que mantener esto en secreto, al menos no conmigo. Sé sobre ti. Sé sobre los de tu clase.

¿Qué opciones me quedaban? No tenía mi varita. Supongo que podía haber provocado un pequeño incendio en la palma de mi mano, pero entonces él obtendría la prueba que buscaba. Y un encendedor Bic no iba a sacarme de este problema.

—Esto es totalmente inaceptable —dije—. Soy una invitada en tu hogar y exijo que se me trate como tal.

—¡Puedes hablar conmigo, Agatha! —de alguna manera seguía sonriendo—. Ambos somos parte de la siguiente fase de la humanidad.

—¿La siguiente fase de la humanidad? Braden, soy estudiante de primer año en la Universidad Estatal de San Diego. Es probable que ni siquiera logre entrar a la escuela de veterinaria. Soy...

—Deja. De. *Mentirme* —dijo, casi alzando la voz—. Pensé que podíamos hacer esto juntos. Pensé que querrías que hiciéramos esto juntos. Viniste aquí por voluntad propia; *quieres* subir de nivel. Quieres más de la vida.

—No. No quiero eso. Sólo estaba siendo una buena amiga.

—Has llegado a conocernos, sabes que estamos aquí para evolucionar. Estamos haciendo avanzar a la humanidad.

—Maldita sea, Braden, eres adinerado y muy bueno en Ashtanga...

—¡Somos la siguiente fase de la vida humana! —gruñó, mostrándome los dientes. No, sus... colmillos.

Contuve la respiración.

—¡Estamos venciendo todos los obstáculos, Agatha! ¡Ya hemos conquistado la enfermedad y el deterioro, y próximamente lograremos lo imposible!

Caminé junto a él y me senté en la cama con delicadeza.

Él me siguió y se paró frente a mí, mientras despotricaba:

—Sabemos de la existencia de tu gente. Ahora mismo estamos mapeando su genoma. *En estos laboratorios.* Estoy construyendo un complejo para realizar más investigación. Sabemos sobre sus varitas y sus hechizos; *Varitas y piedras,* ¿cierto? ¿Ése es uno? Y ¿*Libre al fin*?

Crucé las manos sobre mi regazo.

—Pronto lo sabremos todo y tú podrías ayudarnos; podrías hacer todo mucho más eficiente. Y también sería benéfico para ti. Serías una de nosotros. Fuerte. Sana. Eterna.

Fijé mi mirada en la pared.

—Si ya terminaste...

—Agatha.

—Si ya terminaste, creo que me gustaría...

—Es una invitación. Pero no es una solicitud.

—Ginger me está buscando.

Entonces me tocó el brazo. Probablemente con una de sus agujas infinitesimales.

—Espero que lo consideres —dijo.

Para cuando terminó la frase, sentí pesadez en la cabeza.

Sin embargo, ahora estoy despierta. Tengo los ojos abiertos.

No puedo abrir la boca.

No recuerdo bien por qué.

Creo que espero a Braden.

43

SIMON

Baz está parado frente a un espejo de cuerpo entero y viste —lo juro por Merlín— un traje floreado. Está hecho de un material resbaladizo de color azul oscuro con rosas rojas como la sangre. También trae puesta una camisa blanca. No, *rosa* claro. ¿Cuándo empezó a usar todas esas flores? ¿Cuándo le creció tanto el cabello? Usó alguna crema para formar rizos negros que le cuelgan por encima del cuello de la camisa.

—Debes de estar bromeando —digo.

Arquea una ceja a través del espejo.

—Está perfecto —dice Shepard—. Los vampiros siempre se visten de forma *muy* extravagante.

Baz desvía su mirada fulminante y la fija en Shepard.

—No, está perfecto porque es perfecto.

Si Shepard viera la casa de Baz, sabría que no sólo los vampiros viven la vida gótica; también lo hacen los hechiceros estúpidamente ricos.

Desde que entramos a este hotel, Baz no ha parpadeado ni una sola vez. La temática parece ser: ¿Qué pasaría si Drácula inaugurara un hotel y no le importara quién supiera su verdadera identidad?

Todo es de color negro. Las paredes, los muebles. Todo excepto la alfombra, que es del mismo tono que un vino tinto derramado. O más bien, de sangre derramada.

Penny entró y casi abandona el lugar de inmediato: el adorno central del vestíbulo consiste en un puñado de jaulas colgantes para pájaros. Al menos una docena de ellas pintada de negro y *sólo* alberga aves negras en su interior. Loros negros y, no sé, cacatúas negras o algo similar.

—¿Crees que las *tiñan*? —preguntó Penny mientras caminaba pegada a la pared para evitar acercarse a las jaulas. (Odia a las aves desde cuarto año, cuando el Humdrum envió a unos cuervos tras nosotros y trataron de sacarle los ojos a picotazos.)

Todos nos mantuvimos alejados de la recepción mientras Baz nos conseguía una habitación. No sé si tuvo que usar dinero o magia, o si los empleados simplemente lo reconocieron como uno de los suyos. Todos los que trabajan aquí tienen la tez pálida y son increíblemente guapos. Los hombres visten trajes de color negro y las mujeres usan vestidos de piel negra bordada con encaje. (Piel y encaje.) (¿Son vampiros? ¿Acaso todos son vampiros aquí? Quizá yo debería saberlo, pues he vivido con uno. Sin embargo, me tomó años estudiarlo a detalle para descifrarlo.)

Al menos nuestra suite es un poco más alegre. Es negra *casi* en su totalidad. Las paredes son del color de la nueva camisa de Baz (¿será que a los vampiros les gusta el rosa?) y las camas son grises. Todo lo que podría ser de piel lo es.

Llegamos esta mañana y pasamos el resto del día quitándonos arena del cabello, tomando siestas y pidiendo servicio de comida al cuarto. Baz salió un rato y regresó con su traje y una muda de ropa para Penny y para mí. Era el único a quien Shepard dejaba salir de la habitación.

—Las Vegas no puede ser un lugar *tan* peligroso —dice Penny—. Algunos de los hechiceros más famosos viven aquí —está acostada en una de las camas y trae puesto un hermoso vestido de verano color amarillo; Baz debería ayudarla a elegir su ropa más a menudo. (Y nunca debería escoger la mía. Me trajo una camisa con botones. Como si trabajara en un banco.) Penny suspira—. No puedo creer que vine hasta Las Vegas para perderme a Penn y Teller.

—Por favor —murmura Baz—. Son unos vendidos.

A Shepard se le ilumina la mirada.

—¿Penn y Teller?

Baz termina de ajustar los puños y el cuello de su camisa y se aleja del espejo. En verdad se ve perfecto. No entiendo cuál es el estilo extraño que busca emular —¿estrella pop gótica?—, pero le funciona.

Penelope se sienta en la cama con mirada seria.

—Bien, Basil, entonces aquí estaremos y escucharemos todo, y tu teléfono...

—Permanecerá en mi bolsillo, Bunce —dice Baz—. Te llamaré antes de irme. Podrás escuchar todo.

Está listo para hacer llamadas internacionales.

Pensar que estará solo en una habitación llena de vampiros me provoca escozor.

—Si empiezan a hacerte demasiadas preguntas... —dice Penny.

Shepard se hace cargo.

—Sé lo más honesto posible. *No eres de aquí, estás de vacaciones y escuchaste que había una fiesta.*

—En realidad... ése es un buen plan —dice Penny—. Y si no te creen...

—Les prendes fuego —intervengo— y nos largamos de aquí.

Baz me sonríe. Tiene la mirada suave. Creo que esa suavidad es un residuo de anoche. Del hechizo que lanzamos inintencionadamente en la parte trasera de la camioneta.

—Pensándolo bien —me paro entre él y la puerta—... ¿por qué no le prendemos fuego a este lugar y nos largamos de inmediato?

Baz baja las cejas, como si fuera incapaz de distinguir si hablo en serio.

—¿Qué hay de Agatha?

Creo que *sí* hablo en serio.

—Tal vez estos vampiros no sepan nada sobre Agatha. Podrías arriesgar tu vida por nada.

—Estaré bien, Snow. Ten un poco de fe en mí.

Otra vez se ajusta los puños de la camisa. (¿Cuál es el *punto* de tener puños si deben ajustarse todo el tiempo?) Luego saca su teléfono y marca un número.

El teléfono de Penny comienza a sonar. Oprime el botón de contestar sin decir nada.

Baz vuelve a meter el teléfono en el bolsillo de su saco. Camina alrededor de mí, abre la puerta y estira la mano: le doy la llave de la habitación.

Luego desaparece.

Penny coloca su brazo sobre mi hombro.

—Estará bien, Simon.

Me jala hacia una de las camas y coloca su teléfono justo en medio; está en altavoz.

Escuchamos cómo el teléfono de Baz se frota contra su bolsillo mientras camina...

Luego el silbido del elevador cuando llega a nuestro piso.

Puertas que se abren. Gente que conversa y se ríe.

Después de unos segundos, otro silbido y luego gente que desciende.

Luego escuchamos el elevador subir hasta el último piso del edificio.

—*Ten un poco de fe* —susurra Baz.

El elevador vuelve a emitir un silbido. Las puertas se abren.

Baz otra vez está en movimiento. El pasillo está en silencio.

Toca tres veces sobre algo sólido.

44

BAZ

Toco a la puerta. Lo cual al parecer fue un error porque la mujer que me recibe tiene el ceño fruncido. La saludo pero se inclina para olfatearme, luego se aleja y me indica con un ademán que entre. Supongo que paso su prueba.

Entro en la habitación. Es la suite del penthouse, mucho más grande que la nuestra, y está atestada de gente.

No son personas sino vampiros. Gente como yo. Me preocupaba vestirme demasiado elegante. Sin embargo, Shepard tenía razón: todos son un poco extravagantes. Los hombres de traje, las mujeres con vestido y capa. Todos cubiertos de joyas y cadenas de oro y plumas...

No se parece en nada al antro que Simon y yo visitamos en Londres. Esos vampiros trataban de pasar desapercibidos. Estos vampiros *desean* ser vistos, y admirados. No son especialmente bellos. (Aunque algunos sí lo son.) Ése es un mito, creo; la belleza vampírica. Lo que sí son es especialmente ricos. Y especialmente... difusos. Se mueven como aceite, como sombras. Como gatos.

¿Así me veo yo? ¿Como si careciera de contorno?

Todos beben, así que busco la barra y la encuentro pegada a la pared. Me sirvo un líquido dorado sólo para tener algo que hacer con las manos.

Le dije a Simon que estaría bien aquí y lo estaré. He asistido a cientos de fiestas de este tipo; las fiestas de mis padres. Sé cómo estar cerca de gente adinerada y fingir aburrimiento. Aunque estas personas no parecen aburrirse...

Algunas de ellas bailan. No hay pista de baile, sólo se con-
tonean dondequiera que se encuentren. Dos mujeres se besan
apasionadamente en uno de los asientos junto a la ventana.

También hay Normales. Al menos unos cuantos. Puedo
oler el latido de su corazón. Si Penelope y Simon estuvieran
aquí, eso sería todo; harían todo lo posible por salvar a los Normales.

Pero quiero salvar a Agatha.

Y quiero destruir a la gente de PresenteFutura antes de
que se apodere de todo. El dragón tenía razón, los vampiros no
deben aprender a Comunicar; nadie debería ser ambas cosas.

Me acerco a un grupo de cuatro o cinco personas para pre-
sentarme, pero se desbanda poco después de mi llegada. Me
quedo parado un momento mirando mi bebida, fingiendo que
esperaba que eso sucediera.

Una mujer muy hermosa —una chica de mi edad— pasa
delante de mí, se tropieza y ríe. Tiene una mancha de sangre
en el cuello y está descalza. Me arden las fosas nasales. Otros
vampiros interrumpen sus conversaciones para mirarla. Cuatro manos la sujetan de la cintura y la jalan hacia la multitud.

—Hola —alguien dice por encima de mi hombro.

Me alejo del aroma de la chica.

Es un hombre. Bueno, un vampiro. Como yo. Aunque no
es igualito a mí... Es más bajito, delgado y pálido. Le brillan los
ojos como si yo hubiera hecho algo para llamar su atención.

—¿Puedo traerte algo de beber? —pregunta.

Alzo mi copa, que aún está llena.

El vampiro inclina la cabeza y sonríe.

—No... eres de aquí, ¿verdad?

Trato de imitar su actitud.

—¿Acaso es tan obvio?

Sonríe, pero también hay un destello de algo más.

—Ahora lo es. ¿Londres?

—De Hampshire.

—Lo conozco bien —estira la mano para estrechar la mía—. Lamb.

La tomo.

—Chaz —(Bunce sugirió que usara algo que sonara parecido a mi nombre real, para que respondiera al escucharlo.) Siento que tiene la mano fría, aunque en realidad no es así; está igual de fría que la mía. Me aclaro la garganta—. ¿Conoces Hampshire?

Finge angustia.

—¿Acaso llevo tanto tiempo lejos de Inglaterra que ahora paso por estadounidense?

—Lo siento mucho —le digo—. Retiro lo dicho.

A mí me parece totalmente estadounidense. O quizá quiero decir "totalmente vampírico", con su camisa color bígaro y su extravagante cabello castaño pasado de moda. Lo tiene cortado a la misma altura, suelto y brilloso, justo debajo de la punta de las orejas. Se aparta el cabello del rostro y vuelve a caer sedoso en el mismo sitio. Sin duda es uno de esos vampiros que contribuyen al mito de la belleza.

—Ya intuyo que serás bueno para mí, Chaz. Redondearás mis vocales, reforzarás mis letras *t*... ¿Qué te trae tan lejos de casa?

—Estoy aquí de vacaciones. Siempre quise visitar Las Vegas.

—Ése es un vuelo largo —dice Lamb—. ¿Llenaste tus botellas de champú con O negativa? ¿O entablaste una amistad íntima con la persona sentada junto a ti en el avión?

Me río, con la esperanza de que sus palabras sean broma, al menos en parte.

—Ayuné. Ayuda con el desfase del horario.

Para mi alivio, él también se ríe.

—Tú debiste emprender el mismo viaje —digo.

.—Así es. Aunque en aquel entonces era un viaje largo en barco —le da un trago a su bebida—. La próxima vez —asiente en dirección a la puerta— consigue una invitación antes de colarte a una fiesta. Ya sabes cómo somos, nadie aquí confía en un rostro nuevo. Y eres considerado "nuevo" durante al menos los primeros cien años...

—Es una pena que sólo me resten dos semanas antes de volver a casa —le doy un trago a mi bebida, primero para evitar quedarme boquiabierto (*¿Cien años? ¿Barcos? ¿Habrá venido a Estados Unidos en el* Titanic?) y luego para no vomitar (*¿Qué diablos estoy bebiendo, aceite para lámparas?*).

Digo, obviamente me he preguntado si los vampiros envejecen o si viven para siempre.

¿Cuántos años *tiene* este tal Lamb? Se ve mayor que yo; 30, tal vez 35. ¿Podría tener *ciento* treintaicinco?

Trato de equilibrarme. *Mantén el ambiente ligero y casual, Basilton.*

—Entonces, ¿por qué *decidiste* hablar conmigo? —le pregunto y mantengo la mirada fija en mi copa—. ¿Fue por lástima? ¿O es tu responsabilidad sacarme de aquí?

—Para nada —dice—. Aprecio un nuevo rostro...

Alzo la mirada para verlo a los ojos.

Él espera justo eso. Sonríe.

—Así que tienes dos semanas para saborear el famoso encanto de Las Vegas.

Asiento.

—En serio, Chaz, no sé por qué habrías de volver a casa. Yo nunca he vuelto.

—¿Las cosas están tan bien aquí?

—Lo están —gira la muñeca mientras observa cómo flota el hielo de su bebida y, de paso, también me contempla—. Pero me refería a que... las cosas están muy mal allá.

—¿Cuándo te fuiste?

Lamb sacude la cabeza. Su cabello la acompaña muy de cerca.

—Hace mucho tiempo, cuando los hechiceros apenas se organizaban, antes de que decidieran que nuestra especie no podía ser tolerada —se ve dolido—. Recuerdo haber escuchado, allá por la década de 1950, que no quedaba ni uno de nosotros en Reino Unido; que el viejo Pitch nos había desterrado como san Patricio cuando echó a las serpientes de Irlanda. Una cantidad considerable de británicos llegó a las costas en aquellos días. Conocí a un hombre de Liverpool que consiguió infiltrarse en una fragata y consumió a todos los miembros de la tripulación, uno por uno, a través del Atlántico.

Al fin me he quedado boquiabierto. Lo intento, pero no consigo cerrar la mandíbula.

Lamb se sacude el cabello de sus ojos azules.

—¡Imagina la disciplina y planeación que requirió eso; el manejo del tiempo!

—Bueno —digo—, pues ahora me siento mucho menos heroico respecto a mi viaje de ocho horas.

Es muy difícil ser gracioso cuando tu cabeza está a punto de explotar. "El viejo Pitch" es mi bisabuelo, debe de serlo. Nunca lo he conocido, pero...

—He escuchado que las cosas han mejorado desde entonces —dice Lamb—. Hoy recibimos más noticias. Ya sabes, con internet...

—Sí, ha mejorado un poco —digo.

Se acerca más a mí.

—No obstante, los hechiceros aún te tienen bajo su poder, ¿cierto? Las historias que escuchamos... —parece afectado—. Bares clandestinos, redadas, *incendios*.

—No está tan mal. Si mantienes la cabeza agachada.

Lamb parece triste por un momento, luego se acerca un poco más y alza la cabeza para mirarme a los ojos.

—Bueno, pues alza esa barbilla, amigo mío. Ahora estás en Estados Unidos.

Me río y lo utilizo como excusa para dar un paso atrás.

—¿Qué tan diferente puede ser?

Se ríe conmigo, luego retoma su postura erguida y sacude el brazo.

—Mira a tu alrededor. Las Vegas es *nuestra*. Además, encontrarás a nuestros hermanos y hermanas en todas las grandes ciudades de Estados Unidos.

—¿A los hechiceros no les importa?

—Nuestros hechiceros se enfocan en sí mismos. Podrían involucrarse de forma individual si comenzáramos a afectar las cifras demográficas. Sin embargo, este país es enorme y está lleno de Sangrantes. Francamente, los Sangrantes... ¿Ustedes aún los llaman Normales?

Asiento con la cabeza.

—Los Normales suponen una amenaza para ellos mismos. Aquí los hechiceros están más preocupados por las armas que por los vampiros —me mira a la cara otra vez—. ¿Estás seguro de que no tienes sed?

El rostro de Lamb es casi rosado, sus labios casi rojos. Debe de estar borracho.

—Actúas como si tuvieras sangre del grifo —digo en un tono ligero, gracias a Crowley—. ¿Acaso conservan a los Normales en el minibar?

—La *ciudad* entera es un minibar. Nunca imaginé algo así en el viejo país. Una ciudad para nosotros, Chaz, ¿puedes creerlo? ¡Una capital!

—¿Toda la ciudad?

Lamb asiente y el rostro le brilla de satisfacción.

—Aunque en general nos mantenemos en La Franja. ¿Por qué habríamos de irnos? Estos poco más de seis kilómetros están invadidos de turistas los trescientos sesenta y cinco días del

RAINBOW ROWELL

año. La mayoría *viene* a perder la cabeza y a hacer cosas terribles —despedidas de solteros, convenciones de ventas—, prácticamente proporcionamos un servicio.

—¿Y los locales no se dan cuenta? —pregunto.

—¿Darse cuenta de qué?

—De... los cuerpos.

—Si lo hacen, lo atribuyen a otras cosas. *Crimen organizado* —arquea las cejas—. *La crisis opioide.* Pero la mayoría de los vampiros es más cuidadosa. No hace falta dejar un cadáver cuando puedes dejar un cliente satisfecho, ¿sabes?

Debo de parecer confundido. (Lo estoy.) Lamb entrecierra los ojos.

—Chaz —me dice en tono de reprimenda—. Seguro en Londres no drenas a *todos* los Normales hasta matarlos.

Aún no entiendo a qué se refiere. ¿Acaso existe otra posibilidad? ¿Acaso estos vampiros pueden beber y detenerse? ¿Convierten a todos los que tocan?

Me encojo de hombros. Con naturalidad, espero.

—No podemos darnos el lujo de dejar testigos.

—No. Supongo que no pueden hacerlo...

Tiene la cara larga y la boca pequeña y fruncida. Luce atormentado.

—Lo siento —digo—. Te he ofendido.

—No —coloca su mano sobre mi brazo—. A veces olvido lo que es vivir con miedo y vergüenza. Hace tanto tiempo que no camino entre las sombras —me da un apretón—. Espero que pruebes un poco de libertad aquí, Chaz. Éste es un lugar en el que puedes regocijarte con lo que eres, sin miedo.

Enarca una ceja.

—¿Me acompañas a dar un paseo?

Si un vampiro te invita a un sitio más oscuro y desierto, nunca vayas. Ésa es una cuestión de sentido común...

... a menos que seas un vampiro.

¿Qué es lo peor que puede pasar? Supongo que Lamb podría asesinarme. Seguro conoce todas las formas de matar a un vampiro.

Pero necesito información y él es el único que está dispuesto a hablar conmigo.

El calor era insoportable cuando llegamos a Las Vegas esta mañana y el cielo era demasiado brillante, ni siquiera podía abrir ambos ojos al mismo tiempo. Sin embargo, ahora que el sol se ha puesto, la noche es cálida y placentera. Me siento cómodo en mi saco. Y Lamb parece estar bien con su traje color crema. Se ve más tranquilo de lo que yo jamás me he sentido al estar rodeado de Normales.

Me ofrece un recorrido privilegiado de La Franja, un vistazo a lo que sucede "tras bambalinas". Me señala cada casino, me cuenta qué solía estar ahí y qué lo remplazó. También menciona los puntos destacados. La arquitectura. La infamia.

—Muy bien, es más o menos por... aquí... —dice al tiempo que se detiene frente a otra gran fachada, ésta con una oscura piscina reflectante—. Algunas personas extrañan los viejos tiempos; antes de los turistas, el Cirque du Soleil y los chefs famosos. Ring-a-ding-ding, etcétera. Pero, para mí, Las Vegas mejora con el tiempo.

—¿Cuántos años llevas aquí? —pregunto.

—Desde el principio.

—¿Cuándo fue el principio?

—Mmm, ocho —dice—. Mil novecientos ocho. Me tomó casi trescientos años llegar aquí desde Virginia.

En su rostro se dibuja una amplia sonrisa.

Niego con la cabeza. Estoy seguro de que me veo tan perplejo como me siento.

—Pero eres tan...

Lamb se detiene. Tiene las manos metidas en los bolsillos de su pantalón y la cabeza inclinada. Con frecuencia me mira como si fuera algo que requiere examinación, y sonrisas.

—¿Soy tan qué, señor... cómo te apellidas?

No puedo revelarle mi apellido y soy incapaz de pensar en algo que rime.

—Watford —digo.

—Charles Watford. Hasta tu nombre me hace extrañar Inglaterra. Pero, prosigue, soy tan qué... ¿Impresionante? —sonríe—. ¿Culto?

"Vivo", pienso.

—Abierto —digo—. Sobre..., bueno, tu historia. Tú... —me encojo de hombros otra vez—. No me conoces.

—Sin embargo, sé lo que eres —dice—. Y tú sabes lo que soy. Tengo mucho que ocultar... pero eso no.

Asiento.

—Supongo que eso es verdad.

—Y *tú* tienes bastante que ocultar, Chaz. Eso es obvio. Pero *eso*... no.

Tiene razón. Le he dado un nombre ficticio e intenciones falsas; no obstante, conoce la verdad sobre mí. La verdad que incluso mi familia inmediata se rehúsa a aceptar.

—Sigo esperando que te des cuenta —dice.

—¿Darme cuenta de qué?

Me toma del hombro y me gira con suavidad en dirección al pavimento. Hay gente por todas partes aunque es bien pasada la medianoche. Todos vestidos con ropa para después de la medianoche. Todos un poco embriagados. Todos...

Cuando me doy cuenta, me quita el aliento.

Cada grupo de personas cuenta con un integrante que se mueve con demasiada fluidez, alguien cuyo rostro brilla con un color blanco aperlado bajo el efecto de las luces giratorias.

Con Normales. Sin Normales. En grupos de dos y tres. En su elemento. Un hombre me mira desde una camioneta Cadillac Escalade y me muestra una sonrisa incruenta.

Escucho la voz de Lamb justo detrás de mi oído.

—Nuestra ciudad —dice—. La tuya.

Volteo para mirarlo. Tiene los ojos abiertos como platos y con una chispa juguetona. Recarga la lengua detrás de sus dientes delanteros, como si esperara algo. Como si aún esperara que me percatara de algo.

De pronto, se escucha el sonido de un violín cálido y dulce a nuestro alrededor. Cien chorros de agua hacen erupción trás él. Y luego otros cien más. ¡Es magnífico!

Lamb observa el espectáculo en mi rostro. Se ríe de nuevo, con la misma facilidad y libertad que ha mostrado hasta ahora.

Bebemos malteadas y siento que me tambaleo un poco.

—¿Acaso este helado tiene alcohol?

—Todo tiene alcohol —dice Lamb—. Y eres el vampiro con menos aguante que he conocido en mi vida.

Se ríe tanto que empieza a hacer burbujas con el popote de su malteada.

Yo también comienzo a reírme, resbalándome de mi taburete. (Está cubierto de pelaje. Muy poco práctico.) Me caigo sobre el Normal que está sentado junto a mí. (Huele delicioso. Alimentado con leche.)

Lamb me toma del brazo.

—Anda, príncipe Charles, necesitas algo de beber.

Me saca de la heladería-bar a rastras, aunque en realidad no podría considerarse algo forzado porque estoy feliz de seguirlo adondequiera que vaya. Ésta es la mejor salida nocturna que he tenido en Estados Unidos.

Ésta es la mejor salida nocturna que he tenido *en la vida*.

En realidad no salgo mucho cuando estoy en casa. Simon y yo no lo hacemos. (Verán, sus alas... Además de que odio a la gente borracha.) (En verdad la odio. Si estuviera sobrio, me odiaría a mí mismo en este momento. ¡Qué patético!)

Lamb me toma de la mano. Y sujeta a otro hombre de la mano. Un tipo Normal que trae puesta una gorra con temática de hockey y un jersey de futbol americano. También está borracho —¡qué patético!— y todos bailamos. Hay música en todas partes a lo largo de La Franja. El exterior se siente como el interior. Lleno de luces como un salón de baile, con bocinas escondidas entre los árboles.

La canción versa sobre un lugar llamado Margaritaville. Nunca he probado una margarita. Debería beber una dentro de una malteada. Lamb nos jala, al hombre y a mí, a un rincón parecido a un callejón entre dos bares. El Normal lucha durante unos segundos; luego, Lamb abre la boca —que ahora es todo menos pequeña— para morderle la garganta.

El cuello del hombre se vuelve flácido. La cabeza se le inclina hacia atrás, lo cual provoca que su gorra caiga al piso. Los ojos de inmediato se le ponen vidriosos. He visto esa mirada antes... en un venado.

Lamb da varios tragos profundos. Aún me sostiene de la mano.

—Chaz —dice, luego de hacer una pausa para respirar—, anda.

Me acerca más a él, mientras el hombre se encuentra en medio de los dos; el aroma es irresistible. Mis colmillos han descendido. No me queda ningún espacio libre en la boca para albergar mi lengua.

—No puedo —digo.

—Sí puedes.

—Estamos en público.

—Te prometo que no importa.

Jala la cabeza del hombre hacia atrás, exponiendo su cuello aún más para mí.

Me alejo de ambos y le suelto la mano a Lamb.

—No puedo.

Luego Lamb se abalanza sobre mí —ha soltado al hombre— y me inmoviliza contra una pared, sujetándome de los hombros. El cabello le cubre todo un ojo y me hace cosquillas en la nariz. Solamente puedo pensar en su aliento que huele a sangre.

—¡¿Quién eres?! —pregunta.

—Ya te lo dije.

Tengo mi varita en el saco. Quizá podría lanzar un hechizo. Tal vez podría dominarlo...

—¿Cómo te llamas? —pregunta, escupiendo las palabras. Tal vez escupe sangre. No me lamo los labios. No lo hago. Presiona su frente contra la mía, aplastándome la cabeza contra la pared de piedra—. ¿Cómo. Te. Llamas?

—Baz —gruño, y muevo la cabeza hacia un lado para liberarme de la presión—. ¿*Tú* cómo te llamas?

—Lamb servirá por ahora —una pequeña flama aparece sobre mi hombro. Lamb sostiene un encendedor—. Ahora dime por qué estás aquí.

—Ya te lo dije, estoy de vacaciones.

Me acerca el encendedor al cabello.

—¡Estoy buscando a los Sangre Futura! —digo. Las palabras salen como un grito.

Lamb me suelta y da un paso atrás. Su mano y el encendedor cuelgan a un costado de él.

—Ay, Chaz. ¿Tú también?

—¿Eso qué significa?

Comienza a alejarse.

—¡Lamb!

—No los encontrarás aquí —dice por encima de su hombro—. Ya no.

—¡Pero sabes dónde están! —digo, mientras corro para alcanzarlo.

—Todos saben dónde están.

Lo tomo del brazo. Para ser honesto, aún estoy un poco borracho.

—Yo no lo sé. No sé dónde están. Y tienen secuestrada a mi amiga.

Se detiene para mirarme, con expresión pensativa.

—Eso es verdad —dice.

—Por supuesto que *es* verdad.

—Es la primera verdad que has dicho en toda la noche.

—Lamb, ayúdame. *Por favor.*

Estudia mi rostro un momento más, sin ningún rastro de simpatía, luego desvía la mirada.

—Aquí no —retira mi mano de su manga—. Mañana. Dos de la tarde. Lotus de Siam —comienza a alejarse y apenas si voltea a verme—. Ahora consigue algo para beber.

Luego desaparece entre la multitud.

Me tambaleo por un minuto tratando de recordar de dónde vinimos. Estoy rodeado de sitios de interés, pero todos se ven iguales. Lamb tiene razón, necesito alimentarme. Ratas. No he visto ninguna rata... He visto muchos perritos viajando en bolsas de mano...

Me inclino hacia delante con las manos sobre las rodillas. *Tranquilízate, Basil. Respira.* Cierro los ojos e inhalo. El mundo huele a sangre y alcohol, a malteadas y palomitas quemadas...

De pronto, alzo la cabeza.

Simon Snow está parado a media cuadra de donde me encuentro. Sus alas han desaparecido y tiene las manos metidas en los bolsillos de las caderas. No sonríe.

Saco mi celular del saco. Se le acabó la batería. Está apagado.

45

SIMON

Los primeros diez minutos de vigilancia fueron interminables. A partir de que Baz llegó a la fiesta. No hablaba, nadie hablaba. ¿Y si ya lo habían descubierto? ¿Y si ya le habían roto el cuello?

Pero luego se escuchó una voz —*Hola*— y un nombre —*Lamb*—. ¿Y acaso Baz no se comportaba de lo más astuto? Le sonreí a Penny.

—Es bueno —dije.

—Va a estar bien —respondió.

—Deberíamos haberle conseguido una invitación —dijo Shepard—. O falsificar una.

Penny puso los ojos en blanco.

—Lo recordaré la próxima vez que nos infiltremos en un enclave vampírico.

Shepard frunció el ceño.

—¿Qué no es justo lo que planeamos hacer a continuación?

—Shhh —dije.

El vampiro hablaba con Baz sobre Inglaterra. Redadas e incendios.

Penny miró el teléfono con desprecio.

—Ay, vamos. No es genocidio. *Tú* eres el genocida.

La callé otra vez.

—Baz debería mencionar ahora mismo lo de los Sangre Futura —dijo Shepard—. Mientras tocan el tema de los vampiros estadounidenses.

Sin embargo, no lo mencionó.

Mantuvo viva la conversación, y luego se marchó. Se marchó *con* el vampiro.

—No —dije al teléfono.

Penny se quejó.

—Maldita sea, Basilton.

Incluso Shepard estaba en shock.

—¡Nunca acompañes a una Criama desconocida a una segunda locación! ¡Ésa es la regla número uno! O quizá la regla número dos. ¡Pero es una de las cinco reglas de oro!

—Tenemos que confiar en él —dije—. Él está ahí y nosotros no. Él está leyendo la situación en la habitación.

—Tal vez se fue porque no quería estar en una habitación con cincuenta vampiros —dijo Penny.

—Sí —asentí—. Sus probabilidades de sobrevivir aumentan al salir de ahí.

—Las probabilidades son malas en cualquier parte de esta ciudad —dijo Shepard.

—¿Bajamos? —escuchamos decir a Baz.

—Buen hombre —le di un puñetazo a la cama—. Sigue diciéndonos a dónde vas.

—*Salimos* —respondió Lamb.

Después de eso, Baz no tuvo que decirnos a dónde se dirigía, porque su nuevo amigo Lamb narraba cada paso.

Dos horas más tarde, Penelope estaba recostada en la cama, comiendo dulces sabor champaña que había sacado del minibar.

—Bienvenido al recorrido a pie de la historia vampírica —dijo—. ¿Le gustaría tener una audioguía?

Shepard tomaba notas en una libreta del hotel.

—¿Qué? —le dijo a Penny cuando trató de quitarle la libreta—. Éstos no son tus secretos, sino los de él.

Yo caminaba de un extremo al otro de la habitación. En realidad era incapaz de procesar todos los datos curiosos sobre el casino Lúxor o cómo los vampiros fueron clave para terminar con la segregación de La Franja en 1960. Lo único que escuchaba era el constante *coqueteo*. El *"Chaz esto"* y *"Chaz aquello"*. Lamb alzaba la voz —y se le escuchaba cada vez más cerca— conforme pasaban los minutos. ¡Y Baz se lo permitía! ¡Baz le seguía el juego! No decía mucho, pero podía escucharlo reírse.

Penny me lanzó un dulce.

—Relájate, Simon. Tenemos que confiar en él, ¿recuerdas?

Lamb le mostró a Baz fuentes y luces. Se subieron a la rueda de la fortuna. Comieron hamburguesas y bebieron malteadas.

—Si nada más funciona —dijo Shepard—, al menos ésta es una excelente primera cita.

Penny lo pateó en un costado.

La voz de Baz se había vuelto más suave y empalagosa a lo largo de la última hora y cada vez resultaba más difícil escucharlo por encima de la música que siempre sonaba en el fondo. Llevaba por lo menos tres tragos. (Baz nunca toma conmigo. Dice que es aburrido.)

—*Todos huelen delicioso* —dijo—. *Fermentados. Como pan recién salido del horno.*

Estaba seguro de que se refería a los Normales.

Lamb se rio. Más cerca que nunca.

—*Anda, príncipe Charles, necesitas beber algo.*

Penelope se sentó súbitamente en la cama.

Shepard se mordió el labio.

Escuchamos risas, puertas que se abrían, música que cambiaba de doo-wop a twang, y luego, de pronto, silencio.

—¿Qué fue eso? —miré el teléfono de Penny—. ¿Qué sucedió?

—Colgó —dijo ella.

—O se le acabó la pila del teléfono —dijo Shepard.

Me paré frente a Penelope.

—Lanza el hechizo para ocultar mis alas —ordené.

Me miró a los ojos y pude ver que decidía no discutir conmigo.

—*¡Cada vez que suenan las campanas, un ángel...!*

No fue difícil encontrar la heladería —Lamb prácticamente nos trazó un mapa—, pero él y Baz ya no están aquí. Y no puedo encontrarlos afuera. Podrían estar en cualquiera de estos edificios, podrían estar dentro de un auto; necesito a Penelope y su magia de *Perdido y encontrado*.

Entonces, los veo: Lamb tiene la tez pálida, es más bajito que Baz y casi igual de apuesto en términos vampíricos. (*Casi*, casi). Tiene un rostro parecido al de los personajes de *Downton Abbey*. Como si acabara de regresar a casa del frente occidental.

Baz lo sujeta del brazo —de hecho, está prendido de él— y Lamb está inclinado sobre él como si estuvieran a punto de besarse.

Ay...

Correcto...

Bueno...

Aprieto la mandíbula y los puños. Supongo que esto *es* lo que sucede durante una primera cita.

Pero luego Lamb parece cambiar de opinión. Se aleja.

Baz se ve destrozado.

Supongo que yo también debo alejarme...

Aunque al final quizá sea más fácil que Baz sepa que estoy aquí, que los vi. Entonces no tendrá que contarme.

46
SIMON

Baz me ve y de inmediato se aleja.

Trata de pasar frente a mí, como si fuéramos extraños.

—Regresa al hotel —dice en voz baja—. No estás seguro aquí, estás *rodeado* de vampiros.

Lo tomo del brazo.

—Tú también.

Se rehúsa a mirarme.

—*Vuelve al hotel.* Te alcanzaré después. Tengo que cazar.

—Te acompañaré.

—Por amor de Crowley, Snow.

Le doy un apretón en el brazo. Debo de verme igual de desesperado que él cuando estaba prendido de aquel vampiro.

—Baz, estás borracho.

Sacude mi mano.

—Sólo tengo sed.

Entonces advierto su presencia: un hombre y una mujer, pálidos como el papel, nos observan recargados en una limusina negra.

—Alguien nos observa —digo—. Vampiros.

Baz se frota la frente.

—Claro que nos observan —entonces me rodea la cintura con el brazo y empuja su cabeza sobre mi cuello—. Actúa como si te acabara de recoger. Finge que estás encantado conmigo. Literalmente.

(Ja, *actúa*. Algún día me reiré de esto. Algún día quizá me ría sobre toda mi horrible vida.) Baz se separa de mí, me toma de la mano y me conduce hacia delante.

—Nuestro hotel es para el otro lado —digo.

Se da media vuelta y me conduce en la dirección correcta. Me mira como si fuera su quinto trago. (Finge.) Yo me veo como si estuviera dispuesto a seguirlo a cualquier parte. (Pero no finjo.)

Penny nos deja entrar a la habitación del hotel.

—¡Gracias a Morgana!

—Tenemos un problema —digo.

Baz se cubre la nariz con la mano.

—No es un problema. Simplemente, no respiraré.

—Está borracho y sediento.

Shepard se aleja de nosotros.

—Creía que los vampiros no se emborrachaban.

—¿Quién murió y te nombró la reina de los vampiros? —Baz emite un graznido y sigue cubriéndose la nariz.

Penny tiene la lengua en la mejilla, como tramando algo.

—Ése no es un problema —abre la chapa de la puerta (está cerrada) y estira la mano. La gema morada está sobre su palma—. *¡Vuelvan a casa para descansar!*

Luego de un momento, abre la puerta. En el pasillo, se escuchan aleteos y graznidos. Docenas de pájaros negros entran volando a nuestra habitación.

Cuando la última ave irrumpe adentro, Penny se detiene en la entrada de la puerta y lanza uno de sus hechizos preferidos —*¡No hay nada que ver aquí!*— hacia el pasillo. Después cierra la puerta y le pone candado.

Los pájaros se han acomodado sobre la cama. Y la lámpara. Y la cabecera. Baz arranca a un loro del candelabro y le

tuerce el cuello como si fuera una botella de lager. Comienza a
beber su sangre ahí mismo.

—Por el amor de la serpiente, Basil —Penny espanta pájaros de la cama—. Hazlo encima de la tina.

Baz se tambalea al entrar al baño a causa de su embria-
guez. Nunca lo había visto alimentarse de forma tan descui-
dada. (Rara vez lo he visto alimentarse y nunca de cerca.) Se
inclina sobre la tina y yo intento ayudarlo para quitarse su elegante saco. Sé que no querrá arruinarlo.

—Aquí —digo, luego giro su cuerpo un poco—. Lo estás
manchando de sangre.

Una vez que logro quitarle el saco, comienzo a desaboto-
narle la camisa rosa.

Baz le da un buen sorbo al ave, luego la tira en la tina y ahí
es cuando puedo desabrocharle la camisa.

—Vete —dice—. No quiero que veas.

—Es demasiado tarde para eso, amigo.

Tiene el labio inferior manchado de sangre. Hay otro pájaro que aletea alrededor del baño (que de por sí ya era una
pesadilla negra llena de espejos, incluso antes de la sangre y
los pájaros). Baz lo toma a medio vuelo y lo golpea contra el
lavabo.

—Deja de verme —dice.

—Está bien —le digo y me doy media vuelta—. Reuniré al
resto de las aves.

Shepard y yo las capturamos —con toallas y fundas—
mientras que Penny se esconde bajo del edredón. (Más adelante podría burlarme de esto.)

Baz les exprime hasta la última gota de sangre. La tina es
una tumba masiva.

Me paro junto a la puerta cuando termina de comer. Le
hace frente a la carnicería recargado en la pared y su espalda
desnuda se hincha a cada respiración.

—¿Mejor? —pregunto.

—Mejor —responde—. Lo siento.

—Puedo ayudarte a limpiar...

—No. Utilizaré un hechizo. Gracias. Sólo... ¿podrías darme un momento?

Hago lo que me pide y cierro la puerta.

—Limpia estas plumas —dice Penny—. Voy a pedir servicio al cuarto.

47

BAZ

Esto...

Es un nuevo punto bajo en mi vida.

Lanzo un hechizo para deshacerme de los pájaros y la sangre. Luego me preparo un baño en la tina.

Caliento el agua dos veces sólo para evitar enfrentarme a los demás. Ahora todos me han visto. Incluso el Normal. Sorbiendo la sangre de aves tropicales. Más parecido a una mangosta que a un ser humano. Al menos los vampiros reales lucen *geniales* cuando se alimentan de la gente.

Ahora lo sé. Observé a Lamb. (¿Será ése su verdadero nombre?) Lo observé y no intervine. (Mi madre vio lo mismo alguna vez; se prendió fuego para detenerlo.)

Lo vi beber del cuello de un hombre y no hice nada. ¿Acaso ese hombre ahora es un vampiro? ¿En qué me he convertido?

Lamb habló sobre vampiros durante horas y yo devoré cada palabra como un niño pequeño sediento de historias antes de dormir. Para ser honesto, una parte de mí desea que siga aquí, que sigamos conversando.

Quiero decir, no querría que estuviera aquí *en este momento*. No en mi actual (y desnuda) situación. Aunque a Lamb no parezco interesarle de esa manera, ¡y yo no estoy interesado en él! No me atraen los *vampiros*. Crowley.

Aguanto la respiración y dejo que mi cabeza se hunda bajo el agua de la tina.

Alguien toca a la puerta con determinación. Bunce.

—Sal de una vez, Baz. La comida ha llegado.

No me llevé ropa limpia al baño, así que me pongo mi traje otra vez. (La camisa estaba arruinada. La quemé.)

Bunce está sentada en una de las orillas de la cama con media docena de platillos repletos de comida frente a ella. El Normal se sienta en la otra orilla. Snow ha acercado dos sillas de piel. Me siento en la silla desocupada y me ofrece una pequeña botella abierta de Coca.

Penelope comienza a destapar los platillos: pequeñas hamburguesas con queso, tiras de pollo frito, puré de papa y gravy. Me estiro para tomar un plato con un filete y papas fritas. Mis colmillos ya han comenzado a descender. (Porque la humillación es interminable.)

Bunce me da unos cubiertos envueltos en una servilleta de tela y me mira con seriedad.

—Baz, sólo come. Ha sido un día largo en una fila de días interminables. Además, ya lo hemos visto todo.

Suspiro y saco el celular descargado del bolsillo.

—¿Qué tanto escucharon?

Bunce toma el teléfono y lo conecta a un cargador.

—Lo suficiente para escribir un libro llamado *Los vampiros de Occidente*.

—Lo último que escuchamos fue que pedías una malteada de fresa —dice Shepard—. Luego se cortó la llamada.

—*No* escuchamos que preguntaras sobre los Sangre Futura... —dice Simon mientras estudia su minúscula hamburguesa con queso. Abre la boca y se come todo de un bocado.

—Esperaba que el vampiro me diera entrada —digo. Los dientes adicionales que surgen dentro de mi boca me hacen sonar como un adolescente de 12 años con frenos. Vuelvo a colocar el plato con el filete sobre la cama—. Quería que confiara en mí.

—¿Lo hizo? —pregunta Bunce.

Me siento como un tonto.

—No. Quería obligarme a beber... del cuello a alguien. Esa avenida es como su bufet de veinticuatro horas. Y yo insistía: *"No, no, gracias"*; bueno, pues me escucharon. Me sentía cada vez más grosero al rechazar la sangre y el alcohol. Todo comenzó a ponerse borroso. Cuando salimos de la heladería, tomó a un Normal y nos llevó a ambos a la oscuridad, luego exigió que bebiera con él; creo que era una prueba.

Snow traga con ferocidad.

—¿Mató a alguien? ¿Enfrente de ti?

Nuestras miradas se cruzan.

—No. Bebió. Y luego dejó ir al hombre.

—¿*Convirtió* a alguien en vampiro frente a ti?

—Yo... —bajo la mirada a mi regazo.

—Dudo mucho que lo haya convertido en vampiro —dice Shepard, ahogando sus papas en cátsup—. Los vampiros *odian* convertir a la gente. Prefieren beber un poco y dejarte ir o drenarte hasta matarte.

Cuando Shepard levanta la cabeza, todos fijamos la mirada en él. En este silencio, hasta podrías escuchar susurrar a un gnomo.

—Algo que ya sabías —me dice— porque *eres* vampiro...

Simon y Penelope me voltean a ver, estupefactos.

Toda esta información es difícil de digerir. (Esto en específico, más todo lo demás. Además de dos docenas de aves tropicales.) Sacudo la cabeza. Vuelvo a sacudirla.

—Me rehusé a beber —digo, retomando el hilo de la conversación—. Le dije que no podía hacerlo en público, pero no me creyó. Me inmovilizó contra la pared y exigió saber quién era yo en realidad; qué quería.

—¿Qué le dijiste? —pregunta Bunce.

—Le dije la verdad.

—Ay, no —dice Penny.

—Buen plan, siempre es mejor decir la verdad —agrega el Normal.

Me froto los ojos.

—Le dije mi nombre de pila, mi nombre verdadero. Y que buscaba a los Sangre Futura porque tienen secuestrada a mi amiga.

—Nada astuto —dice Bunce—. En lo más mínimo.

—Bueno, ¿y qué *dijo*? —pregunta Simon.

—Me dijo que nos viéramos mañana a las dos de la tarde en el Lotus de Siam.

SIMON

Está sentado en un sillón negro de piel. Está sentado ahí, vestido con seda azul y rosas rojas y con cicatrices de escopeta que brillan sobre su pecho pálido. Tiene el cabello húmedo. Los dientes filosos. Los pies descalzos.

Solía ser mío.

Quizás aún lo sea. Un poco. Lo suficiente como para permitirme mirarlo.

Sin embargo, me pertenece menos que hace tres horas, de eso no queda ni puta duda. Me pertenece menos a cada minuto que pasamos en esta ciudad.

—Lotus de Siam —dice Shepard—. Suena al nombre de un templo.

—Podría ser una clave —dice Baz.

Penny busca en su teléfono.

—Es un restaurante tailandés... en un centro comercial.

—Pero ¿no está en La Franja? —pregunta Baz.

—No —dice ella—. A unos cuantos kilómetros de aquí. Tendremos que ir en auto.

—Bueno, dijo que los vampiros suelen permanecer dentro de La Franja... —Baz se recarga en el respaldo del sillón—. Tal vez quiere privacidad.

Me estiro para tomar otra hamburguesa con queso y el plato de puré.

—Iremos juntos.

Baz sacude la cabeza.

—No. Eso *garantizará* que desconfíe de mí. No puede saber que soy hechicero.

—No sabrá que eres hechicero —dice Shepard—. Sólo sabrá que tienes amigos.

Baz mira hacia el techo con una expresión de desacuerdo.

—Absolutamente no.

—Iremos y nos sentaremos en otra mesa —digo—. Sólo por si acaso.

—¡No podrán oír nada! Será mejor que esperen afuera y escuchen la conversación por el teléfono otra vez.

—Yo quiero entrar —dice Penny, aún con la mirada fija en su teléfono—. Aquí dice que ofrecen la mejor comida tailandesa en Norteamérica.

Shepard golpea una botella de cátsup miniatura pese a que sus papas nadan en salsa.

—¿Qué le preguntarás al señor Lamb cuando estés a solas con él?

—Sobre los Sangre Futura —dice Baz—. Empezamos desde cero, así que cualquier información que comparta será útil.

—¿Por qué te diría algo? —pregunto.

—Bueno —dice Penny—, el hombre sin duda disfruta hablar sobre vampiros...

—Esperaremos afuera —digo— y vigilaremos la entrada. Pero esta vez *no* puedes irte con él —y quiero agregar: "Y tampoco puedes coquetear con él".

Baz me mira y asiente. Parece arrepentido.

—Lo prometo.

Luego se pone de pie y se lleva su filete al sofá junto a la ventana.

48
PENELOPE

Aunque detesto esconderme en una ciudad llena de vampiros dentro de la habitación de un hotel, me *encanta* pedir servicio al cuarto. Mi madre nunca nos deja hacerlo cuando estamos de vacaciones. Demasiado costoso. Sin embargo, creo que esto del fraude crediticio mágico es algo que no podemos hacer a medias tintas; me gasto una fortuna en el desayuno.

—Sólo déjelo en la puerta —grito en cuanto llega.

—¡Tiene que firmar por él, señorita Pitch!

Hago cara de disgusto, pero el empleado del hotel no puede verme.

—Yo iré por él —dice Shepard—. Tú haz esa cosa.

Retrocedo un poco, empuñando la amatista y con un hechizo en la punta de la lengua.

Shepard abre la puerta y un hombre entra empujando un carrito. Trae puesto un delantal negro sobre un traje negro y tiene la piel gris calcárea.

—Tiene que firmar por esto —dice.

—Yo me encargo —dice Shepard, estirándose para alcanzar la cuenta.

Mantengo mi posición hasta que el hombre gris se ha ido y la puerta se ha cerrado.

—¿Por qué querría un vampiro trabajar de botones en un hotel? —susurro, mientras introduzco la gema mágica en mi sostén. (Estoy aterrada de perderla. Existen pocas reliquias mágicas en mi familia. Mis padres tuvieron que comprar la varita de mi hermana en una *tienda* —es tan nueva, que chirría— y mi hermano se quedó con un *monóculo*.)

Shepard cierra la puerta con seguro.

—Tal vez es nuevo aquí.

Me estremezco al pensar en las implicaciones.

Ponemos la comida sobre la cama.

—¿Planeabas alimentar a toda una tropa? —pregunta Shepard.

—Planeaba alimentar a *Simon*.

Sin embargo, Simon salió a Vampirópolis esta mañana cuando se despertó y notó que Baz ya se había ido. Traté de detenerlo. Bloqueé la salida y se lo prohibí.

—Estaré bien, Penny. Muévete.

—El riesgo vampírico es inminente, Simon.

—¿Y eso cómo se diferencia del resto de mi vida?

—Lo sabes perfectamente.

—Necesito aire fresco.

—No lo encontrarás en el casino del hotel.

—Entonces lo encontraré en otro lado. *Muévete*.

—Simon, te lo *ruego* como la persona que más llorará en tu funeral: *por favor*, no lo hagas.

—Penny, si no salgo de esta habitación voy a explotar.

Debí haber dicho: "No puedes explotar, Simon. No tienes magia para hacerlo. Y no me importa si sientes que estás perdiendo la cabeza; más vale loco que muerto".

En vez de eso, lancé el hechizo para ocultar sus alas y me hice a un lado.

Aún estoy preocupada por él. Y Baz. Y Agatha. Empiezo a llorar. No puedo evitarlo.

Shepard está sentado al otro lado de la cama.

—¿Qué piensas? —pregunta con gentileza—. ¿Omelet Denver? ¿Huevos benedictinos? ¿Croquetas de carne en conserva?

Señalo el plato de huevos benedictinos y me lo pasa.

—Puedo marcharme si quieres un poco de espacio.

—¡No dejaré que nadie *más* camine directo a esa masacre!

—Penelope. No sabía que te importaba.

Pongo los ojos en blanco para evitar llorar.

—¿Cómo puede *existir* este lugar? ¿Dónde están los hechiceros? Si mi madre estuviera aquí, le prendería fuego a toda la ciudad.

—Tal vez deberíamos llamarla —dice Shepard.

—¡Ja! —pico el huevo pochado con el tenedor y observo cómo se derrama la yema—. Primero me asesinaría a mí, luego destruiría Las Vegas.

—Naaa, estoy seguro de que no lo haría.

—No la conoces. Es una fuerza de la naturaleza, es un... ¿cómo le llaman? Tornado.

Shepard se ríe mientras se come la carne en conserva que ordené para Simon.

—Entonces la amaría —dice él—. ¿Sabes?, yo solía ser un cazador de tormentas.

—¿Qué es eso, alguien que caza mujeres mayores?

—No, alguien que caza *tormentas*. Tornados, en específico.

—¿Cómo cazas un tornado? —tengo la boca llena, pero no me importa. No hay que impresionar a nadie aquí. De todos modos, intentaré borrarle la memoria a Shepard cuando todo esto termine—. ¿Usas magia?

—Te apoyas en la meteorología. Y en tus propios sentidos. Cuando llega una tormenta, te subes a un auto con tus amigos y ves si puedes encontrarla.

—¿Con qué propósito?

—¡Porque es genial! Estar cerca de todo ese poder, ver la tormenta en acción. El viento cambia. Se te pone la piel de gallina. No se compara con nada.

—Suena a otra cosa... —empiezo a acordarme de Simon. Me deshago del sentimiento—. Suena peligroso.

—Es increíblemente peligroso —sonríe Shepard.

—Dijiste que *solías* ser un cazador de tormentas. ¿Se volvió muy riesgoso?

—Naaa, sólo me entusiasmó más cazar magia. Es mucho más excitante.

Ah. Claro.

—*Mmm* —digo, y suena tan crítico como pretendía.

—¿Qué fue eso? —pregunta Shepard.

—Nada —digo.

—Ésa es tu forma de desaprobar mi interés por la magia.

—No puedes *cazarnos* —digo—. No somos tormentas. O anécdotas. Somos personas.

—No cazo a las *personas*.

Me aclaro la garganta y arqueo las cejas.

—*Por lo general* no suelo cazar a las personas —dice—. Sólo persigo... su compañía.

—Y sus secretos.

Shepard aún vierte cátsup en sus papas fritas. (Sin importar lo que pidamos, siempre nos mandan una minúscula botella de cátsup y Shepard prácticamente la sorbe con un popote.)

—La gente *revela* sus secretos de forma voluntaria —dice—. No tienes que cazarla. No hay nada que las personas, y los nixes y los troles y los gigantes, deseen más que contarte sus secretos.

—Bueno, pues *yo* no deseo contarte nada.

—*Tú* eres excepcional —le da una probada a su platillo—. Estas croquetas también son excepcionales.

—¿Por qué revelaría una criatura mágica sus secretos a un Normal de forma voluntaria? El riesgo es absurdo.

—No se los cuentan "a un Normal" sino a *mí*: ¡Shep, su amigo!

—¡Pero te aprovechas de ellos! ¡Sólo eres su amigo porque quieres coleccionarlos en tu álbum de rarezas!

Parece ofendido.

—Nunca tomo muestras.

—¡Ay! ¡Escucha lo que dices!

Se inclina hacia mí por encima de su desayuno.

—Sí, de acuerdo. Sólo busco y entablo amistades de forma estratégica con criaturas mágicas. ¡Pero mi amistad es sincera!

—Sinceramente manipuladora.

—Objeción...

—No sé qué pensar; que eres un hijo de puta o un gran cazador.

—¡Ninguno de los dos! Soy un científico, como... un explorador.

—Vaya, qué bien, eso siempre resulta de maravilla para los explorados.

—¿Qué puedo hacer para convencerte de que no quiero hacerles daño?

—¿Qué puedo hacer para demostrarte que *sí* causas daño aunque no sea tu intención? No existe ser o criatura mágica que pueda confiar en los Normales. Mantenemos nuestra magia en secreto por una razón. Porque los Normales nos molerían para hacer salchichas si pensaran que de esa manera extraerían nuestra magia. Los Normales han aniquilado elefantes y rinocerontes porque *creen* que son mágicos. Por cierto, no lo son. Sólo están a punto de extinguirse.

Conforme hablo, me altero cada vez más. Dejo caer mi tenedor sobre el plato con un estruendo y oculto mi rostro entre mis manos.

—Penelope —dice Shepard—, nadie va a moler a tu amiga para convertirla en salchicha.

—¿Cómo lo sabes?

—Porque —dice— eso no funciona.

—No puedo creer que estemos sentados aquí, comiendo huevos ridículamente costosos, mientras Agatha se encuentra en algún lugar donde podrían extraerle su magia.

—¿Hay algo más que podamos hacer para encontrarla?

—No lo sé, existen hechizos. Pero tendríamos que saber en dónde está en términos generales. Y necesitaría un mechón de su cabello. O una foto. En realidad no empaqué pensando que realizaríamos una sesión espiritista.

—Estoy seguro de que tienes una foto de Agatha por ahí.

—Estoy segura de que no.

—En tu teléfono.

Alzo la mirada para verlo.

—¡Merlín, tienes razón! —saco el teléfono y abro la cuenta de Instagram de Agatha—. Tengo cientos de fotos de ella...

Shepard se sienta más cerca de mí; aún come sus huevos y croquetas. Mira mi teléfono.

—Es bonita.

—Lo sé —digo sombríamente—. Eso hace que me preocupe aún *más* por ella. Sobresale de la multitud.

—¿Qué hacemos ahora? —pregunta.

—Bien —digo—. Necesitaremos una vela.

—Hay una en el baño.

—Y necesitaré tu ayuda.

—¿Yo? Ni siquiera soy hechicero amateur.

—Mientras tengas alma, estaremos bien.

Se ve un poco preocupado.

—Shepard, está bien; no corres peligro.

Sonríe.

—Pongo mi alma a tu disposición.

Recogemos los platos del desayuno y vuelvo a sentarme en la cama, luego le pido a Shepard que se siente frente a mí. Pongo el teléfono entre ambos y lo tomo de la mano. Objetivamente hablando, sus manos son bonitas. Me percato de esto porque, objetivamente hablando, las mías son inferiores. La proporción entre mi palma y mis dedos es demasiado grande y tengo los dedos gordos. No hay nada que hacer para arreglarlas. Tuvimos que agrandar el anillo de mi abuela para que me quedara.

Pero las manos de Shepard están perfectamente equilibradas y sus dedos son largos y parejos. Se vería muy apuesto con un anillo mágico.

Nos sentamos con las piernas cruzadas y hago flotar la vela por encima de mi teléfono. He sacado una buena foto de Agatha, una selfie en la playa. Se ve contenta. (Más contenta de lo que alguna vez la vi en Watford.)

—¿A quién contactaremos? —pregunta Shepard.

—A cualquier espíritu que pueda ayudarnos.

Tuerce la boca, pensativo.

—Quizá deberíamos especificar que queremos contactar a espíritus "amigables".

—Cierra los ojos —digo. Yo también cierro los míos y susurro el hechizo—: *¡Espíritus afines!*

49
AGATHA

—Agatha... eyyyy, buenos días. Ahí estás... ¿Cómo te sientes?

—¿Qué no me vas a sellar la boca con cinta canela para mantenerme callada?

—En realidad era un tipo de biopegamento. Está remplazando las puntadas en cirugías menores. Estamos muy emocionados al respecto...

—Quiero marcharme.

—Esperaba que pudiéramos hablar.

—No quiero hablar. Quiero irme.

—Bueno, pues no puedo permitírtelo. Digo, entiendes eso, ¿no?

—*No.*

—Lo que posees, Agatha... es más importante que tú, ¿sabes?

—¿Qué es más importante que *tú*, Braden? ¿Hay algo?

—Tengo un papel que desempeñar. Soy protagonista de la historia. Desde niño supe que estaba destinado a grandes cosas. Algunas personas simplemente lo están. De cierta forma, tú lo estás. Creo que tú podrías ser quien nos ayude a desentrañar todo.

—No doy mi consentimiento para esto, para nada de esto.

—Agatha, esto es más grande que la libertad de una persona. Es como un dominio eminente.

—*Yo. No. Soy. Un. Dominio. Eminente.*

—¿Por qué luchas contra esto? ¿Por *qué* peleas? ¿Siquiera lo sabes?

50
BAZ

Estuve a punto de llamar a mi padre esta mañana.

Me desperté en la tina (Penny y Simon tomaron la cama y Shepard durmió en el sofá) pensando en el Normal de anoche y en lo cerca que estuve de morderlo, tal vez incluso de matarlo.

Mato a todos los seres que consumo.

Siempre creí que era más seguro de esa manera. Si dejara vivir a los animales, podrían terminar igual que yo. (¿Puede un vampiro convertir a una rata? ¿O a un venado? ¿O a un perro? Preferiría no descubrirlo.)

Cuando tengo sed no me detengo a tomar decisiones. Bebo hasta que no quede ni una gota. Nunca he intentado detenerme.

Nunca he probado la sangre humana. Por supuesto, he tenido oportunidades de bajo riesgo; en el futbol hay sangre por todas partes; además, en una ocasión golpeé la nariz de Simon con la frente y prácticamente sangró dentro de mi boca.

Sin embargo, nunca he querido cruzar ese umbral. Es decir, puedes afirmar que nunca has probado la sangre humana o que sí lo has hecho. Y una vez que lo has hecho, ¿qué más da si es una persona o son cincuenta?

¿Y qué sucede cuando una probadita no es *suficiente*? ¿Qué pasa si no puedo dejar de pensar en eso? (En realidad, nunca dejo de pensar en eso.)

Entonces, ¿qué pasaría? ¿Qué opciones me quedarían? A mi forma de ver, asesinato en serio o conversión en masa.

Pero quizás aún no he entendido *nada*.

Dice Shepard que los vampiros odian convertir a la gente. Los vampiros son capaces de tomar "traguitos".

"Podría llamarle a mi padre", pensé, mientras yacía en la tina vacía. "Y mi padre pretendería que no soy vampiro. Y entonces yo también podría fingir. Y eso sería un gran alivio."

Pero luego Bunce se acercó a la puerta otra vez. Entró al baño e hizo llover billetes de cien dólares falsificados con magia sobre mi cabeza.

—Ve y cómprate algo para ponerte en tu cita vampírica —dijo—. Apúrate, tengo que orinar.

Entonces, ahora camino por La Franja; entro y salgo de varios casinos para ver la oferta de tiendas. En casi todos hay boutiques de lujo. No estoy seguro de quién entra a comprar en estos lugares; ninguno de los turistas viste ropa Gucci. Tal vez toda esta calle atiende a los vampiros...

Me compro algunos trajes y ropa para el camino. Algunas mudas para Simon. Veo un vestido que luciría muy bien en Bunce, aunque no lo tienen en su talla. Lo compro de todos modos. Podemos alterarlo con un hechizo más tarde.

Estoy robando.

No hemos pagado nada en sentido real desde Omaha.

Me pregunto si los billetes desaparecerán en la caja registradora. O de camino al banco. ¿Despedirán a la amable empleada de la tienda? ¿Descubrirán que fui yo, que fuimos nosotros? ¿En verdad importa?

Mi padre estaría tan avergonzado.

¿O no? ¿O acaso entendería? ¿Qué diría si le llamara ahora? ¿Vendría a ayudarnos?

No.

Me obligaría a volver a casa.

"Deja que los padres de Agatha Wellbelove se preocupen por la tontería en que se haya metido. No puedes involucrarte en este tipo de cosas, Basilton, con este tipo de gente. Tú eres, bueno, tú eres vulnerable. Suficiente tenemos con que Nicodemus Ebb haya mostrado su rostro otra vez. No necesitamos que la gente empiece a hacer preguntas sobre ti."

Tal vez la tía Fiona me escucharía...

En un impulso, la llamo a ella en vez de llamar a mi padre. Estoy de pie frente a una tienda Prada. De pie junto a un enorme jarrón ornamental.

No contesta el teléfono.

No importa. ¿Qué podría hacer Fiona? No podría llegar aquí antes de las 2:00 p.m.

Camino de regreso al hotel Katherine cargado de bolsas. Un hombre joven y pálido me detiene la puerta. Estoy a punto de entrar cuando veo algo azul que vuela hacia mí: la mascada de mi madre.

Suelto las bolsas para atraparla.

Cuando regreso a la habitación, Bunce y el Normal están en medio de una sesión espiritista. Están sentados en la cama, tomados de la mano con una vela flotando entre ambos.

—Una disculpa por la interrupción —digo.

Bunce se deja caer sobre las almohadas, frustrada. Shepard atrapa la vela antes de que haga contacto con la cama.

—Está bien —dice ella—. No está funcionando. Dondequiera que Agatha se encuentre, está demasiado lejos para que mis hechizos funcionen.

Bunce evita mencionar la otra posibilidad, así que yo tampoco lo hago.

—¿Dónde está Snow? —pregunto.

Aún dormía cuando me marché esta mañana.

Penny toma su teléfono celular.

—Dijo que quería tomar un poco de aire fresco. Le dije que necesitaría abandonar el estado para encontrar un poco...

—¿Lo dejaste salir solo de la habitación?

—No soy su niñera, Baz.

—¡Carajo, Bunce! ¡Por supuesto que lo eres! Es tu único trabajo.

—¡No pude detenerlo!

—En esta ciudad los vampiros salen hasta de las alcantarillas, Penelope. No es seguro para ninguna criatura sangrante.

—Razón por la que he permanecido las últimas veinticuatro horas en esta habitación. Pero conoces a Simon; aún se comporta como si tuviera una bomba atómica atada al pecho.

—La próxima vez hechízalo a la cama. Utiliza un *¡Estate quieto!*

—Basil, no compartas tus hábitos sexuales.

La puerta hacia el pasillo se abre. Saco mi varita. Bunce levanta el puño.

Es Simon.

Se cortó el cabello...

Entra a la habitación consciente de sí mismo, con la mirada clavada en el piso. Lleva el cabello corto en los costados, como siempre lo había tenido; sin embargo, el estilista le dejó los cabellos más largos en el centro, lo que permite que sus rizos caigan de manera más generosa. Y se ven más dorados que nunca por todos los días que ha pasado al rayo del sol.

El corte de pelo costó más que todo su guardarropa.

—Mírate nada más —dice Bunce—. Eres un hombre nuevo.

Se encoge de hombros.

—¿Estamos listos? —luego me dice—: ¿Cargaste tu celular?

Tomo un taxi al restaurante y ellos me siguen en la camioneta de Shepard. No quiero que me vean llegar con alguien más.

Me puse uno de mis trajes nuevos antes de salir. Esta vez es negro con una camisa floreada color brezo y dorado. (Supongo que Bunce no es la única persona incapaz de renunciar al color morado de Watford.)

—Vas a ir a un centro comercial —dijo Simon—. ¿No estarás demasiado elegante?

—Buena elección —dijo Shepard, evaluándome.

Una vez más, tiene razón. Cuando entro al restaurante, Lamb me espera en el vestíbulo: trae puestos unos lentes de sol y un traje de tres piezas color azul Tiffany, lo cual suena vulgar, pero no lo es en lo más mínimo. Se ve delgado y fresco.

—Hay lista de espera —dice Lamb—, siempre hay lista de espera —se levanta los lentes de sol—. Mírate, tan sonrosado...

Arqueo una ceja, un gesto al que recurro cuando quiero parecer genial pero no tengo nada genial que decir.

La cautela de anoche ha desaparecido del rostro de Lamb. Al parecer ha restablecido el encanto que mostró cuando nos conocimos por primera vez. Así que yo también vuelvo a mi estado anterior. (Puedo ser simpático, puedo fingir que nada me importa: es prácticamente mi estado neutral.)

Una anfitriona nos conduce a nuestra mesa. El restaurante es igual de modesto por dentro que por fuera.

—Permíteme ordenar —dice Lamb, mientras abre su menú—. El thum ka noon es soberbio.

Ordena media docena de cosas sin preocuparse por traducir lo que significan. Y luego se recarga en su silla y sonríe. Anoche supuse que esa sonrisa era genuina.

—Entonces... —dice—. *Baz* —deja que mi nombre cuelgue en el aire—. ¿Baz es una abreviatura de...?

—Barry —digo. Lo cual es cierto, para algunas personas. (Le prometí a Bunce que hoy me esforzaría por mentir mejor.)

—Baz te queda bien —los ojos de Lamb brillan otra vez; debe de ser capaz de encenderlos y apagarlos como si tuviera un interruptor. Aún puedo sentir su efecto sobre mí—. Dime por qué quieres saber sobre los Sangre Futura, Baz.

—Te lo dije: tienen secuestrada a mi amiga.

—¿Dónde?

—No lo sé.

—¿Por qué?

—Tampoco lo sé.

—¿Qué *es* lo que sabes? —pregunta.

Se pone los lentes oscuros sobre la cabeza y un mechón huidizo de cabello le cae sobre los ojos.

—Que estaba en un retiro con la gente de Sangre Futura. No sabía de qué se trataba. Y luego desapareció.

—Entonces, ¿tu interés en ellos no tiene que ver con que quieras unírteles?

Me echo para atrás en la silla. No había notado que me inclinaba hacia delante.

—¿Qué? No.

—Porque son nuestros enemigos, Baz.

Los ojos de Lamb aún sonríen, pero es una sonrisa triste, con los rabillos estirados hacia abajo.

—¿Enemigos de quién? ¿De los vampiros de Las Vegas?

Se lame el labio inferior y hace una mueca de dolor.

—*Por favor*, deja de usar esa palabra. Y todas esas tonterías de "recuperarla"; llama la atención.

—¿Enemigos de quién? —pregunto de nuevo, aunque en voz queda.

—*Nuestros* —dice—. De toda nuestra hermandad, aquí y en todas partes.

—Lamb, no lo entiendo...

Entrecierra los ojos.

—Comienzo a pensar que realmente no lo entiendes. Me mientes sobre *casi todo*, pero en verdad no tienes idea de lo que me preguntas.

—Las cosas son distintas en Inglaterra, estamos alejados... Pensé que entendías.

—Sí entiendo.

Entonces nos interrumpen. Un mesero trae nuestro primer platillo, carne de cerdo crujiente que aún chisporrotea.

Sucede de inmediato y no sé por qué no me lo esperaba (la carne de cerdo es la *peor*, a veces tenía que abandonar el comedor de Watford cuando servían tocino); mis colmillos descienden y se acomodan en su lugar.

Lamb comienza a servirme un poco de la carne de cerdo en un plato.

—Los Sangre Futura —dice—. Por cierto, *ellos* son los que se hacen llamar así... —alza la mirada para verme y deja de hablar. Luego su rostro adopta una expresión triste—. *Baz*.

Lo ha notado, por supuesto que lo ha notado. Mantengo la boca cerrada. (¿Acaso a él no le han salido los colmillos? ¿Están a punto de hacerlo?) Se ve estupefacto. Y preocupado.

—Respira hondo —me dice con suavidad.

Lo hago. Eso sólo empeora las cosas. Las fosas nasales me arden y tengo la boca llena de saliva. Es lo único que puedo hacer para mantener ocultos mis colmillos.

Lamb aparta mi plato de forma casual, como si abriera un espacio entre nosotros.

—Mírame —dice en voz baja.

Lo miro. Fijo los ojos en él.

—Respira —dice.

Lo hago.

—Es una respuesta animal —dice Lamb—. Y tú no eres un animal.

No ha parpadeado ni una sola vez. Asiento.

—Eres un hombre, Baz. *Tú* tienes el control, no la sed. No tomas lo que quieres cuando quieres. Lo he visto; anoche ni siquiera estuviste tentado.

Llega un mesero y coloca otro platillo entre nosotros. Pollo. Leche de coco. Curry.

—¿Qué haces para controlarte? —pregunta Lamb—. Cuando tienes sed y hay un corazón latiente frente a ti...

—Yo...

—*No* abras la boca.

Cierro bien la boca.

—Piénsalo... —dice—. Piensa en ese control.

Asiento de nuevo.

—Ahora *toma* el control, Baz. Sabes cómo se siente cuando atraviesan tus encías.

Asiento otra vez. Mis ojos comienzan a llenarse de lágrimas.

—Imagina que comienzas a meterlos. *Siente* cómo comienzan a retroceder.

Cierro los ojos y dejo caer mi cabeza hacia delante. Es difícil imaginar que mis colmillos se retraen cuando ocupan toda mi boca. Nunca antes he impedido que salgan. ¿Lo he intentado alguna vez? Por lo general, mi estrategia consiste en la evasiva y el escape: nunca dejo que nadie me vea comer. Nunca.

Lamb coloca su mano fresca sobre la mía en la mesa.

—Retráelos. Guárdalos. Puedes hacerlo.

Entonces, lo intento. *Realmente* lo intento. Inhalo. Jalo mi lengua hacia la garganta. Meto el estómago y las mejillas. Aprieto los puños.

Y luego siento un tirón en los colmillos.

Lo intento de nuevo y retroceden hacia mis encías. (No sé a dónde se van; apuesto a que Lamb podría decírmelo.) Alzo los ojos para verlo. Debo de tener una mirada salvaje.

Me sonríe, mostrándome sus dientes perfectamente normales, aunque quizá demasiado blancos.

Entonces me suelta la mano y sigue sirviéndome comida en un plato. Ahora hay tres platos grandes y humeantes sobre la mesa.

—Puedes hacerlo —dice con tranquilidad, mirando la comida en vez de a mí.

Coloca el plato lleno frente a mí. Respiro hondo mientras pienso: "Quédense ahí, quédense ahí, quédense ahí". Mis colmillos comienzan a descender y yo los retraigo.

Sigo haciéndolo. Lo logro durante toda la comida. Mastico como no lo hacía desde que era niño, sin nada extra que me estorbe. Nada que corte el interior de mis mejillas por accidente. Me tiembla la mandíbula del esfuerzo.

No hablamos ni él ni yo. Pareciera que Lamb ni siquiera me presta atención. Pero luego el mesero recoge mi plato vacío y fijo la mirada en él. Creo que se ve radiante. Sonríe, aunque tiene la mirada triste.

—Baz —dice—, ¿cuántos años tienes?

No tengo una mentira preparada.

—Veinte.

—Sí, claro, y yo tengo treintaicuatro. ¿Qué edad tienes en realidad?

Alzo la mirada para ver las luces y el techo de azulejos acústicos.

—Veinte.

Lo escucho exhalar.

—*Bueno*, está bien —dice—. Hablemos sobre los Sangre Futura.

El restaurante está casi vacío. El mesero nos ha traído café con cardamomo y leche evaporada. Una vez más Lamb se ha transformado en una persona nueva. No es el encantador admirador de Las Vegas que conocí en la fiesta. Y tampoco es el vampiro aterrador que conocí entre las sombras. Ahora es callado y tan serio que hasta parece gentil.

—Apaga tu teléfono —dice—. Y ponlo sobre la mesa.

Meto la mano en mi bolsillo, rezando por que Simon no esté a punto de enloquecer. Oprimo el botón de encendido/apagado y dejo el celular sobre la mesa. Lamb apenas lo mira de reojo. No sé si sospeche algo o si lo haga por precaución. Coloca su propio teléfono junto al mío.

—Los Sangre Futura —dice— son físicamente como nosotros, pero a nivel cultural son algo completamente distinto. Son un grupo de hombres y mujeres de dinero, en su mayoría hombres, que descubrieron nuestra forma de vida... Bueno —no puede evitar poner los ojos en blanco—, *actúan* como si la hubieran descubierto. Y luego decidieron adquirirla. Buscaron a nuestros hermanos, exigiendo ser convertidos.

—No es nuestro estilo convertir a quienes lo solicitan —me mira a los ojos—. Como bien sabes. Pero chantajearon o sedujeron a algunos de los nuestros. Ellos convirtieron a uno de los infieles y él a su vez convirtió al resto. Y así sucesivamente...

Lamb luce asqueado.

—Los Sangre Futura consideran que ser uno de nosotros significa formar parte de un club social. Como los rotarios. Incluso tienen una junta directiva que evalúa a los miembros de nuevo ingreso —sacude la mano como si todo esto le resultara increíble. Alza la voz un poco más—. Es como recibir la aprobación de la junta de condominios. Ven nuestro estilo de vida como una extensión de su éxito; como si se hubieran *ganado* a los inmortales y el derecho a compartir los dividendos. Tan sólo en el último año han duplicado nuestros números en San Francisco.

Me siento horrorizado, una reacción que Lamb aprueba.

—Ninguno de ellos presta atención a nuestras tradiciones y costumbres. No se preguntan por qué llevamos *milenios* construyendo un camino distinto. No, son la próxima ola, la Sangre Futura. La historia les importa poco; están demasiado enfocados en curar el cáncer y reinventar internet.

Se quita sus lentes oscuros de la cabeza y los coloca sobre la mesa.

—Amenazan nuestra seguridad y libertad, Baz. ¿Qué sucederá cuando los Sangrantes se den cuenta de que nadie envejece en Silicon Valley? Para entonces, ¿*quedarán* suficientes Sangrantes para notarlo?

—¿Qué...? —tartamudeo—. ¿Qué hay de los hechiceros?

—Te interesan mucho esos hechiceros, ¿verdad?

Me encojo de hombros.

—Bueno, es lo que te comentaba. Por lo general los Comunicadores nos ignoran. También parecen ignorarse entre ellos; no estoy seguro de que sepan lo que ocurre, aunque lo descubrirán si los Sangre Futura obtienen lo que buscan. Ahora se empeñan en adquirir magia.

—La magia no se puede adquirir —digo—. Tienes que nacer con ella.

Lamb vuelve a poner los ojos en blanco.

—Los miembros de Sangre Futura lo ven como un reto genético. Estos individuos son pusilánimes, ya se han inyectado sangre placentaria; ¡lo hacían incluso antes de que los convirtieran!

Se inclina hacia delante.

—Para mí, ésa es la peor parte. Ni siquiera beben; se *trasfunden*. No se atreven a tocar nada que no haya sido previamente analizado, congelado y almacenado. Escuché que han comenzado a *pasteurizar*... —la voz de Lamb se vuelve más severa. Sus ojos adoptan un brillo acerado. Me mira con desdén, como si...

—Nicks y Slick —maldigo (Bunce es una influencia terrible.)—. ¡Crees que soy uno de ellos!

Lamb baja el mentón. Es un desafío.

Comienzo a reírme. No puede parar.

—¡Siete serpientes! —digo, ahogándome de risa—. ¡Ocho serpientes y un dragón!

—¿Qué significa todo esto? —pregunta—. ¿Estás haciendo tiempo? ¿O sólo estás histérico? Conoces los términos de nuestro tratado, el castigo es severo...

—¡Lamb, no! Soy desafortunado e ignorante y todo esto me rebasa, pero no soy *eso*.

Entrecierra los ojos hasta que se convierten en pequeños resquicios.

Me pongo de pie.

—¿Me acompañarías a dar la vuelta?

La vi al entrar. Una tienda de mascotas en el mismo centro comercial donde está ubicado el restaurante. Sé que Simon y Penny deben de estar vigilándome. Espero que noten que tengo el pulgar alzado. (Ésa es su estúpida señal para indicar que "todo está bien".)

Compro un conejo. Le digo al dueño de la tienda que tengo uno en casa y que estoy familiarizado con ellos. Y luego camino con Lamb a la vuelta de la esquina, detrás de un contenedor de basura.

—Cualquiera podría observarnos —dice—. Estamos a plena luz del día.

Lamb entendió lo que pretendía en cuanto entramos a la tienda de mascotas. Me mira asqueado, aunque también con algo de curiosidad. Yo solía compartir cuarto con esa mirada.

—Cúbreme —le digo.

Se para más cerca de mí.

Le tuerzo el cuello al conejo y lo absorbo todo. (No derramo ni una gota sobre su pelaje blanco ni en los puños de mi camisa.) Después lo arrojo al contenedor de basura.

Lamb parece totalmente abatido.

—Ay, Baz —dice, consternado—. Ahora entiendo por qué estás tan pálido. Estás desnutrido.

Me río.

—Pero al menos no soy uno de ellos.

—No —dice, mirándome con una ceja en alto—. Eres un chico hambreado de una nación oprimida que apenas se ha conocido a sí mismo. Pero no eres uno de ellos.

Lamb aún me oculta de la vista de los transeúntes, apretujándome contra la pared y el contenedor. Siento subir la sangre del conejo por mis mejillas. Mis colmillos no se han retraído del todo.

Lamb está lo bastante cerca de mí como para que yo aproveche la ventaja de mi estatura.

—Ayúdame —susurro—. Dime dónde puedo encontrarlos. Tienen secuestrada a mi amiga.

51

SIMON

—Se está subiendo al auto del vampiro —digo—. Tenemos que detenerlo.

Penny me toma del brazo.

—Nos dio la señal del pulgar en alto, Simon. Tenemos que dejarlo ir.

—No hubiera esperado que un vampiro condujera un Prius —dice Shepard.

Como si tuviéramos tiempo para pensar en la inmortalidad del cangrejo.

Abro la puerta de la camioneta y salgo de un brinco.

—¡Devuélveme mis alas!

—*Simon* —dice Penny furiosa—, regresa al auto. Los seguiremos.

El Prius está saliendo del estacionamiento. Supongo que no necesito alas. Comienzo a perseguirlo.

Después de unos segundos, mis alas brotan de mi espalda. Y luego, *desaparezco*.

Digo, yo sigo aquí. Vuelo por encima del Prius, puedo verlo debajo de mí. Pero no puedo verme las manos.

Me pregunto qué hechizo ha lanzado Penny y cuándo perderá efecto. No le quito la mirada de encima al coche de Lamb.

52

BAZ

Sé que le prometí a Snow que no me iría con Lamb. Pero creo que al fin logré penetrar su coraza. (La de Lamb.) ¿Qué se suponía que debía hacer? ¿Insistir en que continuáramos nuestra conversación junto al contenedor de basura?

Doy por hecho que Simon y Penny me siguen de cerca. Los llamaré de nuevo en cuanto tenga oportunidad.

Lamb se ha vuelto a poner los lentes de sol. Me mira de soslayo sin despegar los ojos del camino.

—¿Siempre has sido...?

Enarco una ceja.

—¿Quisquilloso con la comida?

Se ríe.

—Sí —respondo.

Lamb hace una mueca de dolor.

—Pero *¿por qué?*

"Porque no quería asesinar a nadie", pienso. Sin embargo, ese argumento no funcionará con él. En vez de eso, digo:

—Porque no disfruté cuando me mordieron.

Esta vez gira la cabeza para verme.

—Entonces alguien no sabía lo que hacía.

Me muevo para acomodarme en el asiento.

—Siento que es algo barbárico. ¿Por qué habría de darle la espalda a la humanidad? Nací como uno de ellos.

—Es el estado natural de las cosas —dice—. Es el círculo de la vida.

—No hay ningún círculo —digo—. No morimos. No nacemos. No nos reproducimos.

—Sí lo hacemos —insiste Lamb—. Sí lo hicimos. Sí podemos.

Es mi turno para sentirme desanimado.

—¿Los vampiros tienen hijos?

—Alguien te creó.

—Mis padres lo hicieron. Un vampiro me asesinó.

Lamb suspira.

—Entonces, permíteme decir que disfruto mucho de la compañía de tu fantasma.

Miro por la ventana. No veo la camioneta de Shepard en el espejo.

—Puede que no sea un círculo de vida —dice Lamb—. Pero es la cadena alimenticia. No vi que te arrepintieras de compartir ese cerdo conmigo en el restaurante. O de comerte a ese conejo de postre. Todos los seres vivos se alimentan de otros seres vivos.

Volteo a verlo.

—¿Qué te come a ti?

Enarca una ceja, dándome una probadita de mi propia medicina.

—La desesperación existencial.

Suelto una gran carcajada.

Sus ojos se posan sobre mí por un breve momento antes de fijarse en el camino. Y cuando vuelve a hablar, su voz es suave.

—No sentirás tanta cercanía con ellos, los Normales, una vez que hayas superado tus lazos con la mortalidad... Un día, tus padres se habrán ido. Tus amantes se habrán ido. Todo lo que quede de la época en que sangrabas se desvanecerá... y se derrumbará... y desaparecerá. Entonces te darás cuenta de que eres algo diferente. No hay cómo impedir que te conviertas en lo que eres, Baz. No hay cómo evadir tu verdadera identidad. Todos los conejos en el mundo no harán que vuelvas a ser humano. Sólo te dejarán sediento.

Ninguno de los dos habla por un momento. Agradezco que él sea el conductor. Evita que me observe.

Después de un tiempo, digo:

—Debes de tener mucha suerte.

Lamb inclina la cabeza, expectante.

—Por haber encontrado al único vampiro en Las Vegas dispuesto a escuchar tus discursos.

Estalla en carcajadas.

Lamb *vive* en el Katherine. Tiene un departamento cerca del último piso, claramente decorado con sus propios muebles. (No hay cuero negro ni cacatúas negras.) Hay un área para sentarse en un extremo y lo que parece un dormitorio detrás de una pared de vidrio esmerilado.

Me siento en un sofá antiguo cubierto de tejido Jacquard color turquesa. Lamb se acomoda cerca de mí en una silla elaborada con madera tallada. Parece anticuada; todo en este lugar es así. Se quita el saco.

—Entonces —dice—, supongo que no te dieron a elegir...

Sé a lo que se refiere.

—Eso no tiene importancia.

—Es importante para mí, como tu nuevo amigo.

—*No* me dieron a elegir —digo mientras me sacudo un pelo de conejo blanco de los pantalones—. ¿A ti?

—Nací antes de que existieran opciones —dice, luego se quita el cabello de la cara con ambas manos.

—¿Cómo?

Deja caer su cabello.

—Nací antes que todo. Lo único que mi gente entendía era la guerra y la hambruna, así como los demonios que arribaban con la oscuridad.

—¿Eso es lo que te sucedió? ¿Un demonio que salió de las sombras?

No estoy acostumbrado a pensar en los vampiros así, como víctimas igual que yo.

—Es lo que le sucedió a mi hermano —dice él—. Y luego él vino por mí.

—¿Porque quería un compañero?

—Porque *tenía sed*. Porque ya había asesinado a nuestros padres. Le atravesé el corazón con la pata de una mesa antes de que acabara conmigo también.

Ambos guardamos silencio.

—Lo siento —digo después de unos momentos.

—No fue culpa suya; no había quien le enseñara a comportarse. No tenía ninguna comunidad —Lamb se inclina hacia delante, con los antebrazos sobre los muslos—. La cultura que hemos construido aquí tiene cientos de años. Hemos creado una buena vida aquí. Lo que nos sucedió a ti y a mí, eso ya no es lo que hacemos.

—Entonces, ¿no conviertes a las personas?

—En raras ocasiones. La mayoría de nosotros no quiere lidiar con el caos y la competencia. Casi nadie quiere esa responsabilidad.

—Entonces, ¿por qué no le ponen un alto a los Sangre Futura?

—Hemos platicado al respecto...

—¿Nada más platicado?

—Es difícil persuadir a los de nuestra especie para que se involucren en una guerra —dice—. Entre más vives, más valoras tu vida. Comienzas a tratarte como una antigüedad preciada.

—¿Estás seguro de que no esperas a que la gente de Sangre Futura descifre cómo robar magia?

Lamb sonríe sombríamente.

—Si pensara que están dispuestos a compartirla, lo consideraría. Pero no tienen ningún interés en nosotros ni nuestra historia. Ni siquiera se identifican como parte de nuestros hermanos.

—¿No se identifican como vampiros?

—No, son la siguiente fase de la *humanidad*. Vamos, cuéntame, ¿por qué tienen secuestrado a tu amiga?

—No estoy seguro.

—¿Cómo se llama?

—Agatha.

Lamb contrae una de sus cejas.

—Ah.

Me detengo antes de decir: "No es lo que te imaginas".

—¿Qué quieren de ella?

Tarde o temprano va a descubrirlo, si es que decide ayudarme.

—Es una hechicera.

Deja caer las manos sobre su regazo y abre sus ojos azules desorbitándolos.

—¡Hablando de amores imposibles!

—Preferiría no hacerlo.

Lamb se frota la barbilla.

—Entonces... tu novia es una de las Comunicadoras que utilizan como conejillos de Indias...

—¿Hay otros?

Se encoge de hombros.

—Bueno, pues debe de haber otros.

Siento náuseas. Me deslizo hacia la orilla del sofá.

—Lamb, por favor, no te pido que te involucres. Sólo apúntame en la dirección correcta.

—No podrás *acercarte* a ellos —dice—. Tienen guardias, armas, arqueros...

—Sólo dime lo que sabes.

—Te matarán, Bazza.

—No soy una antigüedad preciada, ¿recuerdas?

—Ciertamente no eres una antigüedad.

De pronto, en el curso de una respiración, Lamb se sienta junto a mí en el sofá. Antes de que pueda reaccionar, me acerca los labios al oído. Estoy a la espera de que me muerda; ¿puede alguien convertirse en vampiro dos veces?

—Hay algo en la habitación —dice, en una voz tan baja que solamente un vampiro sentado junto a él podría percibirla—. ¿Escuchas el latido de su corazón?

Cierro los ojos. ¿Puedo hacerlo? Escucho mi propio corazón, casi imperceptible, y siempre un par de latidos más lento. Escucho el de Lamb, en una sintonía similar. Ah... ahí está. *Puedo* escucharlo, y reconocerlo.

—Simon —digo, y abro los ojos de súbito.

En ese momento, la silla vacía de Lamb se alza y luego se estrella contra el piso. Una de las patas de madera parece arrancarse por voluntad propia y volar hacia el pecho de Lamb, quien ha sacado sus colmillos. Toma la pata de la silla en el aire y la alza como un palo de golf...

—¡No! —grito, atrapando el brazo de Lamb.

Justo en ese momento, la puerta del departamento sale disparada, arrancada de sus bisagras.

Bunce está parada ahí, con el Normal, sosteniendo su gema morada.

—Manos arriba, chupasangre, o quemaré esta ciudad hasta sus cimientos.

53
SHEPARD

El vampiro sostiene la estaca en el aire y mira a Penelope con mala cara; una mala cara milenaria. Ella no se mueve ni un ápice. Él suelta la estaca.

Escucho a Simon aletear cerca.

Baz se para enfrente de Lamb con las manos en el aire.

—Snow, juro que te estrangularé.

—¿Qué es esto, Baz? —Lamb suena más confundido que amenazado—. ¿Estás aliado con estos hechiceros?

—No —Baz aún bloquea a Lamb de un Simon invisible—. No estoy *aliado*. Son mis amigos, intentan protegerme; *algo que no necesito*. ¿Qué parte del *pulgar arriba* no entendieron?

Simon grita en respuesta:

—¿Qué parte de *No te vayas con él* no entendiste?

—¡Estoy bien!

—¡Estás en el dormitorio de un vampiro!

—Yo *soy* un vampiro —dice Baz—. ¡Además, éste es un estudio!

—Un *vampiro* —dice Lamb, luego mira a Penelope—. Una *hechicera...* —me mira a mí—. Un...

—Sangrante —digo, saludándolo con la mano—. Me llamo Shepard.

Lamb asiente y mira por encima del hombro de Baz, donde Simon perturba la atmósfera.

—¿Y esto qué es?

—¡Su novio! —gruñe Simon.

Vaya. No estaba seguro. Digo, me lo *preguntaba...*

Baz se cubre la cara.

—¿Novio? —repite Lamb—. ¿Qué hay de *Agatha*?

—No existe una explicación sencilla para todo esto —intervengo, sonriendo—. Aunque sí una entretenida. Y te prometo que ninguno de nosotros busca hacerte daño.

Un jarrón cae de una mesa que está cerca de donde Simon revolotea.

No dejo de sonreír.

—¿Tal vez podríamos sentarnos y conversar?

Quince minutos después, todos estamos sentados en los sillones de Lamb. Bueno, con excepción de Simon, pero eso parece justo. Él fue quien rompió la única silla en el departamento. Lamb contempla los pedazos y frunce el ceño, como si prefiriera arreglar su elegante silla en vez de lidiar con nosotros.

Lamb luce *mucho* menos vampírico que Baz. (He estado pensando que Baz debe de provenir de una larga línea de vampiros; un original de Transilvania, con ese largo cabello negro y pico de viuda. Aunque supongo que así no funciona el vampirismo...) Lamb tiene un rostro suave y una buena cantidad de cabello terso y brillante. Se ve tal y como esperarías que se viera un inglés si sólo lo hubieras visto en películas de Jane Austen —como dibujado a lápiz y bonito. Por supuesto, es pálido y tiene ojeras grises. Pero no es tan gris como Baz. Ni tan demacrado y fantasmal.

Si así es como se supone que se debe de ver un vampiro, entonces quizá Baz es un vampiro con deficiencia de hierro.

En definitiva, Lamb no nos tiene miedo. Aunque tenemos magia y somos más. Él nos trata como si fuéramos cuatro chicos que acaban de confesar haber aventado una pelota de beisbol a través de su ventana.

Baz expone nuestro caso:

—Te dije la verdad. Agatha *es* mi amiga. Simplemente queremos encontrarla.

Lamb frunce el ceño aún más.

—¿Cómo puedes ser amigo de hechiceros? Nos odian.

—Crecimos juntos —explica Penelope—. Durante años ignoramos el hecho de que Baz era vampiro.

—*Yo* lo sabía —dice Simon.

Baz sacude la cabeza y pone los ojos en blanco.

—Literalmente, nada de lo que dices es útil.

Lamb mira a través de Simon.

—¿También creciste con ellos, chico invisible?

—Por lo general, no es invisible —murmura Baz.

—Un vampiro, *dos* hechiceros y un Sangrante —Lamb suspira y se pone de pie. Todos nos estremecemos—. Voy a necesitar una taza de té.

—Ay, gracias a la magia —dice Penelope al mismo tiempo que Simon dice: "¿Té?" y Baz dice: "Por amor de Crowley, por favor déjanos tomar un poco".

Siempre acepto comida y alimentos de las Criaturas, aunque puede ser un asunto peligroso. (Mi madre se horrorizaría si alguna vez rechazara comida como invitado en la casa de alguien más.) Pero me sorprende ver a *este* grupo ser tan civilizado. Volteo a ver a Penelope, que está sentada en un antiguo sofá de dos plazas.

—¿No te preocupa ser envenenada? ¿O quemarte la lengua?

—Me preocuparé después de beber mi té —responde.

Lamb trae una charola. Simon se queda con una taza de plástico con logotipo de un casino. El resto de nosotros bebe de una vajilla de porcelana.

—He estado pensando —dice Lamb, mientras sirve el té de Penelope— y no se me ocurre una sola razón para ayudarlos. Ni siquiera para escuchar el resto de su historia.

—Por simple decencia —sugiere Penelope.

El vampiro se ríe y, al hacerlo, se le arruga todo el rostro.

—Estaríamos en deuda contigo —agrega Baz.

—¡Por supuesto que no! —dice Simon en tono burlón.

—Ya están en deuda conmigo —dice Lamb—. Aún siguen vivos.

—Podríamos decir lo mismo sobre ti —contraataca Penelope.

El vampiro se ríe.

—Eres realmente graciosa —le dice—. Aunque sé que no es tu intención.

Extiendo el brazo donde sostengo mi taza vacía, inclinándome un poco frente a Penny.

—La razón para ayudarlos —digo— es que tienen un enemigo en común.

Lamb me mira y comienza a servir el té. Ahora sí escucha con atención.

Asiento en dirección a Penelope y Baz y (probablemente) Simon.

—No son tontos. Saben que la probabilidad de vencer a los Sangre Futura es nimia, incluso con tu ayuda. Pero aun así lo van a intentar. Y te prometo esto: lucharán hasta el final.

—Estos vampiros de Silicon Valley nunca antes se han involucrado con los Comunicadores. No saben lo que significa ser cazado y perseguido con varitas. Nunca han tenido pérdidas significativas. Bueno, *pues aprenderán*. Incluso el peor escenario posible te beneficiará; provocaremos caos para los Sangre Futura, nos interpondremos en su camino.

Lamb está sentado otra vez junto a Baz. Me mira con los ojos entrecerrados.

—¿Cómo sabes que considero a los Sangre Futura mis enemigos?

—Todos saben que Las Vegas está en guerra con los Sangre Futura —digo—. Y tú eres el rey de Las Vegas.

—¡¿El rey vampiro?! —me grita Penelope en cuanto nos subimos al elevador—. ¿Cuándo nos ibas a decir que Lamb era el maldito rey vampiro?

—¡No estaba seguro! —en verdad no lo estaba hasta que lo dije en voz alta y Lamb sonrió, mostrándome sus colmillos.

—¿Necesitabas estar *seguro*? Podrías habernos dicho: "*Creo* que este hombre *podría* ser el rey vampiro". O tal vez: "Oigan, chicos, ¿sabían que existe un rey vampiro? ¡Pues lo hay! ¡Y este tipo podría serlo!"

—Sólo me lo describieron una vez —digo— y fue un diablillo de alcantarilla que estaba borracho.

—¿Cuál fue la descripción? —pregunta ella.

—Cara de bebé, hermoso y escurridizo como el aceite sobre el hielo.

Simon resopla. Penelope me da un puñetazo fuerte.

—¡Era obvio que se referían a él, Shepard! ¡Por amor de la serpiente!

Se abren las puertas del elevador.

—Recogemos nuestras cosas y nos vamos —dice ella—. Shepard, ve por la camioneta. Te veremos en la entrada.

Baz frunce el ceño.

—Pero Lamb podría ayudarnos...

Penelope se ve lista para golpearlo después de golpearme a mí.

—¡Nos han *descubierto*, Baz! ¡No podemos dormir bajo el techo del rey vampiro! Sobre todo ahora que sabe lo que somos.

—No sabe lo que soy —presume Simon.

—¿Un zoquete temerario? —dice Baz—. De hecho, creo que sí lo sabe.

—¡No dirías eso si te hubiera rescatado!

—¡No *necesitaba* un rescate! Estaba a punto de convencerlo. Al fin me *escuchaba*.

—Más bien *tú* lo escuchabas —dice Simon—. Mientras narraba una serie de cuentos de hadas sobre vampiros que salvaban princesas y mataban dragones.

—Por enésima vez, Simon Snow, ¡sólo un ser salvaje y depravado sería capaz de matar a un dragón!

—¡Mi *intención* no era matarlo!

Doblamos una esquina; nuestra habitación está un poco más adelante.

—Cinco minutos —dice Penelope tecleando algo en su teléfono—. Tomen sus cosas y sálganse de ahí.

Baz y yo nos paramos en seco.

—Chicos —dice ella mientras nos rebasa—. Vamos.

—Penelope —le digo en voz queda.

Finalmente alza la mirada y observa a dos personas paradas junto a nuestra puerta: un hombre y una mujer, ambos vestidos con trajes costosísimos.

54

PENELOPE

La mujer, grisácea y llena de gracia —cada vez soy más hábil para detectar vampiros—, abre la puerta de nuestra habitación.

—Después de ustedes.

—Sólo recogíamos nuestras pertenencias —aclaro.

—Después. De. Ustedes.

Nos siguen al interior de la habitación. Les prendería fuego en este momento de no ser porque todo el hotel podría incendiarse.

—No es necesario que nos acompañen a la salida —digo con la mayor autoridad posible—. De hecho, tenemos un poco de prisa.

—Tomen asiento —dice la mujer, señalando la cama.

Shepard y Baz se sientan. Puedo percibir que Simon flota a mi lado.

—¿Qué es esto? —pregunto—. No planeábamos causar problemas, pero ¡puedes decirle a tu rey que no nos dejaremos intimidar!

—No soy rey, ¿sabes? Es un puesto de elección —Lamb está recargado en la entrada de la puerta—. Hay un consejo, límites de mandato. Un sistema de controles y equilibrios...

—Lamb —Baz se pone de pie—. Cambiaste de parecer.

El vampiro observa a Baz por un segundo, luego entra en la habitación y camina hacia él.

—Sólo necesitaba un momento a solas para considerar las posibilidades. Tu Sangrante tiene un buen punto, creo: ésta es una oportunidad única.

Al decir esto, se dirige a Baz. Como si el resto de nosotros no fuera digno de su contacto visual. Baz, el pobre iluso, parece esperanzado.

—Entonces, ¿nos ayudarás?

Lamb asiente y se detiene frente a Baz.

—Y ustedes nos ayudarán a nosotros.

Me pregunto cómo estará lidiando Simon con esta conversación. Contemplo lanzarle un hechizo de parálisis por si acaso no la está manejando del todo *bien*, pero podría precipitarse hacia el suelo y lastimarse.

Lamb gira la cabeza hacia Shepard y hacia mí, pero mantiene la mirada fija en Baz.

—No *soy* rey. Esta ciudad es más grande que yo; solamente soy el servidor público con mayor dedicación. Sin embargo, los Sangre Futura... Ellos sí tienen rey. No pueden funcionar sin él. No sé en dónde está su amiga, pero pueden estar seguros de que Braden Bodmer lo sabe. Él es el responsable de secuestrar a los Comunicadores y diseccionarlos para saber cómo funcionan.

En algún lugar cerca de Lamb, Simon gruñe.

Lamb gira para dirigirse al espacio vacío.

—Ustedes me ayudarán a asesinarlo.

Bueno, al menos tenemos un plan.

Flanqueado por sus dos amigos bien ataviados, el rey vampiro está sentado en uno de los sillones de piel mientras nos cuenta su plan a detalle.

Al parecer, la oficina central de Sangre Futura (¿acaso todos los cultos vampíricos tienen una oficina central? ¿Cuántas ciudades estadounidenses son baluartes vampíricos?) está en San Diego. Sin embargo, tienen una filial cerca de Reno.

De acuerdo con la información recopilada por Lamb (hay vampiros que son *agentes dobles*), todos los líderes de Presente-

Futura estarán ahí este fin de semana; habrá una especie de ceremonia.

—Entraremos con el mayor sigilo posible —dice Lamb—. Sin ser detectados. Pero si no podemos entrar con sigilo, entonces armaremos un escándalo. El Sangrante...

—Shepard —interrumpe Shepard.

Lamb hace una pausa para sonreírle, como si tomara nota de que debe comérselo más adelante.

—*Shepard* tiene razón: los Sangre Futura no pelean. Son científicos e ingenieros de software. El caos podría jugar a nuestro favor.

Bueno, ahora sí, Simon ha hecho acto de presencia.

Morgana misericordiosa: el *rostro de Lamb* cuando mi hechizo al fin pierde efecto y Simon se materializa de la nada. Lamb ha terminado de hablar y sus secuaces y él están a punto de partir para organizar a su propio equipo, cuando de pronto ¡pop! ahí está Simon, con el ceño fruncido, parado entre ellos y la puerta.

Lamb advierte las alas y la cola de Simon, luego voltea a ver a Baz y sacude la cabeza.

—No sólo es un hechicero, Baz, sino uno *desfigurado*.

Tan pronto como salen de la habitación, Simon estrella una lámpara contra la puerta.

—¡Al carajo con esto!

Baz acomoda un montoncito de ropa sobre la cama y comienza a doblar una playera de vestir.

Simon se sujeta las caderas con las manos.

—Bueno, de ninguna manera iremos con él.

—Por supuesto que iremos con él —dice Baz.

—¡No nos subiremos *al auto* de *un vampiro* para que nos conduzca directo a su *nido*! —grita Simon.

Baz avienta la playera sobre la cama y grita en respuesta:

—¡¿Acaso no es ésa la razón por la que vinimos a este lugar?! ¡¿Qué no es eso lo que le pedimos que hiciera?!

—¡Vinimos aquí para encontrar a Agatha!

—¡Él nos llevará con Agatha!

—¿Lo hará? —Simon está parado al otro lado de la cama frente a Baz—. ¿O nos tirará en el desierto después de llenarnos los zapatos de cemento?

—Eso ni siquiera tiene sentido. ¿Por qué habrían de llenarnos los zapatos de cemento en el desierto?

—¡Sabes a lo que me refiero!

—¡Lamb no nos hará daño!

—¡¿Cómo lo *sabes*?!

—¡Porque confío en él!

Al parecer, Simon estaba listo para gritar un poco más, pero ahora no sabe qué decir. Da un paso hacia atrás.

—¿Confías en él?

Baz asiente.

—Sí. Creo que Lamb no me mentiría.

Simon aprieta la mandíbula. Si aún tuviera su magia, me refugiaría en algún lugar de la habitación.

—¿Ah, sí? Bueno, pues qué suerte tienes de que no sepa lo que...

—Creo que no deberíamos dar por hecho que tenemos privacidad bajo este techo —interviene Shepard.

Tiene razón. Éste es el hotel de Lamb. La ciudad de Lamb. He registrado la habitación en busca de micrófonos, pero no recientemente.

Simon arde de rabia.

Baz hierve a fuego lento. Levanta su playera otra vez de forma deliberada.

—Está bien. No tenemos que aceptar su ayuda. Podemos irnos por nuestra cuenta, sin ninguna pista ni rumbo. Estoy seguro de que Agatha puede esperar.

—No —digo—. Baz tiene razón, ésta es nuestra única pista. Si Lamb nos quisiera muertos, nos habría matado aquí. O al menos lo habría intentado —alzo la voz en beneficio de cualquiera que pudiera estar escuchándonos—. *Somos perfectamente capaces de defendernos en una pelea.*

Baz voltea a ver al Normal.

—Deberías marcharte ahora mismo, Shepard. No hay razón para ponerte en peligro durante más tiempo.

—A mí se me ocurren múltiples razones —dice Shepard—. No se desharán de mí tan fácil.

Baz voltea a ver a Simon.

—¿Entonces, Snow?

Simon derriba la última lámpara del lugar. Luego se pasa los dedos por el cabello.

—Si en verdad piensas que nos llevará a donde se encuentra Agatha, iré. Pero no asesinaré al líder de una pandilla rival en su nombre.

—Claro —dice Baz—, por aquello de tu objeción moral respecto al hecho de matar vampiros.

Simon se limita a resoplar.

Lamb nos pidió que estuviéramos listos para irnos en cuanto nos llamara. Baz termina de empacar, no entiendo bien por qué, si no llevaremos equipaje durante la misión de rescate. Me recuesto sobre la cama mientras elaboro una lista mental de hechizos para matar vampiros. Cuando la "gente" de Lamb viene por nosotros, llevo sesentaitrés.

BAZ

No sé por qué confío en Lamb.

Tal vez porque hasta el momento no me ha mentido.

Y porque cuando me mira... juro que siento que me cuida. Tal vez se deba a que me considera uno de sus ciudadanos. Si es el rey, o el alcalde, o lo que sea, ése es su trabajo, ¿cierto? ¿Proteger los intereses de su gente? Yo formo parte de esa gente (o como quieras llamarla).

Estoy seguro de que a Snow le encantaría escuchar esta teoría. "Confío en él debido a nuestra afinidad vampírica". Aunque eso es mejor que: "Confío en él por la forma en que me mira".

Simon se rehúsa a mirarme. Está en la cama con Penny, aún trae puestos sus zapatos sucios, seguro analizando cuánto me odia.

Justo ahora pensé que acabaríamos a golpes; la energía fue la misma que cuando estábamos en Watford, cuando nos gritábamos de un extremo al otro de la habitación. (Aunque ahora no existe el Anatema del Compañero de Cuarto para impedir que nos matemos.)

Esas peleas solían ser gratificantes porque me permitían observar a Snow. Captar su atención. Tener un lugar para canalizar todos mis sentimientos hacia él, aunque emergieran puntiagudos y afilados.

Pelear con él ya no es gratificante. Es como si rompiera algo sólo porque no sé cómo arreglarlo.

Ordeno mis cosas y me lavo la cara. Contemplo cambiarme de ropa, ponerme algo menos arrugado. Pero otra vez estamos a punto de subirnos a un auto.

No es momento de estar triste. No sabemos a lo que nos enfrentaremos esta noche, aunque con toda seguridad será una batalla.

SIMON

Bien, bien, bien. Entonces hemos decidido confiar en los vampiros. ¿Así son las cosas ahora?

¿Compartimos todos nuestros secretos con ellos y esperamos que hagan lo correcto? Según he aprendido en la vida, ¡nunca debes contarle tus secretos a un vampiro! No *negocias* con ellos. ¡Y mucho menos los dejas conducir!

El Hechicero solía decir...

Digo, supongo que el Hechicero *sí* negoció con vampiros, pero ¡por eso se le acusó de corrupto! ¡Es una de las *principales* razones por las que resultó corrupto al final!

Los vampiros están *prohibidos* por ley. Son como los pitbulls de médula o las culebras, simplemente no están permitidos en el Mundo de los Hechiceros. ¡Porque no puedes confiar en que no te matarán!

Y sí, entiendo que Baz es un vampiro. Aprecio la ironía. Pero ¡él odia a los vampiros más que nadie! ¡Ésa es la única razón por la que se puede confiar en él!

Es decir, no es la única razón.

Sólo digo que...

Primero muerto que...

¡El rey de los vampiros! ¿Vamos a confiar en el *rey* de los vampiros? ¿Porque nos lo pidió? ¿Porque nos lo pidió amablemente con su hermoso traje azul y sus hermosos ojos azules...?

¡Sobre mi cadáver!

No necesitamos *su* ayuda para salvar a Agatha. He salvado a Agatha *docenas* de veces, literalmente, sin pedirle ayuda a *ningún* vampiro. (Bueno, Baz colaboró una que otra vez.) (Se quejó todo el tiempo.)

Malditos...

¡Vampiros!

Llevamos treintaiséis horas aquí, ¿y ahora apoyamos a los vampiros? Quizá también deberíamos convocar a algunos demonios y pedir su ayuda.

He rescatado a toda la gente que conozco, incluyendo a Baz, una y otra vez, y nunca me he aliado con el enemigo para hacerlo. (A menos que cuentes a Baz. Ahí, al final. Quiero decir...)

¡Así no se rescata a alguien!

Llevamos treintaiséis horas aquí y al parecer Baz dejó de odiar a los vampiros. Tal parece que ahora incluso confía en algunos de ellos. *Al parecer*, por lo menos en uno. El "rey" de los vampiros. ¿Eso es lo que es Baz ahora? ¿Un súbdito leal?

¡Simplemente no puedes confiar en el primer vampiro apuesto que se te cruce!

Digo...

Así no hacemos las cosas.

Así no es como se *hace*.

¡Primero muerto que seguir a un vampiro al desierto!

PENELOPE

Salimos después del anochecer. Lamb intenta separarnos en dos toscas camionetas cuatro por cuatro, pero Simon y yo nos rehusamos a hacerlo. Yo, de forma silenciosa. Simon, no tanto.

Simon no quiere subirse a ninguno de los autos. Quiere viajar encima de nosotros como un escolta alado. Lamb se niega rotundamente.

—Dije que hay que volar "bajo el radar", hechicero. No literalmente a través de él.

Al final, para acomodarnos, Lamb toma prestado de uno de los otros vampiros bien ataviados un vehículo mucho más grande. Baz empuja a Simon hacia el asiento trasero y se sube después de él. Shepard se ofrece a viajar en el asiento delantero junto a Lamb. Yo elijo la fila de en medio.

Es impactante ver la transición entre las luces brillantes y el cielo negro al salir de Las Vegas.

Llegaremos al complejo de PresenteFutura al amanecer, dice Lamb. Intento visualizarlo.

—Si queremos infiltrarnos en el complejo, ¿no sería más fácil hacerlo de noche?

—*Ellos* tendrían ventaja de noche —dice Lamb—. Recuerda que tienen sentidos mejorados.

—Pero ¿qué no los de tu clase tienen esa misma ventaja?

Lamb responde con desdén.

—Mis amigos y yo hemos sobrevivido durante siglos a la luz del día; estaremos bien. Además, tratamos de inclinar la balanza a nuestro favor, joven hechicero. Ustedes son quienes encabezarán la lucha.

—¿Por qué *nosotros*? —pregunta Simon. (Si no encabezáramos la lucha, también exigiría saber por qué.)

—Porque ustedes tienen varitas mágicas —responde Lamb molesto.

Ya habíamos discutido esto en la habitación del hotel:

El rey vampiro nos ofrece información y apoyo. Tenemos una flota de camionetas cuatro por cuatro que nos sigue al desierto. Hay al menos cincuenta vampiros que nos dejarán en la puerta trasera de PresenteFutura, pero Lamb dice que necesitaremos magia para irrumpir en el complejo y lanzar el primer ataque.

—Si pudiéramos vencer a los Sangre Futura con fuerza bruta, ya lo habríamos hecho.

—Cuéntanos más sobre el edificio —dice Simon—. ¿Qué tipo de defensas tiene? ¿Es una casa? ¿Un cuartel?

Lamb mantiene la mirada fija en el camino.

—Es un laboratorio.

BAZ

De acuerdo. Bien. Sabíamos que la situación era adversa.

Eso no mengua nuestras posibilidades. En todo caso, ayuda. Es mejor un laboratorio que una fortaleza.

He preparado varios hechizos. Para entrar y para pasar desapercibidos. *Ábrete, Sésamo. Cerdito, cerdito. Ahora lo ves, ahora no.*

Sé que Lamb espera que peleemos contra esos otros vampiros y me gustaría hacerlo —quisiera *acabar* con ellos—, pero Snow tiene razón: lo único que tenemos que *hacer* es encontrar a Agatha. También he preparado hechizos para eso. *Muéstrame el camino. Sal de ahí, dondequiera que te encuentres* ... (Ése es el hechizo que usó Fiona cuando los cenutrios me secuestraron.)

Tal vez no sea muy buen vampiro, pero soy un excelente hechicero. El primero de nuestra clase. Bunce *habría* sido la primera de haber permanecido en la escuela. Y Simon, incluso un Simon bajo de energía, es alguien a quien no querrías encontrarte en un callejón oscuro. O un pasillo bien iluminado.

Estoy convencido de que podemos hacer esto. Creo que Lamb también confía en que podemos lograrlo. ¿Por qué traería a un ejército de sus propios vampiros si no creyera que puede ganar la batalla?

—Entonces, nosotros entramos primero... —digo. Estoy en el asiento trasero, así que tengo que gritar para que me escuchen por encima del ruido del aire acondicionado.

—Tú no —dice Lamb. Su voz viaja—. Los hechiceros.

Se refiere a Simon y a Penny.

—Pero sólo son dos.

Lamb responde en tono burlón.

—Un solo hechicero asesinó a todos los vampiros en Lancashire.

—Beatrix Potter —agrega Bunce.

—¿Has entrado a este complejo antes? —pregunto, ignorando a Penny.

—No. Conocen mi rostro demasiado bien. Y además, sólo los miembros de alto rango visitan el laboratorio. Sin embargo, sabemos cosas sobre el lugar. Hemos estado monitoreando... la situación.

—¿Pueden hacerlo? —pregunta Simon.

—¿Hacer qué? —responde Lamb—. ¿Mantenernos fuera?

Simon se inclina hacia delante.

—¿Pueden quitarle la magia a alguien?

Lamb parece irritado, como si Simon no le hubiera prestado atención.

—No intentan tomarla sino trasplantarla.

—Bueno, como sea..., ¿pueden hacerlo?

—Yo esperaría que no —dice Lamb—. Si pudieran, dominarían el mundo.

—Los hechiceros tienen magia —dice Simon—. Y no dominan el mundo.

Mientras lo dice, es evidente que no está seguro de que esto sea verdad. Yo no estoy seguro de que sea verdad. ¿Qué sabemos del mundo?

El Mundo de los Hechiceros en una camarilla regional.

Watford es un internado aislacionista.

Mis padres ni siquiera me dejaban usar internet.

—Los Hechiceros viven con miedo a ser descubiertos —dice Lamb—. Los Sangre Futura no le temen a nada.

PENELOPE

Conducimos durante toda la noche. A través de kilómetros y kilómetros de tierra yerma. No entiendo esta parte de Estados

Unidos. El calor, la arena, las pequeñas ciudades. ¿Por qué vivirías en un lugar que se esfuerza tanto para decirte que te vayas?

Ninguno tiene ganas de hablar. Y no podemos elaborar una estrategia. Al menos no sin revelar la identidad de Baz como hechicero. Él y yo intercambiamos miradas significativas todo el tiempo, pero no sé qué queremos decirnos.

Hasta Shepard se quedó sin palabras. Intentó entablar una conversación con Lamb cuando salimos, pero Lamb lo ignoró y me parece que se ha quedado dormido, ¡a unos cuantos centímetros de un vampiro!

Supongo que yo he hecho eso miles de veces.

Desearía que Simon durmiera una siesta. Por su bien, esta pelea debió empezar hace tres horas. Es evidente que no sabe qué hacer consigo mismo; no para de resoplar y se mueve con nerviosismo. Además, me prohibió ocultarle las alas, por eso las tiene aplastadas contra el costado del auto y el techo.

Por lo general, éste sería el momento —éstas serían las horas— en que idearía un plan. Y no dejo de intentarlo. No tengo pizarrón, pero he dibujado dos columnas en mi cabeza: *Lo que sabemos* y *Lo que desconocemos*.

¿Qué sabemos en este escenario? (Casi puedo escuchar a Agatha decir: "Nada".)

1. *Que un grupo de vampiros tiene secuestrada a Agatha.*
1b. *Que estos vampiros son ambiciosos.*

¿Y qué desconocemos? Bueno, pues esa columna es interminable...

1. *Si Lamb sabe de lo que habla.*
2. *Si podemos confiar en él.*
3. *Si Agatha está bien.*
4. *Cómo sacarla de ahí.*

Se me han ocurrido otros treintaicuatro hechizos adicionales para matar vampiros. No obstante, los buenos también acabarían con Baz.

Estoy mucho menos preocupada por perdonarles la vida a Lamb y a sus amigos. En realidad, si sobrevivimos a esto deberíamos acabar con Las Vegas. Tal vez eso nos redimiría a los ojos del Aquelarre. "Sí, quebrantamos todas las reglas contenidas en el Libro. Pero también limpiamos el oeste de Estados Unidos de los vampiros que lo plagaban."

Por desgracia, la cláusula esencial es "si sobrevivimos a esto".

Simon y yo hemos visto mucha acción a lo largo de los años. Hemos salvado a Agatha de amenazas más serias que ésta hasta en sueños. (Literalmente. En nuestro segundo año. El Humdrum envió ovejas para contar. Fue épico.)

Sin embargo, ésa fue una versión distinta de nosotros. Después del Humdrum, Penelope y Simon apenas sobrevivieron a siete vampiros embriagados en una feria renacentista, incluso con la ayuda de Baz. Y sin Shepard hubiéramos perdido la batalla contra una cabra y un zorrillo en el oeste de Nebraska. *Sí* perdimos la batalla contra ese dragón.

Toda la situación nos rebasa y estamos a casi un hemisferio fuera de nuestra zona de confort. Y se me ocurre, tres horas al norte de Las Vegas, que lo más probable es que perdamos la batalla.

Lamb no espera que salgamos *victoriosos* mientras se adentra en el desierto, respetando el límite de velocidad.

No somos más que el aceite hirviendo que verterá sobre el muro del castillo. Tiene la esperanza de que acabemos con algunos de nuestros enemigos comunes. Nos utilizará para crear una distracción.

De hecho, eso es *exactamente* lo que propuso Shepard. ¡Shepard tampoco cree que ganaremos! Sólo espera disfrutar de un buen espectáculo. Lo más probable es que se refugie en una

colina para observar y tomar notas. (Así es como los estadounidenses escribieron su himno nacional.)

Sólo a Simon, a Baz y a mí nos importa encontrar a Agatha. Y ahora que lo pienso, no sé por qué alguna vez creí que
eso era suficiente...

No sé por qué pensé que debíamos hacer esto solos.

Mi madre es una de las brujas más sabias del mundo. Una
de las hechiceras más poderosas en Inglaterra. Y ni una sola
vez consideré pedirle ayuda.

La versión de Penelope antes del Humdrum nunca tuvo
que hacerlo. Mi mejor amigo era el hechicero más poderoso del
mundo. Juntos éramos invencibles.

Ay, diablos..., eso nunca fue verdad, ¿o sí?

Yo nunca fui invencible. Sólo me encontraba en las inme-
diaciones del poder.

Ahora Simon no tiene poderes y yo sigo siendo igual de
poderosa que antes. Lo cual, al parecer, no es suficiente.

55

BAZ

No sé qué era lo que imaginaba. Otra improbable ciudad estadounidense emergiendo de la arena. Más suburbios estadounidenses. Edificios de oficinas que parecen de Ikea. Pero no imaginaba esto...

Los Sangre Futura se han establecido lejos del límite de cualquier ciudad. Casi amanece cuando Lamb sale del camino y se adentra en el desierto.

Snow ha pasado toda la noche en el filo de su asiento, moviéndose con nerviosismo y fijando la mirada en la nuca de Lamb, observando cada uno de sus movimientos. (Lamb no ha hecho más que conducir y ajustar el radio satelital.) Cada vez que Simon se mueve, me raspa con una de sus alas. Yo me la paso empujándolo. Y luego él me empuja otra vez, como si *yo* fuera la verdadera *molestia*. No nos deja quitarle las alas —las cuales, por cierto, tienen picos—, ni siquiera durante el trayecto en auto. Su comportamiento ha sido implacablemente infantil y hace horas que perdí la paciencia, cuando estábamos en Nevada. ¿Todavía seguimos en Nevada?

De haber sabido que pasaría la noche en un auto con tres corazones sangrantes, hubiera bebido más de un conejo de una tienda de mascotas. Y hubiera traído más pastillas Altoids. (Son excelentes para bloquear el olor a sangre. Sobre todo las de yerbabuena.) Me rehúso a pedirle a Lamb que se detenga para dejarme salir a cazar; en vez de eso, seguro me ofrecería un termo lleno de sangre.

Simon me pica la oreja con una de sus alas.

Lo empujo.

Abre su ala para empujarme de vuelta.

—¡Por el amor de Crowley, Snow! ¡Es como compartir jaula con un oso!

—Ya casi llegamos —dice Lamb con serenidad.

Simon y yo miramos por la ventana. No parece que *casi* hayamos llegado a ningún sitio.

Sin embargo, Lamb disminuye la velocidad. Observa la fila de autos detrás de nosotros en el espejo retrovisor. Nos estacionamos en el borde de una colina —una colina de arena— y el resto de los autos se estaciona junto a nosotros.

—Muy bien —dice, mientras gira en su asiento—. ¿Están listos?

Bunce asiente. Pese a que parece estar menos lista que nunca. Sale del auto dando tumbos, con la mano derecha cerrada en un puño. Snow y yo la seguimos de cerca. Shepard aún duerme y no se me ocurre una razón para despertarlo.

Los otros vampiros ya están parados afuera de sus autos, desde donde nos observan.

Lamb se dirige a nosotros con voz suave.

—No hay tiempo que perder. En cuanto alcancen la cresta de la duna, verán el laboratorio. Es el único edificio. Envíennos una señal en cuanto hayan entrado.

Snow se truena los nudillos y las articulaciones de las alas.

—Vamos.

—Bien —le digo a Lamb—. ¿Qué señal debemos enviarte?

Frunce el ceño y me aprieta el brazo con su mano.

—Baz, lo dije en serio. Los hechiceros entrarán primero; ellos tienen la ventaja. Nosotros no arriesgamos nuestra vida sin sentido.

—Lamb... —comienzo a discutir.

Simon me interrumpe:

—No hay problema. Penelope y yo lo tenemos bajo control. Te avisaremos si te necesitamos.

Penelope no se ve tan convencida.

—Creo que Baz...

—*No* hay problema —repite Simon, desplegando sus alas como látigos.

Todos los vampiros lo observan. Nunca han visto algo como él. Nadie lo ha hecho.

Despega del piso y vuela por encima de la colina.

Penny no deja de mirarme; ambos tratamos de comunicar algo importante con los ojos. Algo como: "Todo está bien. Aquí estoy detrás de ti. Tenemos todo bajo control".

Al fin se da media vuelta y sigue a Simon. Él aterriza cerca de ella, luego se eleva de nuevo. Está lleno de energía y listo para pelear. Penny viste su falda de tartán y calcetas a la rodilla otra vez. Sus corvas tienen pequeños hoyuelos.

Todo está bien, me digo a mí mismo. Ellos estarán bien. Siempre lo están. Son imparables.

Los vemos subir por la colina, pero nadie se mueve ni habla. Cuando se abre la puerta de un auto, giro en dirección al ruido. Lamb se alarma y enseña los colmillos.

Se trata de Shepard, quien se ha bajado de una de las camionetas cuatro por cuatro. Se ve amodorrado y molesto, como si acabara de despertarse de una pesadilla.

—¡Penelope! —dice casi a gritos.

—Están en camino al complejo —susurro—. ¡Guarda silencio!

—En camino —repite Shepard, mirándome confundido, y después a Lamb.

Señalo hacia donde se encuentran Penny y Simon, a la mitad de la duna de arena.

—¡Penelope! —jadea Shepard y luego corre hacia ella.

PENELOPE

Intenté advertirle a Baz. Traté de decirle con los ojos: "Tengo un mal presentimiento sobre esto. Auxilio, auxilio, SOS". Pero no sé qué esperaba que hiciera, ¿enviar a la caballería? ¿Decirles que trajeran agua bendita?

Estuve a punto de lanzar el hechizo *SOS* en ese instante. Sin embargo, ¿quién respondería al llamado en este lugar desolado? Además, si alguien *nos* rescata, ¿quién rescatará a Agatha?

No suelo ser así. No me siento yo misma.

La vieja Penelope creía que siempre triunfaría porque siempre tenía la razón. Quisiera recuperar un poco de esa confianza en este momento, aunque haya venido acompañada de una generosa porción de ignorancia.

Me gustaría creer que nuestra escrupulosidad es lo único que se requiere para sacar a Agatha de este lío. Que nuestra bondad importa. Que nuestro poder está *enraizado* en esas cosas y, por ende, no tiene rival.

Pero ¿qué ha hecho Estados Unidos para demostrar lo contrario?

Giro la cabeza hacia atrás para ver a Baz. Y luego hacia arriba para ver a Simon.

No hay otra opción más que seguir adelante.

Corro para alcanzar a Simon. Todo el tiempo me rebasa volando y luego regresa adonde me encuentro. Desde que llegamos a Las Vegas ha querido matar vampiros y creo que le entusiasma poner manos a la obra.

—Simon —digo cuando estamos a punto de llegar a la cima de la duna—: ¿Por qué no bajas un momentito? Puedo lanzar un hechizo para dotarte de una armadura.

—No necesito una armadura —dice—, pero aceptaré una espada.

Aterriza frente a mí y lo tomo de la mano, sosteniendo mi gema entre nuestras palmas mientras intento pensar en un hechizo.

—Ey —dice, apretándome los dedos—, no pongas esa cara. Sé que no planeamos llegar aquí en una caravana vampírica, pero henos aquí. Y si Agatha está al otro lado de esa colina, la salvaremos.

—¿Y si no está? —susurro.

Simon traga saliva y sujeta mi otra mano.

—¿Es eso lo que piensas?

—No sé qué pensar. Estamos tan lejos de casa, Simon.

Le tomo las manos con fuerza y él me aprieta aún más. Nuestras palmas se cortan con la amatista. Cierro los ojos y susurro un hechizo:

—*¡Ármate como el acero!*

Sin embargo, no sucede nada.

SHEPARD

Penelope, Penelope, Penelope.

Los alcanzo justo antes de que lleguen a la cima de la colina, luego tiro a Penelope sobre la arena y caigo encima de ella.

—Por el amor de la serpiente, Shepard...

—¡Penelope! ¡Es una zona silenciosa! ¡El rey vampiro nos engañó!

Penelope me empuja, escupiendo arena y sacudiéndose la cola de caballo.

—Esa información hubiera sido útil hace dos horas, Normal. Espero que hayas disfrutado tu siesta.

Alterno la mirada entre ella y Simon, quien flota en el aire con una expresión dura en el rostro y los brazos cruzados.

—¡Traté de decírselos! —respondo—. Lamb me hizo algo. Me hipnotizó o algo por el estilo.

Ambos me miran como si fuera algo que se les pegó a la suela del zapato. De cierta manera, supongo que lo soy.

Me dan la espalda y reanudan su ascenso a la duna.

Me apresuro para alcanzarlos.

—¡*Chicos*, esperen! ¡Es una trampa!

—Estamos conscientes de ello —dice Penelope.

—¿Entonces? —digo, mientras trato de tomarla del brazo.

Voltea a verme.

—*Entonces*, es una trampa si seguimos adelante y es una trampa si volvemos.

Me mira por encima del hombro. Volteo a ver la fila de vampiros que está al pie de la colina.

—Si quieres, puedes regresar —me dice Simon—. Nosotros salvaremos a Agatha.

—Sí, pero ¿cómo?

—Peleamos —dice él, volando más alto.

Penelope se ve menos segura.

—Bien —aún tengo resaca de mi cautiverio vampírico, pero mi cerebro se acelera al pensar en todos los escenarios posibles—. Bien, bien, b..., tal vez podríamos recurrir al diálogo para salir de esta situación...

Ella pone los ojos en blanco.

—*Shepard*. ¡Mejor regrésate! Vete.

Debería hacerle caso. Quizás aún tenga oportunidad con Lamb. Aún podría serle útil. O podría tratar de advertirle a Baz de alguna forma. Podría arriesgarme y adentrarme en el desierto por mi cuenta; tengo un silbato que sirve para llamar a un águila gigante. (Aunque no estoy seguro de si el águila está destinada a salvarme o a comerme.) (Un manipulador electoral me obsequió el silbato, que probablemente es falso.)

Penelope se aleja de mí. Simon vuela a su lado.

Yo los conduje hasta aquí.

Los traje a Las Vegas, convencí a Lamb de ayudarlos...

Corro para alcanzarlos y tomo el flanco izquierdo.

PENELOPE

No sé qué espero encontrar cuando llegamos a la cima, pero sin duda no a Agatha, parada al pie de la colina entre dos camionetas cuatro por cuatro color verde oscuro. Creo que tiene las manos atadas. Estamos muy lejos para verle la cara, pero parece que llora.

—¡Agatha! —grita Simon.

Y echa a volar hacia ella.

—¡Espera! —le digo—. ¡Simon! ¡Debemos permanecer juntos!

—¡Nos están provocando! —dice Shepard.

Eso es obvio, pero tenemos que morder el anzuelo para ver qué sucede después. Tenemos que morder el anzuelo porque es la razón por la que vinimos. Empiezo a correr.

Shepard corre tras de mí.

—¡Penelope, deberías dejar que me encargue de esto!

Este Normal de verdad piensa que su voz es la última cosa que quiero escuchar en este planeta.

—Shepard, por favor, ¡cállate!

Hago planes. Planes alternos. Pienso en hechizos. Empuño mi piedra en la mano derecha. Me digo a mí misma que quizá tengamos un golpe de suerte, aunque nunca me he sentido tan lejos de uno. Agatha está viva, eso es algo.

Estamos lo bastante cerca como para verle el rostro. *Sí* llora. Y niega con la cabeza.

Introduzco la gema en mi boca y me la trago.

AGATHA

Lo sabía. Sabía que vendrían por mí, siempre lo hacen; no pueden evitarlo.

¡Idiotas!

Creen que pueden seguir metiendo la cabeza en las fauces del león sólo porque aún no se las han arrancado. ¡Es una lógica defectuosa! ¡Se los he dicho hasta el cansancio!

Sobrevivir a los ataques de un monstruo no te hace a prueba de monstruos. Escapar *una vez* no mejora tus probabilidades de escapar *otra vez*.

Penny siempre discute conmigo: "El pasado es el mejor vaticinador del futuro".

Simon se rehúsa a involucrarse en cualquier discusión sobre la lógica. ¿Qué fue lo que me dijo durante nuestro séptimo año?: "Relájate, Ags, siempre te salvaré. Soy bueno para eso. Y mejoro con el tiempo."

"Crees que la suerte te convierte en una persona afortunada", le dije. Acababa de encontrarme en un pozo. Mi cabello aún estaba húmedo. "Pero no eres más que un gato que va desperdiciando sus nueve vidas. Además de las mías."

No me escuchó. Nunca me escuchan.

Y ahora estamos aquí de nuevo.

Aquí estamos, finalmente.

Sin un puto gramo de suerte.

BAZ

Shepard corrió tras ellos antes de que pudiera detenerlo. Lamb no le dio importancia. Los vi subir a la cima de la duna (Snow

volando junto a Bunce como si fuera su dragón mascota).
Cuando llegaron a la cima, él volteó y me saludó.

Yo le devolví el saludo.

Un momento después, se escucharon disparos.

PENELOPE

Sucede rápido.

Simon se acerca a Agatha y ella sacude la cabeza con tanta
fuerza que se cae al suelo.

Entonces los vampiros emergen de atrás de sus autos. En
realidad, ni siquiera se escondían. Sólo estaban ahí parados,
portando armas automáticas.

Siento unas ganas tremendas de reír. Aún con nuestra magia, nada nos hubiera preparado para estas armas. ¿Hubiera
logrado lanzar un solo hechizo?

Simon lucha de todas formas.

Los vampiros —en su mayoría hombres jóvenes, casi todos
blancos, vestidos como si estuvieran en un safari— disparan sus
armas al cielo, probablemente hacia Simon.

No veo cuando sucede; ya me han atrapado. Me amorda-
zan, me atan las manos y luego me avientan a la parte trasera
de una cuatro por cuatro con Agatha. Ella me patea en el oído
al tratar de alejarlos de nosotras.

Eso es todo. Eso es todo lo que sucede. Y luego termina.

Estamos acabadas.

56
AGATHA

Todavía se escuchan múltiples disparos. Como si hubiera más de dos personas que tuvieran que bajar del cielo a balazos.

Pensé que las armas eran sólo para impresionar, que los tipejos de PresenteFutura querrían capturarnos con vida. Pero tal vez Penny y yo seamos un botín suficientemente valioso.

Está sentada junto a mí en la parte trasera de la Mercedes de Braden.

La miro a los ojos, con la esperanza de que tenga un plan en mente: ¿alguien más vendrá por nosotras? Me pregunto si Penny se da cuenta de cuán terrible es nuestra situación. Intento comunicárselo con la boca amordazada:

Es peor de lo que te imaginas, Penelope. Es peor de lo que alguna vez temimos.

Me observa con una mirada salvaje. No existe un plan. No hay esperanza.

Nadie viene para arrojar a Simon en la parte trasera del auto. Pero luego de unos cuantos minutos, uno de los tipos de PresenteFutura se sube al asiento del conductor, sonrojado de la emoción. Nos sonríe como si esperara que celebráramos con él. Todos deben de sentirse rudos y astutos en este momento.

Penny se desploma hacia delante, rehusándose a verlo o ser vista por él.

Volteo a la ventana. Estamos estacionados de espaldas al campo de batalla, así que no puedo ver lo que le hacen a Simon. Eso me alegra; ¿acaso eso me convierte en una cobarde? Bueno, pues un leopardo no puede cambiar sus manchas.

Miro hacia el horizonte vacío. Finjo que no veo al vampiro en el asiento del conductor tomarse una selfie.

Pero qué tonta he sido.

Pensé que era la más *pragmática* de todos.

Honestamente creí que podía abandonarlo todo; como si la magia fuera un *lugar*. Como si la magia fuera una persona. O un hábito que pudiera cambiar.

Cuando Simon recién llegó a Watford, no podía hacer funcionar su varita. Apenas si podía lanzar un hechizo. Pensó que lo expulsarían porque no tenía suficiente magia.

"Tú no haces magia", Penelope le dijo. "Tú eres la magia."

Yo... soy la magia.

Me guste o no, la acepte o no. Traiga mi varita conmigo o no.

Está dentro de mí, de alguna manera. Sangre, agua, hueso.

Y Braden quiere extraerla.

Debí haberle puesto fin a todo esto antes de que él tuviera la oportunidad de hacerlo. Eso hubiera sido realmente heroico.

Debería haberme lanzado a un pozo. Penelope lo hubiera hecho.

¿Cómo he logrado sobrevivir a tantos finales felices sin nunca aprender cómo salvar el día?

57
BAZ

Cuando empieza la balacera, Lamb aún me sujeta del brazo.

—Tranquilo —me dice.

Estoy todo menos tranquilo.

Lo arrastro hacia arriba de la duna de arena mientras el resto de los vampiros forma una V detrás de nosotros. Tengo la mano dentro de mi saco, listo para lanzar un hechizo en cuanto valga la pena revelar mi verdadera identidad.

Los disparos cesan por un momento, luego se escucha el característico *rat-a-tat*, *rat-a-tat* de las balas, y luego cesan otra vez.

Lamb me detiene en la cima, apretándome el brazo.

—Tranquilo, muchacho. Necesito que confíes en que te sacaré de esto.

Me siento enloquecido por cruzar al otro lado de la colina.

—¿Qué? Lo hago. Lo haré. Te hemos seguido hasta ahora.

Lamb me acerca más a él, su nariz casi toca mi barbilla y su cabello cae sobre uno de sus ojos.

—Confía en mí *ahora*, Baz. Te sacaré de esto.

Asiento, jalándolo hacia delante. Pero no me suelta. Me sigue al borde de la duna.

Miramos hacia el pie de la colina y vemos a una docena de vampiros con ametralladoras. Tienen a Shepard a punta de pistola, y Simon está tirado en el suelo.

Uno de los vampiros levanta la mirada y nos saluda.

Lamb me sujeta con tanta fuerza que pienso que me partirá el brazo en dos. Me susurra al oído.

—Baz, era la única opción. Existe un tratado.

—*No...*

—Cualquier hechicero que pise Las Vegas debe entregárseles a ellos, sin excepciones. Así es como los mantenemos fuera de nuestra ciudad.

Trato de quitármelo de encima.

—¡No!

—¡Al final, esto resultará mejor para ti!

Empuño mi varita en el bolsillo de mi pantalón y la apunto hacia Lamb, siseando:

—¡*Et tu, Brute!*

Sin embargo, no sucede nada.

58
AGATHA

En un principio, pienso que es un espejismo.

Porque es justo lo que desearía que estuviera ahí.

Se suponía que debía estar en el festival Burning Lad este fin de semana. Ginger y yo llevábamos meses planeándolo. Un festival de una semana de duración en medio del desierto de Mojave. Una ciudad emergente. Una celebración de la vida y la muerte en un lugar donde nada vive e incluso la muerte se las ve negras.

Compré pintura corporal y le cosí plumas a mi bikini. Iba a usarlo durante el último día, en el Gran Desfile, el clímax del festival.

Lo había visualizado tantas veces.

Toda esa piel y fuego serpenteando a través del desierto. Imaginé cómo se sentiría *brillar* de esa forma. Ser una pequeña parte brillante de algo tan mágico, sin que nadie empleara ningún tipo de magia.

Ahora mismo la veo, en el horizonte.

La serpiente resplandeciente.

Sin duda, un espejismo. Un truco del sol y la arena.

Juraría que se acerca cada vez más...

Veo la fila de partes en movimiento, de cuerpos danzantes. Veo la figura en su cabeza: un enorme chico de madera, en llamas.

Lo veo...

¡No es ningún espejismo! ¡Es real!

¡Está aquí!

Y mi primer pensamiento es: "¡Viene por mí!"

Eso demuestra cuán acostumbrada estoy a ser rescatada; veo un desfile de gente subir por la colina e imagino que vienen a *rescatarme*.

No es así.

Ni siquiera me escucharían si pudiera gritar.

Lo cual no puedo hacer.

Y, sin embargo...

¡Y, sin embargo!

¡Estaba equivocada con respecto al festival Burning Lad! Está *lleno* de magia. Cincuenta mil Normales. La tercera ciudad más grande de Nevada durante una semana del año.

¡Una ciudad emergente se dirige hacia mí!

La línea en el horizonte se ensancha, pero los Normales aún se encuentran muy lejos...

Eso está bien. No necesito mucha de su magia para este hechizo. Es el único que puedo lanzar sin una varita, sin siquiera mover los labios.

PENELOPE

Me preocupa que no nos maten. Enseguida.

Que preserven nuestros cuerpos durante mucho tiempo, porque podrían almacenar años de información útil.

Sospecho que los vampiros encontrarán lo que buscan. Después de todo, la magia es genética; debe de estar codificada en el ADN de un hechicero de tal forma que pueda decodificarse. Debimos haber sido los primeros en descifrarlo.

Mamá diría que eso es herejía. Tratar de *explicar* la magia.

Pero ¿acaso eso no es más que... ciencia?

Desearía poder tener esta discusión con ella...

He leído que los cuerpos desaparecen sin rastro en el desierto. Qué bueno. Espero que mamá nunca se entere del rol que jugué aquí.

Los disparos siguen durante un rato. Simon grita.

Y luego deja de hacerlo.

Es...

No puedo...

Me desplomo hacia delante contra el asiento delantero, ahogando algo que sale como llanto y vómito. Tengo los labios sellados y la boca y la nariz llenas de bilis. Veo chispas.

Esto es todo, esto es lo que sucede. Esto es no tener posibilidades de escapar.

Hay más chispas...

En el regazo de Agatha, por encima de sus manos atadas.

Alzo la mirada para ver su rostro. Tiene la barbilla inclinada hacia atrás y los párpados pesados. Parece que prepara un hechizo.

¿Magia? ¿De dónde está obteniendo *magia*? ¿Y cómo está lanzando un hechizo sin su varita? ¿Sin hablar?

Se da cuenta de que la observo. Se ve tan afligida. Sus manos vuelven a encenderse.

AGATHA

Penelope asiente en mi dirección.

¿Acaso piensa que tengo un plan maestro?

Lo siento, Penny. No seré yo quien nos saque de este apuro. Nunca fui una heroína. Nunca fui una buena amiga; de hecho, traté de decírtelo.

Se desliza para sentarse junto a mí. El vampiro en el asiento del conductor no nos presta atención; sigue concentrado en su teléfono. Señalo la ventana con la cabeza hacia el desfile que brilla a lo lejos. Cuando Penny abre los ojos desorbitándolos, sé con certeza que no lo aluciné. Entonces empuja su cabeza contra mi cuello y siento que mi magia se enfoca casi como si sostuviera mi varita: las chispas que encima de mis palmas se encienden.

Penny gruñe. Me hago hacia atrás para mirarla a los ojos. Vuelve a asentir.

Me inclino hacia delante y sostengo la flama por encima del asiento delantero.

Todo sucede muy rápido. El vampiro arde con mucha intensidad.

Volteo a ver a Penelope. Tiene el rostro empapado. La nariz le escurre. Aún asiente en mi dirección. Recargo mi frente en la suya y cierro los ojos.

PENELOPE

Sí, Agatha: ¡eres brillante!
Al fin eres tú quien ha salvado el día.

59
SHEPARD

—Me llamo Shepard —digo—. Soy de Omaha, Nebraska.

—¡Te dije que guardaras silencio! —escupe el vampiro mientras presiona la punta de su pistola con más firmeza sobre mi sien.

Tiene razón, me pidió que guardara silencio. Aunque creo que no importa si me callo o no, de todos modos terminará por matarme. Así que lo mejor será seguir jugando hasta que me quede sin cartas.

En cuanto vi las armas, puse las manos en alto. Al parecer los vampiros sabían que yo no era hechicero. A Penelope le cerraron la boca con biopegamento. A Simon le dispararon mientras se encontraba en el aire.

Se precipitó hacia el suelo como un murciélago rabioso. Creo que el vampiro sobre el cual cayó nunca recuperará la vista. (¿Los vampiros serán capaces de regenerar sus ojos?) Después, Simon tomó el rifle del vampiro y lo utilizó como un bate para golpear a otro en la cabeza; fue como observar a un personaje de *Mortal Kombat*.

Los vampiros volvieron a dispararle.

No pudo levantarse.

Baz desciende por la colina ahora. Parece que está en shock. Como si Lamb fuera el único que lo mantiene en pie.

—Mi madre se llama Michele —le digo al hombre que me tiene atrapado—. Con una "l". Da clases de español. Mis padres están divorciados, ¿qué hay de los tuyos?

Uno de los tipos de PresenteFutura da un paso al frente para encontrarse con Lamb. Viste ropa de campamento nueva y costosa; todos visten así. Pantalones de nailon con cierres dignos de la época espacial. Lentes de glaciar. Uno de ellos incluso tiene uno de esos bastones de senderismo de aluminio. Es como ser emboscado por un grupo de modelos armados de un anuncio de GQ.

El vampiro de Sangre Futura está furioso.

—¡Demonios, Lamb! ¡Podrías habernos avisado que uno de ellos era un animal salvaje!

—Sí les avisé —dice Lamb, sereno como siempre—. El tratado se mantiene.

—¿¡Y trajiste a un desconocido con un celular?! (Creo que se refiere a mí.)

—Considéralo un extra.

Lamb trata de darse media vuelta, pero Baz se rehúsa a hacerlo. No despega la mirada de Simon.

—¡Nos prometiste a dos hechiceros! —dice el vampiro de Sangre Futura, aún furioso.

—Les *traje* a dos hechiceros —a Lamb se le quiebra la voz como si no pudiera creer que tiene que lidiar con estas tonterías. Señala a Simon—. ¡No es mi culpa que ustedes hayan arruinado a uno!

—Bueno —dice el otro vampiro con hosquedad—, al menos llévate al chico. Sabes que no nos gusta involucrar a los no jugadores.

Lamb se ríe. Algunos de los vampiros de Las Vegas también lo hacen, aunque de forma disimulada.

—¿Eso significa que no me matarás? —le pregunto al hombre que me encañona con un arma—. Porque eso sería muy bueno de tu parte. Es una política admirable.

Lamb aún sonríe, como si disfrutara tener a alguien a quien odiar tanto.

—¿En verdad crees que eres el modelo superior, el siguiente paso en la cadena evolutiva...? ¿Y ni siquiera puedes lidiar con un Sangrante adolescente? (Tengo 21, pero decido no interrumpirlo.) —. ¿No han creado un *protocolo* para esto? ¡Dénnoslo, Braden! Permítannos enseñarles cómo los vampiros "de verdad" manejan este tipo de situaciones.

Los vampiros de Las Vegas me comen con la mirada.

El otro tipo, Braden, pone los ojos en blanco y manifiesta su exasperación con todo el cuerpo.

—¡No existe tal cosa como un vampiro "de verdad", Lamb! ¡Es un concepto apócrifo!

—¡Te aseguro que soy real! —ruge Lamb, soltando a Baz.

Me da la impresión de que Braden y él han tenido esta discusión antes.

—¡No tenemos que jugar bajo tus reglas! —Braden grita en respuesta—. ¡No tenemos que prestarles atención a tus falacias antiguas!

—Sin duda, ¡son libres de comportarse como cobardes ignorantes!

—¡No somos cobardes! —grita el vampiro que me tiene atrapado, encajándome el cañón de la pistola en la sien otra vez.

Ésta no es una dirección alentadora.

—No le hagas caso al señor Las Vegas —digo, empleando una voz conspiratoria—. A ese tipo *no* le interesas.

—¡Viven en negación! —dice Lamb, dirigiéndose a todos—. ¡Aterrados!

Baz aprovecha que Lamb está distraído para dar un paso hacia delante. Hacia Simon. Baz se mece frente a sus pies.

Siento caer la pistola de mi sien al piso. Luego dos manos se cierran como pinzas sobre mi bíceps.

—¡No tenemos miedo de hacer las cosas a su manera! —grita el hombre detrás de mí.

Cierro un ojo y me preparo para lo peor.

—Amigo... *por favor*, no. Temo que esto no resultará bien para ninguno de los dos.

Braden voltea a vernos. Su serenidad no es igual a la de Lamb, pero sin duda es el lobo alfa de esta manada.

—Josh, no; no te rebajes.

—No lo hagas, Josh —concuerdo.

—¡Estoy cansado de sus *burlas*, Braden! ¡Podemos ser fuertes cuando es necesario!

—¡Ésa no es la verdadera fuerza, Josh! —decimos Braden y yo al unísono.

Braden agita su arma frente a mí, perdiendo los estribos.

—¡¿Por qué no le cerraste la boca con pegamento?!

Los vampiros de Las Vegas se ven aburridos. Algunos de ellos siguen riéndose. Lamb sujeta a Baz del brazo otra vez; intenta mantenerlo lejos de Simon, pero Baz se resiste. Se inclina sobre el cuerpo de Simon, jalándose el cabello con los puños.

—Yo me encargo —dice Josh, apretándome hacia su pecho. Respira profundo y luego me clava los colmillos en el cuello...

Luego cae al piso, despidiendo humo aceitoso de la boca.

—Josh —digo, a punto de desmayarme—. Te dije que esto no iba a salir bien.

De camino al piso, veo a Baz corriendo tras Braden, con los brazos en alto alrededor del cuello del otro vampiro.

60

BAZ

Es un punto muerto. Debimos... Debí...

Simon está tirado en el piso. Tiene el ala doblada en un ángulo incorrecto.

Lamb: "Sí, de acuerdo, te engañé. Sólo mantén la calma, Baz, y vivirás para odiarme por ello".

Viviré...

Simon.

Escuchamos disparos. Al otro lado de la colina. Y luego cesaron.

Simon está en el piso con el ala doblada en un ángulo incorrecto. Alguien debería arreglársela. Alguien debería lanzar un hechizo. Yo lo haría, pero me encuentro en un punto muerto. Estoy en una zona silenciosa. Oculto mi varita mientras finjo ser un vampiro.

—Simon...

Simon Snow.

Por como solías ser, no hubo un día en que creyera que ambos sobreviviríamos a esto.

(¿Sobrevivir a qué, a qué, a qué?)

Lamb: "¡El tratado se mantiene!"

Simon:

Simon está en el piso. Hubo disparos y luego cesaron. Tiene el ala doblada en un ángulo incorrecto. Su cabello es un desastre. No tiene espada.

Le dije que todo estaría bien.

Le dije...

No le dije, nunca le dije. No de una forma que lo convenciera. No de una forma que pudiera aceptar y a la cual aferrarse. Todo lo que significaba para mí. Que lo era todo.

Simon, Simon...

Tú eras el sol y yo estaba constantemente chocando contra ti.

Cada mañana al levantarme me decía a mí mismo...

Me decía a mí mismo...

—¡Viven en negación! ¡Aterrados!

Simon está en el piso. Tiene el ala doblada en un ángulo incorrecto. Su sangre es roja y abundante. Huele a mantequilla derretida. Su cabello es un desastre, tiene la cabeza en la arena. No sabe cuánto lo amo. En realidad nunca lo ha escuchado.

Cada mañana al levantarme me decía a mí mismo...

—Simon... cariño... levántate. Aún tenemos que salvar a Agatha.

Simon está en el piso.

Esto terminará en llamas.

61

SIMON

Voy a ponerme de pie. En cuanto deje de dolerme la cabeza. Si me deja de doler.

Creo que tengo las alas agujereadas... ¿Es posible sangrar de apéndices que no vinieron originalmente con mi cuerpo?

Voy a ponerme de pie. En cuanto pueda. Estoy esperando el momento propicio.

El momento propicio será en cuanto pueda hacerle daño a uno de estos bastardos. (Al menos ya le hice daño a uno. Le arranqué un ojo.) (A ver, cura eso, cabrón.)

Me estoy poniendo de pie. Para poder caer peleando.

Se llevaron a Penelope.

No puedo...

No creo que pueda...

Los vampiros están peleando. Creo. Tal vez se maten entre ellos. Eso me facilitaría las cosas.

Mi misión es ponerme de pie.

Mi misión es caer.

Peleando.

En una ocasión salvé a Agatha de un hombre lobo. Y de un Pegaso que echaba espuma por la boca. Maté a un dragón. Por accidente. ¿Sabías que, una vez, el Humdrum escondió a Agatha en el fondo de un pozo? Yo la encontré. Y la saqué de allí.

Envió cuervos a perseguirnos y yo los atrapé con las manos.

Una vez había un nar-do-val. En el foso.

Y yo...

Había tantos duendes.

Tantos troles.

Los maté.

Un grifón. Un diptongo. Un avispasesino. Y yo...

Tienen a Agatha. Se llevaron a Penelope.

Aquí no hay magia, pero eso está bien; no queda magia dentro de mí.

Acabaré con otro. Cuando me ponga de pie. Y caiga.

Al menos acabaré con otro.

Por Agatha. Y Penelope.

Por...

—Simon...

¡Baz!

62
SHEPARD

No cabe duda de que el vampiro que me mordió está muerto. Y seguro los devorasangre estarían más consternados por ello de no ser porque Baz acaba de tomar al líder de Sangre Futura por el cuello y de arrancarle la mitad de la mandíbula.

El resto de los vampiros de San Diego vacía sus armas sobre Baz y Lamb, y, sin quererlo, entre ellos. La gente de Lamb no había tomado nada de esto en serio; algunos incluso habían empezado a subir por la colina luego de entregar a los Comunicadores formalmente. Pero ahora corren hacia la multitud con bocas abiertas y colmillos expuestos.

Me siento muy débil y mareado, aun así me arrastro hasta la parte trasera de una de las Mercedes clase G. Penelope está en el otro auto. Me recuesto sobre el vientre y me arrastro pecho tierra como soldado entre las camionetas SUV, esperando que las armas apunten en otra dirección. Estoy a mitad del camino del segundo Mercedes cuando estalla en llamas. Me echo a correr y abro una de las puertas traseras de golpe. Comienza a salir humo. Y luego la chica rubia. Luego Penelope. Están vivas. Están... sorprendidas, creo. Les desato las manos, pero tienen la boca cerrada con biopegamento y no puedo abrírselas.

Penelope mete la mano en mi bolsillo, saca mi navaja suiza y la sostiene frente a su rostro.

Trato de mantener la mano firme. Trato de ignorar la sangre.

63

BAZ

Adelante, dispárenme. Al fin y al cabo, ésta no es mi playera favorita.

Estos vampiros no saben qué hacer mientras mutilo a mordidas a su presidente y director general. Es muy fuerte, pero yo también lo soy. Además, estoy muy enojado y determinado a destrozarlo aunque pueda regenerar esos pedazos como una estrella de mar.

Despedacémonos para ver qué partes vuelven a crecer. No extrañaré este traje.

Lamb intenta contenerme. *Vete, Lamb. Brutus. Traicionero. Vampiro.*

—¡Baz! —grita—. ¡Aún podemos salvarnos!

¡Ja! No hay forma de salvarme. Todo lo que soy ha desaparecido. Mis dientes son como cuchillos. Los utilizo.

—¡Baz! ¡Escúchame!

Uno de los vampiros brinca sobre mis hombros. Lamb suspira y me lo quita de encima.

—Supongo que tendremos que hacer esto...

Lamb pelea como alguien que ha sobrevivido durante trescientos años.

Y no teme a las ametralladoras.

—¡Baz!

Ése no fue Lamb...

Suelto a Braden (aún tengo pegadas algunas partes de él) y me doy media vuelta...

Simon Snow se está poniendo de pie.

Simon Snow está vivo...

Algo.

—¡Simon! —grito—. ¡Agáchate!

Por supuesto, no me hace caso.

SIMON

Baz pelea contra veintiséis vampiros y me preparo para ayudarlo.

Seguro me dispararán otra vez.

Antes de que se me presente esta oportunidad, una de las costosas camionetas Land Rover comienza a incendiarse. Los vampiros se alejan de ella. Uno de ellos tiene un bastón de metal. Tipo telescopio. Se lo arrebato y le atravieso el corazón con él. No es una estaca de madera, así que quizá no funcione. Estoy preparado para seguir intentándolo.

Penelope estaba en ese auto. Pruebo mis alas. Funcionan. Más o menos.

Apuñalo a otro vampiro con el bastón.

Y Agatha.

Golpeo la espalda de alguien con el bastón. Se siente como si golpeara una pared de ladrillos con un tubo de plomo.

Apenas estoy calentando para vengar su muerte cuando Penelope y Agatha emergen de entre las llamas tomadas de la mano y con la boca ensangrentada, como una versión sangrienta de sus propios fantasmas.

Penelope levanta una mano y grita:

—*¡Espadas por arados!*

Las ametralladoras caen sobre la arena. Las ha convertido en... arados, creo. Mi bastón también se transforma, lo cual, dadas las circunstancias, parece justo.

—Penelope Bunce —dice Baz, con la mirada llena de asombro.

Los vampiros parecen confundidos, en ambos bandos.

Bajo la mirada...

Un arado es, básicamente, una cabeza de hacha de gran anchura. Se requieren ambas manos para blandirla.

BAZ

Penelope Bunce es una hechicera feroz, nunca me he cansado de decirlo.

Acaba de escapar de un par de esposas y un auto en llamas. Está lanzando hechizos sin su varita en un punto muerto. Ni el mismísimo Harry Houdini podría mejorar este acto.

Y tiene a Agatha... viva.

—¡Basil! —grita Bunce—. ¡Hay magia!

Señala algo en la distancia. ¿Una fila de árboles? No, está en movimiento. ¿Son *personas*?

Los vampiros pelean entre ellos otra vez. Uno de los amigos de Braden se dirige hacia mí. Saco mi varita y le apunto con ella.

—*¡Que te corten la cabeza!*

No sucede nada.

Pero la siento. La magia. La siento titubear en mi muñeca y en mi lengua. Como un motor que intenta encenderse en mi vientre.

—*¡Que te corten la cabeza!* —intento de nuevo.

Entonces sucede. No puedo evitar sonreír.

Cuando me doy media vuelta, veo que Lamb me observa con esos ojos azules abiertos desorbitados. El vampiro que intenta morderle el cuello también me observa.

—Lo has conseguido —dice el hombre, asombrado—. Has subido de nivel.

Lamb embiste la nariz del hombre con la frente.

La magia en este lugar es algo caprichosa. La mitad de mis hechizos falla. Así que lanzo el doble. Y la marea —no era tanto una marea sino una pelea confusa— cambia:

Los vampiros ya no tienen armas. Sin embargo, Simon tiene una especie de guadaña. Parece la parca. Está bañado en sangre, su playera tan roja como sus alas. Tiene una de las alas caídas, no creo que sea capaz de volar. En realidad, no necesita hacerlo. Un grupo de vampiros desarmado y con poco entrenamiento no es rival para Simon con una espada; cualquier espada servirá.

Penelope y Agatha pelean juntas, tomadas de una mano y con la otra como lanzallamas. Los vampiros se encienden como yesca, cualquiera que se acerca demasiado; ni las chicas ni el fuego son exigentes. Los vampiros de Lamb abandonan la pelea corriendo hacia la cima de la duna o bajando del otro lado de la misma.

Me doy media vuelta con la varita lista, en busca de mi siguiente combate. Ahora hay más fuego que enemigos.

Lamb aún está a mis espaldas. (Supongo que para apuñalarme.)

—¡Baz! —sisea—. ¡Anda, vámonos!

—Debes de estar bromeando.

Me jala del brazo para encararlo. Tiene el traje manchado. El cabello desordenado.

—Me alegra que tus amigos hayan sobrevivido —dice—, pero eso no cambia la realidad; *nada* puede cambiar lo que eres.

—Viste lo que soy —digo.

Asiente sombríamente.

—Sí. Eres uno de ellos. Puedo verlo. Pero, Baz, también eres uno de nosotros. La sangre saldrá a la luz.

—¿Podría vivir en tu torre como hechicero, Lamb?

—¿Puedes vivir como eres con ellos?

No le respondo. Aún me sostiene del brazo.

—Ven conmigo.

Me sacudo para liberarme.

—No.

Entonces sale corriendo. Quizá no debí dejarlo.

Cuando volteo para encarar la pelea, sólo queda un miembro de Sangre Futura que corre hacia mí. Ya está en llamas. Alzo mi varita.

—*¡Vete a la mierda y muérete!*

El hechizo no funciona.

Lo intento de nuevo.

No sucede nada.

Luego *algo* sucede: Simon Snow me aparta del camino y me eleva en el aire.

Me tiene tomado de la cintura. Sus alas bombean sangre con intensidad. Me sujeto a él como si mi vida dependiera de ello.

64
SHEPARD

Me refugio en la Mercedes que no fue consumida por las llamas durante la pelea. Soy temerario, pero no tonto.

Los vampiros se incendian y se convierten en ceniza con rapidez. Sólo su ropa sigue ardiendo. Al final simplemente quedan pequeños charcos de fuego en la arena.

Agatha acabó con el último. Ella y Penelope aún se toman de la mano. Tienen la boca manchada de sangre y de la palma de Agatha salen chispas que farfullan.

Simon aún no aterriza. Agita las alas de forma irregular y se la pasa trastabillando hacia el suelo, revoloteando hacia el cielo y sosteniendo a Baz de la cintura.

Me bajo del auto y pateo un poco de arena sobre un montículo de ropa en llamas.

—Bueno —digo—, tenemos las llaves de esta Mercedes. ¿A alguien se le antoja destruir este puesto de paletas heladas?

Penelope y Agatha me miran fijamente. Parecen personajes salidos de una película de Stephen King.

Me paro frente a ellas y aplaudo.

—¡Chicas! —vuelvo a aplaudir—. ¡Amigos! Vámonos. Salgamos de aquí mientras podamos, ¿no creen? ¿Penelope?

Le toco el hombro.

Parpadea.

—Cierto —susurra.

Comienza a conducir a Agatha hacia el auto.

—Vamos, Agatha... —y alza la mirada para ver a Simon y a Baz—. ¡Simon! ¡Nos vamos, Simon!

Simon sigue aleteando con dificultad.

Abro la puerta del auto y ayudo a Agatha a entrar.

—Soy Shepard —digo, tomándola de la mano.

Penelope ha regresado por Simon; se pone justo debajo de él y lo sujeta del tobillo.

—¡Simon! ¡Vamos! Baja de una buena vez. La pelea terminó... ¡Simon! —ambos chicos caen más que aterrizar—. Merlín —dice Penny—. Cuidado con el fuego, Simon; aún es inflamable. Baz, ¿puedes caminar?

Los tres se sostienen entre sí, manteniéndose de pie.

—Sí —dice Baz—. No te preocupes.

Una de las alas de Simon cuelga y está manchada de un color rojo más profundo. Me abro camino entre los pequeños incendios hacia ellos. De cerca, es claro que ambos tienen hemorragias severas. Es como si Baz trajera buscapiés debajo de su playera.

—Vamos —digo y rodeo a Simon con el brazo.

Se recarga con fuerza en mí.

Penelope jala el brazo de Baz para ponerlo sobre su hombro, pero Simon se rehúsa a soltarlo. Sujeta la playera ensangrentada de Baz con el puño.

—Está bien —digo—, todos vamos al mismo lugar —Simon sigue sin soltarlo. Penelope y yo los arrastramos hacia el auto. Primero metemos a Baz en el asiento de en medio y él jala a Simon de la cintura. Simon pierde el conocimiento en cuanto levanta los pies del suelo—. Podemos ir directo al hospital —digo.

Baz se burla de mí.

—¿Estás bromeando? Lo curaremos con magia. Arreglaremos todo con magia. Sólo sácanos de aquí, si puedes.

Sí puedo. El llavero está en el tablero. Y el auto está equipado con navegación satelital. Rodeo el auto y me subo en el asiento del conductor.

—¿Cómo pudieron lanzar hechizos? ¿En una zona silenciosa?

—Había Normales en el desierto —dice Penelope—. No estaban muy cerca, pero lo suficiente.

Recuperan su magia casi de inmediato. Esa zona silenciosa era pequeña. Los vampiros sabían exactamente lo que hacían cuando nos llevaron ahí.

Penelope cura a Simon primero, inclinándose sobre el asiento y sujetando su ala.

—¿Dónde está tu gema? —pregunta Baz.

—La tengo —cierra los ojos—. ¡Como nueva!

Simon emite un quejido al estirar su ala, empujando a Penelope sobre el respaldo del asiento sin querer.

Realiza el hechizo tres veces más, en su cabeza, su corazón, su estómago.

Los observo por el espejo retrovisor. Sé que debo concentrarme en el camino, pero esto es *espectacular*.

Penelope se estira para continuar con Baz; sin embargo, éste se la quita de encima.

—Estoy invadido de plomo —dice—. No sé qué sucederá. Sólo necesito beber algo.

—Pronto llegaremos a una zona ganadera —respondo desde el asiento delantero.

Baz asiente.

—Entonces, esperaré —dice y toma a Penny de la mano—. Ven aquí, Bunce.

—Estoy como nueva, Baz.

—No me obligues a treparme encima de Simon.

Penelope suspira inclinándose sobre el asiento y Baz le acerca su varita a la boca.

—*¡Sana, sana, colita de rana!*

—¡Basil, ése es un hechizo familiar!

—Calla —le dice, besándole la mejilla. Le limpia la sangre de la boca con su manga. El brazo le tiembla—. ¿Estás bien?

Los ojos se le llenan de lágrimas. Asiente.

—¿Te sobra algo para Agatha?

—Por supuesto.

Penelope se acomoda en el respaldo del asiento y acaricia el rostro de Agatha. No puedo escuchar el hechizo.

Baz se bebe una vaca.

Simon aún duerme.

Agatha no ha pronunciado palabra.

Hacemos diez horas en auto a San Diego. Baz se pasa al asiento del copiloto junto a mí lanzando varios hechizos sobre el auto, creo. Es como si se hubiera bañado en sangre. Entro en una tienda Target en Reno para comprarle una muda fresca de ropa. Se arregla en el baño de una gasolinera y cuando sale se ve pálido y modesto.

Me da miedo que nos detengan, incluso con sus hechizos.

—¿Nos desharemos del auto? Seguro que nos han detectado en algún lugar.

—Vamos a destruir este auto —dice Agatha, hablando por primera vez en todo el trayecto—. Y a cualquiera que pregunte por él.

Baz suspira.

—Dos mil dieciocho. Clase G. Color verde jade. Metálico.

Sigo esperando que me boten en algún lugar. (A estas alturas, espero que no planeen destruirme después de todo lo que hemos vivido. Claro que tal vez *por eso* mismo me destruirían.)

No obstante, cuando al fin llegamos al departamento de Agatha y estoy parado en la acera preguntándome cómo regresaré a Las Vegas, Baz detiene la puerta para que entre.

PRÓLOGO

BAZ

Nos iremos al aeropuerto en una hora; tal vez debería salirme de la regadera. Me estiro y siento cómo la que espero sea la última de las balas emerge de mi hombro y golpea el fondo de la tina.

Nunca, *jamás* quiero volver a sentirme así. No quiero probar los límites de este cuerpo, incluso aunque pueda ayudarme a entender lo que soy.

No hemos hecho más que dormir y comer y lanzarnos hechizos entre nosotros este último día. Agatha está pegada a Penny como una niñita que se aferra a su madre en el metro. Volverá a casa con nosotros. Agatha.

—Sólo para recuperar mi varita —dice—. Eso no significa que vaya a quedarme.

Cuando salgo del baño, Ginger, la amiga de Agatha, ha llegado para recoger a su perrita, esa ridícula spaniel que robé en Londres. Al parecer, Ginger es quien presentó a Agatha con los vampiros de PresenteFutura y ahora hace un gran puchero porque no ha sabido nada de ellos.

—Josh ni siquiera responde mis mensajes de texto —dice Ginger.

—¿En verdad querrías que lo hiciera? Te abandonó en Rancho Santa Fe.

—¡Tú también lo hiciste, Agatha!

Bunce está parada detrás de Ginger; sostiene su piedra morada en la mano mientras ofrece aturdirla con magia.

Agatha sacude la cabeza en dirección a ambas.

—Ginger, ¡te dije que estuvo superaburrido! Y en cuanto vi que no estabas ahí, me fui.

Ginger se ve llorosa. Se le ha formado un bigote rojo en el labio superior y me toma un segundo darme cuenta de que bebe jugo de betabel.

—Pensé que me dejarían subir de nivel —se queja—. ¡Y ni siquiera me invitaron al *after*!

—No hubieran podido invitarte —dice Agatha mientras le acaricia el brazo—. Eres demasiado buena. Hubieras visto la realidad y se hubieran avergonzado frente a ti.

Ginger baja la cabeza.

—Supongo...

—No vuelvas a hablar con Josh —dice Agatha—. Ni aunque llame.

Estoy cien por ciento seguro de que no lo hará.

Ginger moquea un poco.

—Lo pensaré.

Miro alrededor de la sala.

—¿Dónde está Snow?

—Bajó a la playa hace un rato —dice Bunce.

—Iré por él —digo—. Debemos irnos.

—Dale una retocadita... —Penny aletea con los codos—. Si lo necesita.

Asiento y toco mi varita. Está debajo de mi playera, metida dentro de la pretina de mis jeans (baratos, espantosos). Tengo suerte de aún conservarla. Al igual que mi celular. Todo lo demás ha desaparecido.

Nadie ha llamado a casa todavía. Pero dentro de poco tendremos que hablar con nuestros padres respecto a lo que sucedió, al menos sobre los Sangre Futura. Lamb dijo que había más miembros. Y Agatha cree que sí tienen un laboratorio en el desierto.

Es revelador que ninguno de nosotros haya sugerido ir a buscarlo. Ni siquiera Simon.

Durmió todo el camino hasta San Diego. Creo que tenía heridas internas después de la batalla. Bunce piensa que lo ha curado; no obstante, lo llevaremos con el doctor Wellbelove en cuanto lleguemos a casa, sólo por si acaso.

PENELOPE

Ginger, la amiga de Agatha, llora porque perdió la oportunidad de convertirse en una vampiresa de mierda y Agatha se porta más amable de lo que jamás la he visto hacerlo con nadie. ¿Es por eso que nunca responde a mis mensajes de texto? ¿Porque no son suficientemente estúpidos?

Encuentro a Shepard en el balcón, desde donde se puede apreciar el océano. Mira la pantalla de su teléfono.

—¿Narras nuestras aventuras en tu blog?

—Naaa —dice él—. Lo haré cuando llegue a casa. No puedo escribir en mi teléfono.

—Muy gracioso —digo y ojeo la pantalla de su celular. Busca boletos de autobús a Las Vegas—. ¡Shepard, *no*! ¡De ninguna manera!

—Tengo que ir por mi camioneta, Penelope.

—¡Los *vampiros* tienen tu camioneta!

—Está en un estacionamiento para estancias breves —dice—. La noche me cuesta cuarentaitrés dólares.

—Hay otras camionetas, Shepard.

—Sí —se encoge de hombros—. Pero ninguna que tenga permiso de conducir.

Al encogerse de hombros, las diviso: dos marcas de colmillos debajo del cuello de su chamarra. Tal y como dijo Baz.

—Ey —digo, mientras saco la amatista de mi sostén (estoy muy contenta de haberla *removído* de mi tracto digestivo. Dulce Circe, ésa fue una tarea desagradable)—. Déjame ver esa mordida.

—Estoy bien —dice—. Ahorra tu magia.

—La magia no se ahorra —digo—. No es como las monedas sueltas.

—¿No lo es? —dice con ese brillo exasperante en los ojos.

—No. Anda. Debimos haberlo hecho desde ayer.

Acerca su silla a la mía y le abro el cuello de la chamarra. Tiene dos heridas punzantes encostradas y moretones provocados por los dientes normales (no los colmillos) del vampiro. No puedo evitar sentir escalofríos.

—¿Te preocupa que puedan haberte...?

—¿Transformado? —termina mi pregunta—. No. No he experimentado ninguna sed de sangre en particular. Y... aun así, no, no estoy preocupado.

Sostengo mi gema por encima de su herida y digo:

—¡Como nuevo!

Cuando retiro la mano, las costras siguen ahí. Frunzo el ceño.

—Shepard..., ¿eres inmune a la magia?

—No —dice, mientras se acaricia la herida con los dedos con curiosidad—. No soy inmune.

Me apoyo en el respaldo del asiento.

—Baz dijo que un vampiro te mordió y se enfermó.

Shepard contempla el océano frente a nosotros.

—Tal vez *el vampiro* era alérgico.

—Shepard. Creí que te gustaban las respuestas directas.

Me mira como si algo le doliera, algo que no tiene nada que ver con la mordedura de un vampiro.

—Sí me gustan.

Me recargo todavía más en el respaldo del asiento.

—¿Qué *eres*?

Se gira completamente hacia mí.

—Penelope, soy exactamente lo que ves. Hablante, Sangrante y Normal.

—¿Y...?

—Y también estoy algo..., un poco... —traga saliva—. Maldito.

No esperaba que dijera eso. Ni siquiera sé lo que significa.

—¿Estás *maldito*?

Se frota los ojos debajo de sus lentes.

—Sí, yo... Josh, el vampiro fratecnológico, no pudo apropiarse de mi alma porque, *técnicamente hablando*, le pertenece a alguien más.

—¿A quién?

—No creo que lo conozcas. Espero. Es un demonio. Bueno, una especie de demonio. Te diría su nombre, pero entonces podría hacer acto de presencia. Yo...

Parece avergonzado. Descubierto. Poco a poco comienza a quitarse la chamarra de mezclilla...

Tiene tatuajes negros que se le enredan y le cubren los brazos. Runas y números. Espinas.

—*Shepard*.

—Muy gótico, ¿no crees? No sería el diseño que escogería para mí. Pensé en tatuarme una frase de Vonnegut, pero todos tienen una...

—¿Cómo *sucedió* esto?

Baja la mirada.

—Ay, ya sabes; es el típico escenario de estar en el lugar y el momento equivocados. Un círculo de invocación a la medianoche. Y luego... mucha falta de comunicación y diferencias culturales.

Aún observo las marcas que dejó la maldición en su piel. Entonces presiono mi gema sobre ellas.

—*¡Fuera, fuera, mancha maldita!*

El hechizo desciende por mi brazo y luego asciende de regreso. Retraigo la mano como si me hubiera electrocutado y tiro la gema en el proceso.

El balcón está elaborado con entramado de madera y la gema reposa en el borde de una de las rejillas. Shepard la levanta con cuidado y me la entrega.

—Gracias —dice—. Pero creo que es imposible quitarme esta maldición. Hay cierta magia que sí tiene efecto sobre mí, siempre y cuando no afecte mi destino...

Empuño la amatista y presiono mi mano sobre su cuello.

—Penny —dice, mientras me sujeta la muñeca.

—*¡Mejórate pronto!* —digo.

Siento cómo el hechizo se arraiga en él. Y él también lo siente. Echa la cabeza hacia atrás y me aprieta la muñeca.

Cuando retiro la mano, la mordida de vampiro ha mejorado un poco. Bien.

Aún me sujeta de la muñeca.

—Shepard, no regresarás a Las Vegas.

—Pero mi...

—Si vuelves a mencionar la camioneta, te convertiré en rana —retiro mi mano—. Una rana maldecida por un demonio.

—Necesito regresar a casa.

—No —cruzo los brazos—. Regresarás a Londres con nosotros. Te llevaré con mi madre y ella te arreglará.

—Aprecio la oferta, pero mi situación está fuera del alcance de la ma...

—*¡Nada* está fuera del alcance de la magia!

Shepard cierra la boca con fuerza, lo cual espero signifique que ha terminado de discutir.

Me pongo de pie y hago un gran espectáculo de mi regreso al interior del departamento. Como para enfatizar: "caso cerrado".

—Digo —pronuncio sin voltear a ver a Shepard—, sé que piensas que sabes todo lo que hay que saber sobre el mundo de la magia, pero ni siquiera yo lo sé, y soy mucho más inteligente que tú, además de que la he estudiado durante toda mi vida.

—No puedo costear el boleto de avión, Penelope.

—Yo me encargaré de ello.

—No tengo pasaporte.

—Ay, hombre de poca fe.

—¿Acaso ése es un hechizo?

Me detengo en la puerta corrediza y miro su reflejo en el cristal.

—Ven a Londres y averígualo.

SIMON

El océano Pacífico es mucho más cálido que el Atlántico.

Al menos esta parte lo es.

Estoy sentado en la arena; me he quitado las botas y tengo los jeans enrollados. Aunque de todos modos se mojaron. Penny los secará. No ha dejado de cubrirme con hechizos desde que salimos de la zona muerta; por eso vine aquí, para darle un respiro. Y para aclarar mi mente.

Tenía esta idea sobre Estados Unidos...

Que me encontraría a mí mismo aquí.

Ésa es la razón por la que la gente se sube a un convertible y se aventura en la carretera sin un mapa. Ésa es la promesa. Que al desconocer el paisaje, te verás a ti mismo con mayor claridad.

Quizá funcionó.

Me enamoré del cielo azul y del brillo del sol, y luego este país me arrastró detrás de ellos, pataleando y sangrando. Fallé cada prueba. Caí. Me quedé corto. Y recuperé mis fuerzas únicamente con los hechizos de otros.

Es momento de dejar de fingir que soy una especie de superhéroe. *Solía* serlo —en verdad lo era—, pero terminó. No pertenezco al mismo mundo que los hechiceros y los vampiros. Ésa no es mi historia.

El doctor Wellbelove dijo que podía quitarme las alas. Y la cola. Cuando esté listo. Entonces podría volver a la escuela o conseguir trabajo; creo que preferiría el trabajo. Ganarme algo por mí mismo. Pagar mi propia renta.

Se siente bien pensar en esto.

Se siente como... Mierda, estoy llorando. Se siente horrible, pero también hay cierta pureza en ello.

Una ola está a punto de romper contra mí. A veces las olas empiezan con ferocidad y luego pierden el valor antes de tocar la playa.

Ésta no duda.

BAZ

Simon está sentado en la playa como el típico chico en un video musical. Viste una playera blanca, tiene los jeans enrollados y el cabello bañado en sol.

Una ola se dirige hacia él; seguro debe de notarlo, pero no se mueve hasta que le cubre las piernas. Echa la cabeza hacia atrás. Creo que sonríe.

Me quito los calcetines y los zapatos y los dejo en una roca, luego bajo con él. Alza la mirada cuando mi sombra lo alcanza y cierra un ojo contra el sol.

—Ey.

Sonrío.

—Ey.

Otra ola se dirige hacia nosotros. Doy un brinco hacia atrás para esquivarla. Simon se ríe. La ola rompe a unos cuantos metros de Snow.

Decido unírmele en la arena; puedo secarme con hechizos más adelante. Me siento a sus espaldas, aunque no muy lejos, en un terreno un poco más elevado.

Entonces voltea a verme.

—Ah, por cierto —dice como si apenas recordara algo.

Se inclina un poco hacia atrás para meter la mano en el bolsillo de su pantalón y saca un fajo de seda azul.

—¡Es la mascada de mi madre! —me acerco para tomarla.

Simon abre la mano. La mascada se escurre por sus dedos mientras la jalo.

—Lo siento —dice—. Olvidé que la traía en el bolsillo.

—Pensé que la había dejado en la habitación del hotel.

—Lo hiciste.

Doblo la mascada con cuidado. Snow me observa por un momento, luego desvía la mirada.

—Bueno —digo—. Ahora puedes decir que condujiste a lo largo de Estados Unidos.

—En realidad, no —se abraza las rodillas—. Comenzamos en el centro del país y luego estuve en coma desde Nevada hasta California.

—No te perdiste de nada.

Se encorva hacia delante, colgando la cabeza.

—Quería ver esos árboles antiguos, las secuoyas.

—Aún estarán aquí cuando regreses.

Niega con la cabeza.

—No voy a regresar. Puedes enviarme una postal.

—¿Yo? Después de esto creo que nunca voy a abandonar Camberwell. Tal vez para visitar a mis padres durante la Navidad. Decidiré en diciembre.

Me devuelve la mirada. Su forma de sentarse, con la cabeza inclinada, lo hace parecer un niño. Se parece al Humdrum.

—¿Sabes? No tienes que irte con nosotros.

—¿Qué?

Vuelve a mirar el mar.

—Te vi... con Lamb. Te escuché.

—Snow...

—Él te permitiría vivir ahí.

—¿En un hotel glam-rock en Las Vegas? No, gracias.

No es el comentario más acertado, pero nada de lo que ha dicho Simon lo es. Ésta es la conversación equivocada.

Levanta las manos, frustrado.

—Baz, ¡yo estuve ahí! Tú... tú encajabas.

—*Intentaba* encajar.

—¡Eres igual a ellos! Y él podría mostrarte cómo ser *más* como ellos; no tendrías que recurrir a ningún libro para obtener respuestas. Baz, hemos leído todos los libros. ¡Lo único que los hechiceros saben sobre los vampiros es cómo matarlos!

—Un conocimiento que acabo de poner en práctica.

Simon gruñe y se gira hacia mí mientras baja una pierna a la arena.

—Baz, ¡ya no tendrías que esconderte!

—¡Siempre tendré que esconderme, al igual que tú!

—¿Por qué te niegas a admitir que podrías ser más feliz aquí?

Alzo la voz:

—¿Por qué te niegas a ver que sería infeliz en cualquier parte sin ti?

Se vuelve a sentar de golpe, como si lo hubiera abofeteado.

—Simon... —susurro.

Le doy unos momentos para que lo *entienda*. Para que lo acepte.

O quizá para decirme que pasé la prueba.

En vez de eso, sacude la cabeza.

—Baz...

Su voz apenas si se escucha.

—¡Baz! —alguien grita.

Penelope corre hacia nosotros. Le falta el aliento. Ambos nos ponemos de pie en cuanto vemos la expresión de su rostro. La atrapo de los hombros.

—¿Qué? ¿Qué sucede?

Sus ojos color café brillan con horror.

—Baz, hay problemas en Watford. Tenemos que volver a casa; ¡ahora!

AGRADECIMIENTOS

Escribí este libro durante una época difícil, así que estos agradecimientos provienen de un lugar más trémulo de lo normal.

En primer lugar, gracias a Thomas Smith, Josh Friedman, Michelle McCaslin y Mark Goodman, cuatro personas que me trataron con absoluto respeto y compasión, que nunca dejaron de escucharme y siempre trataron de entenderme.

Gracias a mi editora, Sara Goodman, quien pudo haber dicho: "¿Otro libro de Simon y Baz?", pero que en lugar de eso dijo: "¡Otro libro de Simon y Baz!" Sara nunca me ha pedido que sea nadie más que yo misma y la aprecio mucho por eso.

He sido muy afortunada en Wednesday Books y St. Martin's Press, donde mis libros son tratados con sumo cuidado y entusiasmo. En especial agradezco a la diseñadora Olga Grlic, quien reúne mi combinación favorita de audacia y compromiso con el trabajo de calidad; y a la publicista Jessica Preeg, quien ha sido mi soporte.

Escribir la continuación de una novela es un asunto complejo...

Mi más sincero agradecimiento a Bethany y Troy Gronberg, Margaret Willison y Joy DeLyria por ayudarme a desenredar múltiples nudos. A Ashley Christy, Mitali Dave, Tulika Mehrotra y Christina Tucker por su perspicacia y atención a los detalles. A Melinda Salisbury, Keris Stainton y Melissa Cox por su eterna paciencia y ánimo. Y a Elena Yip, cuyo instinto es insuperable.

Gracias a mi agente, Christopher Schelling. (Sabes que cuentas con tu agente cuando siempre está disponible, día tras día, incluso cuando no consigues escribir ni una palabra.)

Y gracias a Kai, quien me asegura que todo estará bien porque realmente lo cree.

Por último, sé que esto es sensiblero, pero quiero agradecer a todas las personas que *en verdad* entendieron lo que quise hacer con *Carry On*. (Fue una idea extraña, lo sé.) Gracias a todos los que leyeron ese libro y lo compartieron, que hicieron *fanart* y *fanfiction* y pastelitos de cereza en el cumpleaños de Simon. Y gracias por emocionarse tanto con esta secuela, aunque *hayan tenido que esperar cuatro años* para tenerla entre sus manos.

Simon y Baz salieron directo de mi corazón y me encanta la idea de poder seguir contando su historia.

Wayward Son de Rainbow Rowell
se terminó de imprimir en octubre de 2020
en los talleres de
Impresora Tauro, S.A. de C.V.
Av. Año de Juárez 343, col. Granjas San Antonio,
Ciudad de México